Bettina Kerwien

# Au revoir, Tegel

## Ein Kappe-Krimi

Jaron Verlag

**Bettina Kerwien** lebt in Berlin und studierte Amerikanistik und Publizistik. Als Geschäftsführerin eines Stahlbauunternehmens widmet sie jede freie Minute dem Schreiben. Im Jaron Verlag veröffentlichte sie 2017 ihren Berlin-Krimi «Mitternachtsnotar».

Originalausgabe
1. Auflage 2019

www.jaron-verlag.de
Umschlaggestaltung: Bauer+Möhring, Berlin
Satz: Prill Partners | producing, Barcelona
Druck und Bindung: CPI books GmbH, Leck

ISBN 978-3-89773-867-6

*Für meinen Vater Günter Kerwien (1935–2018),*
*1969–1991 Elektromechanikermeister Tegel-Nord.*
*Es ist auch sein Flughafen.*

Je voudrais que mon âme s'envolât vers le ciel
par une toute petite ouverture de mon cœur.
(Ich wünschte, meine Seele könnte durch eine ganz kleine
Öffnung in meinem Herzen in den Himmel entgleiten.)

Elisabeth von Österreich-Ungarn («Sisi»)

# PROLOG

## Dienstag, 3. September 1974

IM KALTEN SPRÜHREGEN des frühen Abends passiert Peter Kappe ein gelbes Schild mit einer Warnung in ungelenkem Deutsch.

*HALT! Hier wird geschossen!*

Darunter ein paar kyrillische Buchstaben, die er nicht lesen kann. Dahinter ein Truppenübungsplatz der Roten Armee.

Kappe ist dienstlich in Hamburg gewesen, keine große Sache, aber jetzt geht es nach Hause. Er nimmt die Fernverkehrsstraße 5 über Lauenburg, die Transitstrecke nach West-Berlin oder Berlin (West) – der eine sagt so, der andere so. Auf den Verkehrsschildern des Arbeiter-und-Bauern-Staates heißt es sogar *Transit Westberlin*. Himmelsrichtung und Name in einem Wort, als sei das Westliche ein Merkmal, das dieser Stadt vor allem anderen anhaftet.

Kappes Name ist unauffällig genug, sein Privat-Pkw auch. Der Blick des DDR-Grenzers an der Kontrollstelle Lauenburg/Horster Damm streift nur müde über das Olivgrau des behelfsmäßigen Personalausweises. Dann winkt er den in die Jahre gekommenen beigegelben Opel Rekord durch.

Es ist jedes Mal wieder da, dieses Transit-Gefühl. Als wäre Kappes Wagen eine Sojus-Kapsel in einer fremden Galaxie. Als würden die Richtungsschilder ihm einen Weg zum Notausgang weisen.

Er muss daran denken, wie er vor drei Tagen seiner Frau Sarah gesagt hat, dass das Landeskriminalamt Hamburg ihn angefordert habe. Nur für eine Gegenüberstellung. Den Hamburgern sind ein paar Leute ins Netz gegangen, die sich nach einer Großrazzia am Bahnhof Zoo verdünnisiert hatten. Normale Polizeiarbeit. Aber Kappe hat genau gewusst, was dieser Blick seiner Frau bedeutete. Auch die Geste, mit der sie die Kleine an sich gepresst hat.

In der Dämmerung blockiert ein LPG-Trecker mit Mist vor ihm die F5. Es riecht nach Abgasen und Landwirtschaft. Die Straße führt durch kriegsversehrte Ansiedlungen. In engen Kurven rutscht Kappes Wagen über feuchtes Kopfsteinpflaster. Streckenweise fährt sich die F5 wie eine Dorfstraße. Er erhascht Blicke in leere Schaufenster, sieht mürrische Menschen mit Atemfahnen und Dederon-Einkaufsnetzen zusammenstehen und im trüben Licht der Betonmasten schweigen, Jugendliche, die rauchen und Westautos begaffen. Hühner scharren im Graben. Das Leben in diesem fremden Land kommt Kappe auf viel zu persönliche Art nahe.

Dann ist es endgültig Nacht über der Straße. Kappe fährt gerne in die Dunkelheit hinein. 248 Kilometer Nacht bis Berlin. Er folgt nur noch dem Lichtkegel seiner Scheinwerfer. Kasernen, Neubaublocks und Alleebäume ziehen vorbei. Entgegenkommende Wagen blenden auf und ab. Um das Rauschen der Reifen auf dem Landstraßenbeton zu übertönen, schaltet Kappe das Radio an. Erst findet er nur Frequenzknistern, dann ein Lied von den Puhdys, *Wenn ein Mensch kurze Zeit lebt.* Regenmusik. Kappe ist erst 33, er kann Nazareth oder Gary Glitter trotzdem nichts abgewinnen. Dieses Hysterische im Rock, das ihm eine Zeit lang erfrischend erschien, kommt ihm nun aufgesetzt vor. Die Stones hat er seit dem lächerlichen Waldbühnen-Konzert abgehakt. Ein Musiker, der bei einem Liveauftritt versagt, ist kein Musiker. Also hat Kappe nach dem Umzug seine Blue-Note-Scheiben wieder rausgekramt. Aber wenn er im Osten leben würde, würde er wohl auch die Puhdys hören.

Kappe ist, was sich in trotziger Umdeutung der prekären Rumpfexistenz dieses Fleckchens Erde einen freien West-Berliner schimpft. Er hat ein Jahr im Wendland gelebt, dann ist er freiwillig zurückgekehrt. Er müsste eigentlich Selbstbewusstsein und Schwung haben, sich auf sein stolzes Zuhause freuen, dieses Leuchtfeuer der Freiheit, dieses Schaufenster des Westens. Auf Frau und Tochter müsste er sich freuen. Aber zu Hause gibt es Diskussionsbedarf. Nur ist Kappe zu feige, das Problem anzusprechen. Und das, obwohl er als Laberbulle beim Diskussionskommando des Referats MEK 5 in Krisenkommunikation geübt ist. Er ahnt, dass Sarah nicht mit sich über ihren neuen, mit Wochenend- und Nachtschichten verbundenen Arbeitsplatz im Rudolf-Virchow-Krankenhaus verhandeln lässt. Aber wohin mit dem Kind?

Das Puhdys-Lied ist zu Ende. Der Radiomoderator kündigt ein Interview mit Jürgen Sparwasser an, dem Torschützen der DDR-Fußballnationalmannschaft, die am 22. Juni im Hamburger Volksparkstadion die sogenannte BRD 1:0 besiegt hat.

«Das war kein normales Spiel», erzählt der DDR-Stürmer. «Es kommt die 78. Minute, ein Abwurf von Jürgen Croy auf die rechte Seite. Erich Hamann läuft mit dem Ball über die Mittellinie und schlägt diesen wunderbaren Diagonalpass über vierzig Meter auf die linke Seite. Eigentlich bin ich bescheuert gewesen, überhaupt loszulaufen. Da warteten vier gegnerische Spieler auf mich: Berti Vogts, Horst-Dieter Höttges, Bernd Cullmann und Sepp Maier im Tor. Es ist wahrscheinlich eine Frage des Instinkts, es trotzdem zu tun. An und für sich wollte ich den Ball mit der Brust nehmen, aber ich habe ihn direkt auf die Nase bekommen. Doch genau das verschaffte mir den entscheidenden Vorteil vor Höttges.»

Sparwasser machte das Tor. Weltmeister wurde trotzdem die BRD. Aber dieser Sieg im direkten Vergleich ist einzigartig und historisch. Kappe gönnt den Menschen im Osten den Augenblick des Triumphs.

Sparwasser redet weiter, doch Kappe ist mit seinen Gedanken woanders. Fußball interessiert ihn nicht mehr. Früher ist er ab und an mit seinem Vater und seinem Großonkel ins Stadion gegangen. Aber er ist Jahrgang '41, ein Kriegskind. Nichtigkeiten wie Sport regen ihn nicht mehr auf, seit er Familie hat. Politisch interessiert es ihn aber als West-Berliner, dass Paul Breitner mit Jürgen Sparwasser das Trikot getauscht hat. Es wäre schön, wenn sich die sportliche Entspannung auch in einem politischen Tauwetter niederschlagen würde. Diese harsche Belagerungsatmosphäre in West-Berlin frisst an Kappe. Auch dass man nicht mal eben zum Weihnachtsbaumschlagen ins Umland fahren kann. Er hofft, dass es nie wieder Krieg geben wird. Erst seitdem er sich bei der Kripo jeden Tag mit Gewalt konfrontiert sieht, begreift er, wie sehr ihn der Krieg geprägt hat.

Kappe klemmt sich die Thermoskanne zwischen die Knie, schraubt mit einer Hand den Deckel ab und trinkt sich eine angenehme Wärme ins Blut. In knapp vier Monaten ist Weihnachten. Wenn er über das Politische hinaus noch einen Wunsch frei hätte: Es wäre schön, wenn Sarah nicht jede Nachtschicht machen würde, die auf ihrem Dienstplan steht. Das zusätzliche Geld erleichtert einiges. Aber eigentlich brauchen sie es nur für die neue, große Wohnung. Drei Zimmer in Charlottenburg mit Balkon und Kinderzimmer, Wundtstraße 11, erster Stock. Gleich bei seinen Eltern um die Ecke.

Im Sommer 1973, nachdem Kappe den Kripo-II-Lehrgang beendet hatte und zum Kriminalkommissar zur Anstellung ernannt worden war, waren Sarah, Tabea und er aus der kleinen, günstigen Zwei-Zimmer-Neubauwohnung an der Lindauer Allee in Reinickendorf nach Charlottenburg umgezogen. Gehobener Polizeidienst beim Landeskriminalamt – das war schon was. Und da Kappe Akademiker ist, hatte die Behörde auf das normalerweise auf diese Ausbildung folgende Praktikum mit einer einjährigen Rotation in verschiedenen Dienststellen verzichtet. Er wurde zunächst beim Referat M, KI MII verwendet, das für Sittlichkeitsdelikte zuständig ist. Als Psychologe kamen ihm dort seine Kenntnisse in Gesprächsführung bei Vergewaltigungs- und Missbrauchsopfern zugute. Nach einer Anstandsfrist hatte er sich für die Mordkommission beworben. Seither sinniert Kappe darüber, ob das richtig war. So nahe am eigenen Vater, der bei der MK I nebenan sitzt. Ist er angekommen? Oder wäre er als klinischer Psychologe glücklicher? Nein. Ein Psychologe, der einen Patienten behandelt, wirkt immer nur auf diese eine Person. Ein Polizist, der einen Verbrecher verhaftet, wird zumindest bei Täter und Opfer wirksam. Das sind schon mal zwei.

Kappe nimmt noch einen Schluck Kaffee. Solange er sich an dem heißen Getränk festhalten kann, wird vielleicht doch noch alles gut werden.

Linker Hand tauchen die trüben Lichter der Raststätte Quitzow auf. Es ist der einzige Halt zwischen West und West, im Nirgendwo hinter Perleberg. Kappe lenkt den Wagen von der Straße. Er muss rauchen. Er hat das Rauchen für sich entdeckt, als er für den Kripo-Lehrgang gelernt hat. Ein Mann muss ein Laster haben, das die Nerven beruhigt. Kappe kann besser denken, wenn er raucht. Und gegen das Zigarettenrauchen kommt ihm der gelegentliche Joint seiner Studientage wie ein Dauerlutscher vor. Ja, Rauchen soll ungesund sein. Aber nur wer gefährlich lebt, lebt ganz. Der Spruch gefällt ihm. Der ist von John Wayne oder so, aus irgendeinem Schundwestern.

Peter Kappe kann nicht im Auto rauchen. Nicht weil ihn seine Mutter zu gut erzogen hätte, sondern weil es im Auto noch nach Sarahs Parfüm riecht, irgendwie jung, irgendwie frei. Das soll so bleiben. Auch wenn die verzauberte Phase ungetrübter Anhimmelung in ihrer Beziehung seit einiger Zeit vorbei ist. Sarah arbeitet zu viel. Sie gibt das Kind zu oft bei Kappes Mutter ab. Sie haben zu selten Zeit füreinander. Er vermisst die Zweisamkeit. Gleichzeitig ärgert ihn, dass ihn das ärgert. Was ist los mit ihm? Wird er zum Spießer, seit er bei der Kripo ist? Wird er vielleicht sogar wie seine Mutter Gertrud, die jahrzehntelang an den Arbeitszeiten seines Vaters Otto herumgenörgelt hat? Um Gottes willen! Vielleicht wird diese Entwicklung von dem Bircher Müsli begünstigt, das er täglich frühstückt. Jedenfalls muss das aufhören. Der Diplom-Psychologe Kappe verordnet sich selbst Milde, Gelassenheit und Humor. Und eine Pause von zwei Zigarettenlängen.

Im Schaukasten des Mitropa-Restaurants hängt eine maschinengeschriebene Speisekarte: ein Glas Vollbier hell für 43 oder dunkel für 25 Pfennig, der Goldbroiler mit Gurkensalat und Salzkartoffeln für 5 Westmark. *Frei konvertierbare Währung,* wie es auf einem Schild heißt.

Kappe benutzt die Toilette. Den Vorraum ziert eine gelbe Blumentapete. Die Rohre aller Pissoirs liegen auf Putz. An den Siphons läuft eine rostige Brühe ab. Der Uringestank sticht. Kappe atmet flach. Er ist sehr groß und muss sich herunterbeugen, um im Spiegel über dem Handwaschbecken seinen Bartschatten und seine Augenringe anzustarren. Er trägt einen seiner schwarzen Rollkragenpullover und die taillierte, leicht ausgestellte Gabardinehose. Sein dunkles Haar ist zu lang. In einer Karfreitagsprozession würde er einen erstklassigen gepflegt verhungerten Jesus abgeben. Anscheinend schafft er es trotzdem nicht, West-Berlin durch sein Leiden zu erlösen.

Im Restaurant ist Kappe der einzige Gast. Er bestellt einen Bohnenkaffee. 75 Pfennig. Als der Kellner die Tasse bringt, hält Kappe ihm seine Schachtel Ernte 23 entgegen. Der Kellner steckt sich die Zigarette sofort an. Sie kommen ins Gespräch. Kappe fragt ihn, warum der Parkplatz voll und das Restaurant trotzdem leer ist.

«Die sin alle im Intershop», wispert der Mann. «Ham neujerdings urst ville Westjeld inne Tasche. 'ne Postmaschine vonne Amis is wohl nachts bei de Russen auf'm Truppenübungsplatz Döberitz abjeschmiert, mit jede Menge D-Mark im Jepäck!»

Kappe staunt gebührend. Von diesem Sterntaler-Märchen hat er noch nie gehört. Aber die Geschichten, die sich die Menschen zusammenfantasieren, gleichen sich doch auf der ganzen Welt.

Er geht noch kurz in den Intershop, um für seine Frau das Parfüm zu kaufen, *Charlie* von Revlon. Kappe mag den leichten

Jasminduft. Er stellt sich vor, dass so Frauen riechen, die zu ihrem Glück keine Männer brauchen.

Die Schlange vor der Kasse ist lang. Der Mann vor ihm mit seiner militärischen Haltung und dem kurzgeschorenen weißblonden Haar sieht aus, wie Kappe sich einen Offizier der Volksarmee in Zivil vorstellt. Er schiebt einen randvollen Einkaufswagen. Alkohol, Zigaretten, Feinstrumpfhosen. Kappe hält etwas Abstand. Er sollte wieder eine Zeitung abonnieren. Auf dem Präsidium liegt ja immer nur der *Berliner Blitz* aus. Der Ostler an sich sei ein Bösewicht, will die konservative Boulevardpresse ihre Leser glauben machen. Das war schon bei Adenauer so, und das bleibt auch so. Ein klares Feindbild gibt noch dem tristesten Tag Struktur.

Ganz vorne in der Kassenschlange steht ein kleiner Junge in aufgetragenen kurzen Hosen. Das Kind hievt eine einzelne Konservendose mit Ananasscheiben neben der Registrierkasse auf den Tresen. Es ist eine prächtige Dose. Der Junge hat nur Augen dafür. Acht Scheiben Ananas, natursüß, mit Fruchtmark, handverlesen. Die Fruchtscheiben auf dem Etikett strahlen mit dem Gesicht des Kleinen um die Wette.

Die Kassiererin nennt den Preis. Der Junge zählt sein Westgeld. Ein Markstück, viele Groschen, das meiste Pfennige. Dann hört Kappe in der schäbigen Hosentasche nur noch das dumpfe Geräusch von DDR-Aluminium. Es fehlen zwanzig Westpfennige.

«Reicht nicht», sagt die Kassiererin. Es klingt barsch, und sie meint es barsch.

Ein vorwurfsvolles Scharren und Atmen geht durch die Schlange der Wartenden.

Die Kassiererin schiebt das Westgeld von sich weg. «Zurückstellen!», kommandiert sie.

Das Kind wird blass. Kappe greift nach seinem Portemonnaie.

Der Offizier tritt nach vorne. «Haben Sie kein Herz, Genossin?» Er lächelt, legt dem Jungen die Hand auf die Schulter und stellt die Ananas-Dose in seinen eigenen Einkaufswagen.

Dann gibt er der Kassiererin einen der dunkelblauesten, neuesten 10-D-Mark-Scheine, die Kappe je gesehen hat.

Die Kassiererin hält den Schein gegen das Licht. Er ist am Rand verkohlt. Sie steckt den Zehner kommentarlos in die Geldschublade und knallt sie zu. Der Offizier zögert. Seine Geldbörse hat er noch in der Hand. Er öffnet den Mund, als wolle er die Kassiererin etwas fragen. Aber die blafft ihn an: «Weitergehen! Der Nächste!» Er gehorcht.

Peter Kappe tritt vor und zahlt das Parfüm mit einem Hunderter. Als er das Wechselgeld ins Portemonnaie steckt, sieht er, dass die Kassiererin ihm den angekohlten Zehner gegeben hat. Er will sich beschweren, doch da spürt er, dass er beobachtet wird. Der Offizier steht hinter einem Stapel Dujardin-Kisten und fixiert ihn. Es ist kein unauffälliger Blick, und er liegt wie eine schwere Hand auf Kappes Schulter. Unwillkürlich denkt Kappe: Flugzeugabsturz – Feuer – verkohltes Geld fällt vom Himmel. Er steckt sein Portemonnaie in die Hosentasche. Und macht ein Gesicht, als könne er kein Wässerchen trüben.

Als er mit feuchten Händen in seinen Opel Rekord steigt, fühlt er sich, als hätte er etwas im Laden gestohlen und wäre dabei erwischt worden. Eine unsichtbare Berührung kitzelt ihn zwischen den Schulterblättern. Wird er beobachtet? Die Nacht ist dunkel und regenschwer. Während der Transitfahrt schaut Kappe immer wieder in den Rückspiegel, aber es folgt ihm niemand.

# EINS

## Freitag, 6. Dezember 1974

NEUN GRAD, bedeckt, leichter Regen. Der Dezember beginnt in diesem Jahr mild, fast wie am Mittelmeer. Die Frühmaschine der Air France aus München-Riem ist über den Südkorridor im Anflug auf Berlin-Tegel, Flughöhe dreitausend Meter. Es ist ein ruhiger Flug.

An Bord der Caravelle befinden sich zahlreiche sehr glückliche, zumindest aber sehr erfolgreiche Menschen. Fliegen ist Luxus. Nach der Ölkrise im vergangenen Jahr verlangen einzelne Fluggesellschaften Kerosinzuschläge. Und das, während die Wirtschaft in Deutschland stagniert. Das ist man nicht gewohnt im Wirtschaftswunderland. In den vergangenen Jahren haben viele Reisende ihre Flüge von dem bezahlt, was sie sich mit Überstunden dazuverdient haben. Aber das Jahr 1974 begann mit Tarifauseinandersetzungen, Streiks, Kurzarbeit. Die Flüge von und nach West-Berlin werden seit 1962 von der Bundesregierung subventioniert. Ausgenommen ist die erste Klasse. Deshalb genießt Josef Bolp den Flug umso mehr. Die Zeitung zahlt schließlich. Bolp, vor einem Monat zum Chefreporter beim *Berliner Blitz* befördert, fühlt sich, als hätte er im Leben alles erreicht. Er hat einen Fensterplatz in der ersten Klasse, er hat eine Flasche Champagner, und er hat eine Spitzenaussicht auf das phänomenale Hinterteil einer Air-France-Flugbegleiterin. Bolp testet den vor zwei Monaten neu eröffneten West-Berliner Großflughafen Tegel-Süd für sein Blatt. Taugt der sechseckige Terminalring mit dem dreieckigen Abfertigungsgebäude aus rohem Beton überhaupt für Otto Normalverbraucher? Tegel soll West-Berlins Tor zur westlichen

Welt werden, der modernste «Drive-in-Airport», den es gibt. Also allet schnieke?

In der Reihe schräg vor dem Reporter sitzen internationale Berühmtheiten. Bolp hat Chansonsängerin René Bliss erkannt. Ihre Version des Piaf-Chansons *La vie en rose* läuft im Radio rauf und runter. Sie hat ihre Fernsehballettbeine übergeschlagen und wippt mit dem exquisiten Fußgelenk. Bolp ist klar: Man nennt René nicht grundlos die schönste Frau West-Berlins. Und diese Frau ist verliebt. In ihre neuen roten Lackleder-High-Heels mit den sexy 15-Zentimeter-Stilettoabsätzen. Die Schuhe haben die gleiche Farbe wie Renés Lippenstift.

Neben der Chanson-Königin hat Josef Bolp Marc Monroe ausgemacht. Bolp weiß, so einen Typen wie den nennt man einen «Glamrocker». Der Sänger aus London umklammert Renés Hand. Bolp fragt sich, wann der Kerl zuletzt feste Nahrung zu sich genommen hat. Irgendetwas zerfrisst ihn. Seine Lippen sind trocken, die Gesichtshaut klebt ihm am Schädel. Als Reporter arbeitet Bolp gerne mit Klischees, das verkürzt die Prosa. Und dieser Monroe sieht aus wie ein degenerierter englischer Lord nach einem langen dunklen Winter. Das blonde Haar hat er sich mit reichlich Boheme-Attitüde und Frisiercreme an den Scheitel gespachtelt. Er trägt einen Hut und einen weißen Anzug mit Weste. Noblesse oblige. An der messerscharfen Unterlippe klebt ihm eine Zigarette. Die Konkurrenz schreibt über Monroe, er sei am Ende. Lebens- und Schaffenskrise. Wenn Bolp sich die Frau neben Marc Monroe anschaut, dessen vermeintliche Seelenverwandte René, die selbstverliebt ihre Schuhe streichelt, bekommt er Mitleid mit dem Engländer.

In der Reihe vor den beiden sitzt Karl Rosen, der größte Konzert- und Tourneeveranstalter West-Berlins. Man sagt sogar, er sei der Erfinder des Open-Air-Rockkonzerts in Deutschland. Rosen macht einen zufriedenen Eindruck. Als hätte er die roten Stilettos bezahlt. Er trägt eine gelbe Schirmmütze mit der Aufschrift *Sankt Moritz* und ein rotes Sakko.

Bolp wollte eigentlich durch die winzigen Fenster der Caravelle ein paar Fotos von ihrem Anflug auf Berlin schießen. Für seine Reportage. Das Übliche: Der Osten staubgrau, der Westen bunt wie ein Strauß Pril-Blumen. Besser wäre jetzt aber ein Foto von Rosen, wie er sich einen hinter die Binde kippt. Denn genau das tut er gerade.

West-Berlin hat sich in letzter Zeit Sorgen um Kalle Rosen gemacht. Der hat zu oft einen abgebissen. Aber nach zwei Wochen Winterurlaub sieht der Sechzigjährige erholt aus. Er ist braun gebrannt und wirkt tatkräftig wie ein alternder Old Shatterhand. Bolp weiß aus der Klatschredaktion, dass Rosen in der Schweiz ein Chalet hat. Der hat die beiden Sänger vermutlich eingeladen, damit sie mal eine Pause machen von der West-Berliner Klubszene. Mal echten Schnee sehen. Man kann bei diesen Kreativen ja nie sicher sein, ob sich das nicht auszahlt. Einmal mit der Seilbahn auf das Matterhorn gefahren, schon komponieren Talente wie Marc Monroe beim Grog ein Jahrhundertalbum.

Und die Chansonschönheit René Bliss? Schwere tizianrote Locken, animalischer Mund, Augen wie Sterne – es würde Josef Bolp nicht wundern, wenn die flotte Maus dem Konzertgiganten Rosen auch privat am Herzen läge.

Jedenfalls hat Karl Rosen schon die dritte Runde Bluna mit Eierlikör intus. Es geht ihm offenbar großartig mit seinem Schwips. Noch. Die West-Berliner kennen Rosen als Quartalssäufer. Man sieht regelmäßig Fotos, auf denen er im Kempinski vom Barhocker rutscht.

Nonchalant dreht Rosen sich zu René Bliss um. Sein Handrücken streicht über ihren Spann. Er nuschelt lautstark: «Du kannst sagen, was du willst, Schätzchen, aber der gute alte Papa Kalle weiß am besten, was Frauen brauchen! Nikolaus, da dreht sich eben alles um Schuhe.» Rosen zwinkert René zu.

Bolps feuchte Finger umklammern das Objektiv seiner Kamera.

«Wenn es um Schuhe geht, ist für Frauen doch jeden Tag

Nikolaus», flirtet René zurück. Sie hat einen erstaunlich rauchigen Bariton für eine so feminine Person. Achtzig Prozent aller West-Berliner glauben laut einer Umfrage des *Berliner Blitz*, dass René eigentlich ein Mann sei. Das ist ihre Erfolgsmasche.

Dem Journalisten Bolp ist klar, dass Marc Monroe als Brite nichts vom deutschen Brauch weiß, am 6. Dezember die Schuhe zur Befüllung durch irgendeinen bärtigen Heiligen auf den Flur zu stellen. Aber trotz seiner Egozentrik fällt bei Monroe plötzlich der Groschen: Achtung, Papa Kalle schmeißt sich an die Freundin ran! Der Glamrock-Star springt auf, packt Rosen am Schlafittchen, hebt ihn aus dem Sitz und boxt ihn vor die Brust. «Fahr zur Hölle!», zischt er.

Der Impresario japst nach Luft. Er zieht das Knie hoch, trifft Monroes maßgefertigten Schritt. Monroe krümmt sich, japst «Verfluchter Hunne!» und klappt zusammen. Gequält richtet er sich auf, rückt seinen Hut zurecht und entschuldigt sich bei der erschrockenen Flugbegleiterin.

Bolps Kamera glüht. Er kann sein Reporterglück kaum fassen. Promi-Schlägerei in der ersten Klasse – Material für die Titelseite!

Monroe stürmt ein paar Sitzreihen nach vorne und wirft sich auf einen freien Sessel. Bolp sieht ihm an, dass er fertig ist mit Europa. Der Lord of Pop muss sich wieder einmal neu finden und erfinden. Vielleicht als androgyner Außerirdischer? Vielleicht in Los Angeles?

Seinen neuen Sitzplatz erreicht Monroe gerade noch rechtzeitig vor dem Landeanflug. Mit einem seidigen «Ploing» schalten sich die Leuchtschriften *Fasten Seat Belt* und *No Smoking* an der Trennwand zur Bordküche ein. Die Flugbegleiterin beugt sich über den Sänger, und Bolp kommt noch einmal in den Genuss ihres Hinterteils.

«Finger weg von meinem Anschnallgurt!», brüllt Monroe plötzlich. «Kümmern Sie sich lieber um den betrunkenen alten Mann da hinten!» Er zeigt auf Rosen.

Der angetrunkene Rosen hat anscheinend seinen gehässigen

Tag. Er hat zwar nur eine Leber, aber mehr als eine internationale Berühmtheit im Programm. Also muss er nicht vor Marc Monroe kuschen. «Ich hab so Heimweh nach dem Kurfürstendamm», singt Rosen spöttisch und prostet Monroe zu.

Josef Bolp weiß, dass Rosen auch mit Hilde Knef zusammengearbeitet hat, zehn Jahre ist das nun her. «Aus Glück wurde Pech, und aus Pech wird Glück», krakeelt der Impresario. Monroe zeigt ihm über die Sitzlehnen hinweg ganz jenseits aller britischen Höflichkeit den Mittelfinger.

Bolp spult seinen 36er Farbfilm mit der Handkurbel zurück. Er muss dringend telefonieren. Die Redaktion muss ihm die erste Seite freihalten. Mögliche Schlagzeilen hat er auch schon formuliert: *Prügel-Rocker-Attacke auf Konzert-Giganten Kalle – René Bliss: Nikolaus, lass mir meine Schuhe! – Glückstränen nach Höllenflug.*

Peter Kappe redet sich ein, er sei ein mustergültiger moderner Ehemann. Als solcher befürwortet er es natürlich, dass seine Frau berufstätig ist. Er frühstückt nicht nur Müsli, er macht auch den Abwasch, er hat einen Organspendeausweis und eine Herrenhandtasche. Als Feminist würde er sich im Zweifelsfall sogar von seiner Frau schlagen lassen. Damit es nicht so weit kommt, hat er Sarah heute Morgen lieber nicht geweckt.

Die Ärztin arbeitet seit ein paar Wochen in der Radiologie des Rudolf-Virchow-Krankenhauses. Desinfektionsmittel, gewienerte PVC-Böden, grüne OP-Kittel, Schmerzen – nach einer Nachtschicht ist Kappes zierliche Frau so ausgezehrt wie ein Kriegsheimkehrer.

Im dunklen Flur der Wohnung liegt ein Zettel unter der orangefarbenen Kugellampe auf der Kommode. Ist es ein Liebesbrief von Sarah? Sie schreibt ihm kleine Notizen, seit sie zusammenleben. Sarah ist ein Ostmädel mit jüdischen Wurzeln aus Köpenick. Sie weiß es nicht, aber für Kappe schreibt sie trotzdem die romantischsten Notizen der Welt. *Spätschicht,* setzt ihn dieser Zettel feinsinnig ins Bild. *Heute Nikolaus. Stiefel füllen! Einkaufen! S.*

Immer unterschreibt sie nur mit *S.*, darunter stets ein lässiger Kugelschreiberkringel. Kappe hat keine Ahnung, ob das etwas mit ihrem Beruf zu tun hat. Ärzte sollen ja besonders gerne kritzeln. Der Signatur auf dem Zettel folgt eine Einkaufsliste für die Kaufhalle, wie Sarah immer sagt: *Kartoffeln (mehlig kochend), Butter, Trinkvollmilch, Kaba …*

«Ich liebe dich auch», ergänzt Kappe in die Dunkelheit hinein. Es ist wie der Geist einer Wahrheit. Sein Herz weiß es, aber das Gefühl ist nicht wirklich da. Dieser verdammte Alltag vergiftet ihn. Er vermisst Sarah, gleichzeitig weiß er, dass er vernünftig sein muss. Vernünftig ist modern.

Also gut. Seine kleine Tochter Tabea hat am vergangenen Abend mit Hingabe ihre Stiefelchen poliert. Er arrangiert die Schuhe vor der Eingangstür, füllt sie mit Liebesperlen, Esspapier, Nappo, Schleckmuscheln und Knuspermünzen aus dem Naschfach.

Später tritt Kappe hinaus auf die Straße. Zwischen den Bürgerhäusern und den Gaslaternen mit ihrem diesigen altgoldenen Licht träumt er sich gern nach Prag. Vier Jahre ist das erst her? Peter Kappe, jung und naiv, und Sarah mit ihren kurzen blonden Locken unbeschwert wie der Jazz auf der Karlsbrücke. Sarahs lachende Augen, die funkelnden Türme und Kuppeln, auf denen die Sonne glitzert. Hand in Hand laufen Sarah und Peter durch die verwinkelten Gässchen am Wenzelsplatz. An einem Wintermorgen wie diesem denkt er oft: Sie müssten einfach nur wieder nach Prag fahren.

Als Kappe sich bei Helmuts Kiosk an der Ecke einen *Tagesspiegel* und eine Schachtel Ernte 23 kauft, fragt der: «Is wat im Busche?»

Kappe faltet die Zeitung zusammen. «Warum fragen Sie mich das?»

Helmut zuckt mit den Schultern. «Sie sehen imma so aus, als wüssten Sie wat, det Sie niemandem sagen können.»

«Jeder in Berlin weiß etwas, das er niemandem sagen kann.»

Auf der Frontscheibe von Kappes übersichtlichem Opel Rekord liegt der gefrorene Nebel des nahen Lietzensees. Kappe startet den Motor. Das Lenkrad ist kalt, die Lenkradschaltung klamm. Der Morgen riecht nach nassem Hund.

Das fängt ja gut an! Wegen einer technischen Störung der neuen Fluggastbrücken muss die Caravelle der Air France auf einer Außenposition auf dem Vorfeld parken. Kein guter Service. Josef Bolp macht sich Notizen für seinen Artikel.

Eine fahrbare Treppe rollt heran, und die vordere Kabinentür öffnet sich. Das Personal bittet die Fluggäste der zweiten Klasse, noch sitzen zu bleiben. Denn zuerst dürfen die Passagiere mit dem höchsten Status aussteigen. Und zuallererst Marc Monroe.

Josef Bolp sieht, wie eine schwarze Limousine auf dem Vorfeld heranrollt. Monroe zieht seinen Hut tief ins Gesicht, trotzdem ertönen vereinzelt spitze Schreie aus der Holzklasse, als der Lord of Pop aufsteht. René Bliss erhebt sich ebenfalls. Sie ist so unauffällig wie eine Nudistin in einer Fußgängerzone. Bolp glaubt, dass Marc Monroe sie mit seinem Wagen mitnehmen wird. Aber der rauscht ab, ohne sie oder Papa Kalle eines Blickes zu würdigen. Wenn der Mann einen Schlussstrich zieht, zieht er einen Schlussstrich. Chapeau!

René Bliss wird unter ihrer Glitzerschminke ganz blass. Klassische Abfuhr für die Maus. Bolp ist kein Frauenversteher, aber ein bisschen tut ihm die Hupfdohle doch leid. Als guter Journalist muss er beide Seiten sehen. Der Monroe, so 'n halbes Hemd, eifersüchtig wegen eines vom Impresario geschenkter Paar Schuhe! Wie bourgeois! Dieser Kleingeist hätte doch bloß mit seiner Perle ins KaDeWe fahren müssen. Dann wäre alles wieder gut geworden.

Karl Rosen holt Renés Louis-Vuitton-Köfferchen aus dem Gepäckfach und hängt es sich über die Schulter. Beim Aufstehen schwankt er. Hat doch mehr getrunken, als ihm guttut. Die Tasche stabilisiert ihn, aber er wackelt sichtbar, als er Richtung Kabinentür geht. René will ihn stützen, doch er schiebt sie weg. Er will wohl nicht als alter Opa in Erinnerung bleiben.

Also geht René voraus. Bolp folgt ihnen. René zündet sich im Gehen eine Zigarette an und schimpft vor sich hin. «Auch noch Nieselregen», hört Bolp. «Und dieser hässliche neue Flughafen! Ein duftes Beton-Ufo ham die da hingebaut!»

René steckt sich im Gehen die Haare hoch, mit der brennenden Zigarette im Mund. Aus einem Zeitungsartikel weiß Bolp: René liebt mehr das Barocke, weniger die Funktionalität der Moderne. Die gesamte westliche Welt wartet ohnehin darauf, dass sie sich von Marc trennt. Ihre Fans glauben nicht, dass sie es auf Dauer ertragen kann, dass Marc von Natur aus eine Kleidergröße weniger hat als sie. Sogar gezupfte Augenbrauen und lange blonde Wimpern hat der, wie eine schwedische Lichterkönigin.

René atmet tief durch. Bolp bleibt stehen. Eigentlich ist es ja herrlich polyglott: die Künstler, ihre vielen Verehrer, das Motorengedröhne und der Kerosinmief auf dem Flugfeld. Als luftbrückenerfahrener Berliner hält man das bereitwillig für den Duft der großen, weiten Welt.

Seit ein paar Wochen ist Peter Kappe Dauerwaffenträger. Wie jeder Kriminalkommissar. Im Dienstgebäude Keithstraße 30 des Landeskriminalamtes werden die Pistolen jedoch abgelegt. Kappe schreibt seinen Namen gerade neben der hölzernen Pförtnerloge in die Kladde mit der Aufschrift *Schlüsselbuch Waffenkammer*, als ihn Kriminalhauptkommissar Harry Engländer abfängt.

«Lebendkontrolle!», ruft Engländer, knallt Kappe seine schwere Hand auf die Schulter und lacht wie ein Orang-Utan.

Kappe fährt pflichtschuldig zusammen. Er ist kein Morgenmensch. Das hat er bei einem Test in der *Brigitte* herausgefunden, die Sarah neuerdings für ihn auf dem Küchentisch liegen lässt.

Aber Harry Engländer ist noch nicht fertig. «Na, mein Junge, gut geschlafen? Nein? Das macht nichts, wir von der MK 6 haben ja sowieso Rufbereitschaft. Ich traue mich zu Hause auch kaum noch in die Sauna. Da höre ich nämlich das Telefon nicht. Und – schon Kaffee getrunken? Trinken Sie überhaupt Kaffee? Nein? Kamillentee, was?»

«Pulverkaffee. Ein Stück Zucker.»

«Na, dann kommen Sie mal gleich mit.»

Engländer ist ein jovialer, rotgesichtiger Mann Ende fünfzig mit Glatze und Bauch, der trotzdem voller entschlossener Energie die breiten Treppen der Dienststelle hinaufstürmt. Er stößt seine Bürotür auf, wirft den Mantel auf seinen aktenbedeckten Schreibtisch, schiebt den Farbroller für Fingerabdrücke beiseite und zeigt auf den Besucherstuhl.

Kappe setzt sich. Der Leiter der Mordkommission 6 fällt in seinen ledernen Chefsessel, die Hände in der Anzughose, und wippt vor und zurück. «Ich kenne Ihren Vater jetzt seit fast zwanzig Jahren», sagt er und mustert Peter Kappe. «Respekt! Guter Mann. Kollege Keunitz von der MK I kann stolz darauf sein, dass er ihn hat.»

Kappe lächelt und erwidert nichts. Wie immer, wenn er in den letzten Monaten auf diesem Stuhl saß, starrt er auf die Urlaubspostkarten. Eine zerfledderte Collage aus den letzten Jahrzehnten klebt an der Seite von Engländers dunkelbraunem Rollschrank: Paris, Gran Canaria, der Frankenwald. In diesem Büro riecht es, als hätte jemand ein Butterbrot in einer der Schubladen vergessen, was kein Wunder wäre. Denn im Dienstgebäude Keithstraße des Landeskriminalamtes Berlin gibt es keine Kantine.

«Sie sind ja nun schon ein paar Monate bei uns», fährt Engländer fort. Kappes Personalakte liegt vor ihm auf der Schreibtischunterlage. «Ich schätze Ihre Arbeit, Herr Kappe. Gerade Ihre Vernehmungen. So modern und zugewandt. Da zahlt sich Ihr Psychologiestudium aus und auch, dass Sie schon ein wenig lebenserfahrener sind. Die Menschen vertrauen Ihnen. Ich spüre so was, und ich glaube, Herr Kappe, Sie werden ein Leistungsträger der Polizei von morgen sein.»

Kappe findet es amüsant, wie sehr sich die Menschen regelmäßig in ihm irren. Er sieht seriös aus, schön und gut, aber er bezweifelt, dass er auch nur einen Funken Ehrgeiz in sich trägt. Jedenfalls keinen Ehrgeiz, der über eine Verwendung bei der Mordkommission hinausgeht. Und dort ist er ja nun angekommen. Von seinem Vater kann Kappe jedenfalls keinen Ehrgeiz geerbt haben. Der ist seit 1958 Kriminaloberkommissar. Bei Beförderungen wird er regelmäßig ausgelassen. Er hat einfach zu gerne recht. Ein Opfer seiner Leidenschaften.

«Ich würde mir keine allzu großen Hoffnungen machen, Chef», sagt Kappe.

«Richtig, Kappe, sehr gut! Diese Bescheidenheit!» Harry Engländer strahlt und klopft auf Holz. «Wir brauchen euch Kappes doch! Und da Ihr Vater drüben bei der Mordkommission I in zwei Jahren in Pension geht, freuen wir uns sehr, dass wir jetzt Sie als Kriminalkommissar zur Anstellung bei uns haben. Ihr Kappes seid doch so was wie unsere Maskottchen, sozusagen unsere Glücksbringer!»

Vor Kappes innerem Auge erscheint eine Fotocollage im Stil von Hannah Höch: ein rosa Marzipanschweinchen, dem man sein eigenes grinsendes Konterfei aufgeklebt hat. Es hat ein Riesenkleeblatt zwischen den Zähnen, so wie ein Rosenkavalier eine Rose trägt.

Jeder in der Keithstraße weiß es: Ein Kappe bei der Mordkommission, das gehört sich so, das hat Tradition in Berlin. Erst Peter Kappes Großonkel Hermann, dann dessen Sohn Hartmut bei der Volkspolizei in Ost-Berlin, dann Peters Vater Otto, jetzt er selbst. Die Kappes mischten quasi schon vor der Gründung der Mordinspektion Berlin durch Ernst Gennat im Jahre 1926 mit. Vielleicht ist Peter Kappe deshalb hier. Die ganze Welt hätte ihm offengestanden. Aber er hatte Blut geleckt. Erst recht, seitdem sein Vater ihn bei ihrer ersten und letzten Zusammenarbeit vom Mordfall Schidlos hatte abziehen lassen. Er hatte ihn wohl aus der Schusslinie nehmen wollen. Jetzt, mit zwei Jahren Abstand, kann er das verstehen. Der Radikalenerlass hätte Peter Kappe seine

Anstellung kosten können. Denn in der linken Szene hatte er sich fast ein bisschen zu gut ausgekannt. Doch Peter Kappe ist robust. Im Krieg hat er schon als kleines Kind so manchen Toten gesehen. Auch wenn ihm das erst in der letzten Zeit bewusst wird. Eine seiner frühesten Erinnerungen kurz vor Kriegsende ist, dass er mit seiner Mutter im Luftschutzkeller war. Der Keller war stickig und sehr voll. Hinter der Tür hatte eine Schwangere gestanden. Ein Soldat des Volkssturms hatte von außen an die Tür gepocht und verlangt, dass man ihm öffne. Als dies nicht sofort geschah, stieß er ein Bajonett von außen durch die Kellertür und spießte die Frau und ihr ungeborenes Kind auf. Die Sinnlosigkeit dieser Aktion lässt Kappe noch heute frösteln. Natürlich ist er Pazifist. Aber es gibt Momente, da würde er am liebsten auf Gewalt mit Gewalt reagieren. Wenn er bloß nicht so gut erzogen wäre!

Tote, deren Schicksale namenlos im Sand der Zeit verrannen, hat er im Krieg genug gesehen. Oft hat er die Frage nach dem Warum gestellt. Warum gerade der oder die? Nur hier bei der Mordkommission kann er das Warum klären. Hier hat er die Chance, die Geschichte des Toten herauszufinden. Das gewaltsame Ende eines Lebens an einer neuen Rechtsstaatlichkeit jenseits jedes politischen Einflusses zu messen. Das zu glauben, hat er sich zumindest vorgenommen. Diese naive Rechtsgläubigkeit ist ihm angenehmer als jede Religion.

Und die Kappe-Tradition bei der Polizei? Die muss er nun mal in Kauf nehmen. Er braucht den Segen seines Vaters nicht. Aber nur bei der Mordkommission ist Peter Kappe etwas Besonderes, ein Kronprinz, ohne etwas dafür tun zu müssen. Das hat auch etwas Metaphysisches. Kappe grinst in sich hinein. Er denkt, dass er rasch noch einen Sohn zeugen müsste, um ihn auf dem Altar des Polizeipräsidenten zu opfern. Denn seine Tochter kriegen die hier nicht. Die Kleine soll unbedingt etwas gänzlich Unvernünftiges machen – Hippiekommunardin, Schauspielerin, so was in der Art.

«Manchmal glaube ich, wir Kappes sind einfach schon zu lange dabei», sagt Kappe zu Engländer.

«Ach, kommen Sie! Sie fangen doch gerade erst richtig an!» Harry Engländer strahlt. Da ist nichts Misanthropisches in seinem Blick. Denn Engländer hasst die Menschen nicht. Er findet es nur spannend, wenn sie sich gegenseitig umlegen. «Ich glaube jedenfalls, Sie sind so weit. Ab jetzt werde ich Ihnen Fälle zuteilen, die Sie selbstständig bearbeiten. Bevor Sie mir in die Midlifekrise rutschen!» Engländer lacht und winkt mit einer zweiten Personalakte. «Ich habe hier noch einen neuen, jungen Kollegen für Sie, Kriminalmeister Wolf Landsberger. Den teile ich Ihnen als Treppenterrier zu. Der hat auch Abitur. Sie beide werden mein intellektuelles Gespann!»

«Abitur? Was hat Landsberger denn zuletzt gemacht?»

«Der war Mitarbeiter in der Pressestelle», antwortet Harry Engländer. «War ihm wohl zu theoretisch. Hier, schauen Sie. Schneidiger Kerl. Sportlich. Kann mehrere Fremdsprachen.»

«Entschuldigen Sie, wenn ich das anmerke, aber der hat doch genauso wenig Erfahrung wie ich.» Kappe steht mit dem Gefühl auf, seinen Kredit bei Gott endgültig verspielt zu haben. Er stellt den Stuhl ran. «Ich würde vorschlagen, dass Sie uns nur die wirklich aussichtslosesten Fälle geben, Chef. Dann verderben wir Ihnen wenigstens nicht die Aufklärungsquote.»

René Bliss schwebt die Flugzeugtreppe hinunter, als sei es eine Showtreppe in Las Vegas. Sie schwenkt ihren Tigerstretch-Luxushintern in Richtung Karl Rosen. Der wird kurzatmig und denkt: Mist, ich werde langsam zu alt für solche scharfen Schnallen! Die reizende Air-France-Flugbegleiterin hilft ihm die Flugzeugtreppe hinunter. Dann entschuldigt sie sich, sie müsse sich auch um die anderen Passagiere kümmern.

Rosen überquert das Vorfeld Richtung Terminal A. Das ist nur vierhundert Meter entfernt. Ihm ist schwummerig. Früher hat er diese Drinks besser weggesteckt. Er klammert sich an den Anblick von Renés Endlosbeinen mit den roten Stilettos, die ihn Richtung Terminal einwinken wie ein Fluglotse. Ein Schritt und noch einer. Die Brust ist ihm eng. Das Atmen fällt ihm schwer.

Ein dunkler VW-Bus fährt auf ihn zu. Rosen winkt, damit der Wagen ihn nicht überfährt. Der stoppt hinter ihm. Zwei Männer springen heraus. Die erinnern Rosen vage an irgendetwas. Vielleicht hat er mal mit ihnen gearbeitet? Dann kommt noch ein anderes Auto, ein langer schwarzer Kombi. Auch aus dem steigt jemand aus. Jedenfalls wird es laut, es kommt zum Handgemenge. Rosen hat das Gefühl, der eine Mann hätte ihn etwas gefragt. Auf Französisch. Sind das Franzosen? Es ist ein Jammer, diese Menschen jetzt anzusehen. Paris, die Stadt der Liebe. Was hatten wir da auch zu suchen im Krieg?

«Haben Sie etwas getrunken, Monsieur?», hört er eine Stimme fragen.

«Habt ihr Froschfresser jetzt was zu sagen in Deutschland?», brüllt Rosen zurück. «Oder spricht der Teufel jetzt schon Französisch? Ich hätte euch damals alle …»

Rosen kneift die Augen zusammen. Undeutlich sieht er die drei Gestalten um sich herum. Einen glaubt er zu kennen. «Bist du nicht der schwachsinnige Bastard?», fragt er. Aus dem Nichts trifft ihn ein Schlag mitten ins Gesicht. Brüllender Schmerz. Der Flughafen zerfällt in einzelne Atome und weht Richtung Horizont. Rosen schüttelt sich, ist aber nicht mehr derselbe. Er stößt dem einen Teufel die Reisetasche vor die Brust. Der andere hebt den Arm. Die schnelle Bewegung danach kann Rosen nicht deuten.

Ist das ein Gitarrensolo? Rosen sieht nichts mehr. Wieso kniet er hier? Er bekommt keine Luft mehr. Feuchter Schleim, der nach Eisen schmeckt, würgt ihn in der Gurgel. Jetzt also rächt es sich. Die Geister der Franzosen kommen ihn holen. Sie fassen ihn an, sie schreien aus strammen Mündern. Er hat all die Jahre nicht daran gedacht, was er im Krieg getan hat. Es brennt, und die Nacht ist hell erleuchtet, Schreie im Feuer. So schöne Menschen, und dann brennen sie. Das schreit ihm der Teufel jetzt entgegen. Das

Seelische, das ist schon immer Karl Rosens Schwachstelle gewesen. Er hat, als endlich Frieden war, keine Freude mehr in sein Herz lassen können. Das hat sein Arzt gesagt. Es ist also auch möglich, dass der Teufel ihn wegen seines Lebenswandels holt. Aber die vielen Frauen, gute Frauen, schöne Frauen, denen hat er doch allen … alles, was die wollten, immer, und ohne zu verhandeln. Einmal sogar ein Cabrio. Und dann der viele Schnaps über die Jahre. Er hätte nicht von Tegel fliegen sollen, er ist ein dummer, alter Mann geworden. Hat er es denn nicht gewusst? Dieser neue Flughafen, das muss ein Tor sein, das Tor zur Hölle. Tegel / Teufel – allein die Ähnlichkeit der Wörter! Das Herz brennt ihm seltsam.

Die drei Teufel tragen so etwas wie Uniformen, Arbeitskleidung vielleicht. Sind die drei der Tod? So eine Art Dreifaltigkeit der Hölle? Wie ihnen die Augen brennen! Genau wie damals, Sommer 1944 im Périgord. Nur, dass diesen Kerlen hier auch noch der Schwefelrauch aus Mund, Nase und Ohren quillt. Die Teufel stecken die Köpfe zusammen. Rosen versteht nicht, was sie sagen, aber sie streiten sich offenbar.

«Was wollt ihr von mir?», schnauzt er sie an. Rosen hat schließlich Rang und Namen. Er hat die Telefonnummer von Mick Jagger. «Denkt ihr, ich weiß nicht, wer ihr seid? Was wollt ihr? Wollt ihr mich holen? Jetzt? Nach all den Jahren? Verschwindet! Lasst mich in Frieden! Ich habe immer alles für euch und die anderen getan! Und bezahlt habe ich, für alles bezahlt! Hört ihr? Für alles!»

Sobald Peter Kappe die Tür zu seinem Büro einen Spaltbreit öffnet, riecht er es: frischer Sauerstoff. Geradezu frühlingshaft. Jemand hat durchgelüftet. Und dann hört er es: Jive-Rhythmen. Abba singt *Waterloo*. Er stößt die Tür auf. Jemand mit sehr breiten Schultern steht am offenen Fenster und gießt die sterbenden Büropflanzen mit viel Schwung. *«Waterloo, / knowing my fate is to be with you …»*, dudelt das Radio. Wie passend!

«Guten Tag! Sind Sie Kriminalmeister Landsberger?», fragt Kappe.

Der Mann am Fenster federt herum. Er ist vielleicht fünf, sechs Jahre jünger als Kappe, und er besteht nur aus Muskeln, weißen Zähnen und guter Laune. Kappe hat im letzten Sommerurlaub ein paar Flash-Gordon-Comics gelesen, die ihm Helmut vom Zeitungskiosk besorgt hatte. Genau diese Sorte naiven und dennoch kraftvollen Charme strahlt Wolf Landsberger aus. Außerdem trägt er auch noch einen Maßanzug zu muskulösem Hals und Schulterholster. Das markante Gesicht ist glatt rasiert. Zwei pechschwarze Augenbrauen, geschwungen wie Peitschenhiebe, betonen die strahlend blauen Augen. Das goldblonde, akkurat gestufte Haar hat er sorgfältig flauschig geföhnt. Der Mann gehört eigentlich auf die Titelseite des Otto-Katalogs. Er knallt die Gießkanne auf das Fensterbrett und stürmt mit ausgestreckter Hand auf Kappe zu. «Ja, Wolf Landsberger mein Name. Und Sie sind der neue Kappe? Ist mir eine Ehre!»

Dieser Landsberger reißt ihm fast den Arm aus. Exzellente Manieren. Kappe rechnet kurz. Der Kerl hat Glück gehabt, der Krieg ist an ihm vorbeigegangen. «Schöner Anzug», lobt Kappe.

Landsbergers stahlblaue Iris weitet sich. «Hundert Prozent Schurwolle.» Er grinst. «Der Chef hat mich von der Uniformpflicht entbunden. Da muss ich ja nicht herumlaufen wie ein Gammler!»

Ein Snob ist wie ein Königspudel: Schwer zu beschreiben, aber man erkennt ihn, wenn man ihn sieht. Kappe hält mehr von schwarzen Rollkragenpullis. Vielleicht wäre kein düsterer Existenzialist aus ihm geworden, wenn er nicht studiert hätte.

«Hoffentlich haben Sie auch schöne und vor allem bequeme Schuhe», sagt Kappe. «Es tut mir leid, Ihnen eröffnen zu müssen, dass Kriminalhauptkommissar Engländer Sie mir als Treppenterrier zugeteilt hat.»

«Kein Problem!» Landsberger zeigt seine Hollywood-Beißerchen. «Ich bin gut in Form, spiele viel Fußball, Libero, beim Polizeisportverein. Wir sind eine feste Größe in der Amateurliga. Seit der laufenden Saison heißt das ja jetzt Oberliga Berlin.»

«Da ergänzen wir uns ja perfekt. Fußballbegeisterung ist mir nämlich ein Rätsel.»

«Ich hab ein Außenristspiel wie Beckenbauer.»

«Das könnte wichtig werden. Ich fürchte nämlich, ich bin ein verständnisvoller Chef. Bei mir müssen Sie sich vielleicht mit Ihrem Außenrist selbst in den Allerwertesten treten.»

«Ich könnte jedenfalls bei unseren frisch gebackenen Weltmeistern verdeckt ermitteln.»

«Vermutlich können Sie einfach alles», lobt Kappe. «Sie sehen jedenfalls so aus.»

«Selbstbewusstsein hat noch niemandem geschadet. Und welchen Sport üben Sie aus, Trimmtrab?»

«Billard. Pistolenschießen.» Kappe beherrscht Disziplinen gut, bei denen es auf Zielen und Konzentration ankommt. «Und manchmal spiele ich eine Runde Pétanque.»

«Boule? Mit dem Schweinchen?»

«Eher mit dem Rotweinchen.»

«In Frankreich nennt man die Zielkugel *Cochonnet*. Zu Deutsch Ferkel.»

«Ja, die soll früher aus Schweineknochen gewesen sein.»

«Ich weiß.» Landsberger strahlt. «Meine Großmutter ist Französin. Sie kommt aus Paris.»

«Bonfortionös. Das wird uns eine große Hilfe sein.»

Landsberger legt ihm seine Sportlerpranke auf die Schulter. «Unglaublich, Ihre Haltung! Immer professionell und höflich!»

Kappe murmelt irgendetwas und schüttelt Landsbergers Hand ab. Anscheinend hat er den neuen Kollegen mit seiner zarten Ironie überfordert. Herr im Himmel, noch ein Problem mehr! Kappes karriereorientierte Frau, seine viel zu schlaue Zweieinhalbjährige, sein Vater, der aufsattelt, um in den Sonnenuntergang zu reiten, sein Chef, der in ihm den nächsten Polizeipräsidenten sieht – und nun auch noch dieser knorke Alleskönner-Strahlesupermann. Das Leben ist wohl entschlossen, ihm den allerletzten Nerv zu rauben.

Josef Bolp steht mit den anderen Passagieren der Maschine aus München um das Gepäckband. Es riecht neu im Terminal A, nach Gummi und Farbe und Kalk. Alles ist grau und gelb und rot hier. Poppig, wie man jetzt so schön sagt. Bolp hat einen Koffer aufgegeben, nur um zu testen, wie der Laden so läuft.

Auf der anderen Seite des Bandes lehnt René Bliss an einer der sechseckigen Betonsäulen. Sie hat eine alberne Glitzersonnenbrille aufgesetzt, damit sie keiner erkennt, und erzielt damit den gegenteiligen Effekt. Die Menge tuschelt. René raucht, schnippst ihre Asche in die dreieckigen Aschenbecher, die überall herumstehen, und schaut immer wieder nervös durch die großen ovalen Fenster auf das Vorfeld.

Irgendetwas ist anders. Bolp fragt sich, wo Renés Entourage geblieben ist. Wo ist Kalle Rosen? Vielleicht oben auf der offenen Betongalerie, die futuristisch in den Raum ragt wie die Befehlsbrücke von diesem Raumschiff Enterprise?

Der West-Berliner an sich steht nicht gerne am Gepäckband, muss Bolp feststellen. Man ist gelangweilt, gleichzeitig sprungbereit. Arme werden verschränkt, Hände in Hosentaschen gebohrt. Man will lässig wirken, aber man drängelt sich. Man rührt sich nicht von dem einmal eroberten Startplatz, damit einem keiner etwas wegschnappt.

Das nagelneue Förderband hat die Form einer großen liegenden Null. Edelstahleinfassung, schwarze Gummilamellen. In seiner Mitte werden die Gepäckstücke über einen schrägen Schacht von der Verladestelle nach oben fahren, vermutet Bolp, dann von einer Rolle abgelenkt, zunächst nach rechts und dann immer im Kreis. Bis jemand danach greift. So wird das sein, wenn es losgeht.

Bolp vertreibt sich die Zeit, indem er einen neuen Film in

seine Praktica einlegt. Einen 400er, für Innenaufnahmen ohne Blitz. Sein Hintern kribbelt vor Vorfreunde auf den Moment, in dem René Bliss mit ihren Nuttenschuhen nach ihren – vermutlich zahlreichen – Koffern hechten wird. Er hat die Kamera im Anschlag. Da merkt Bolp erst, dass René die roten Schuhe nicht mehr anhat, stattdessen trägt sie ein Paar mondäne Samtpantoletten mit Strassspangen.

Plötzlich beginnt eine kleine rote Rundumleuchte rechts am Gepäckschacht zu blinken. Das Band läuft jaulend an. Bolp bringt sich in Position. Jetzt erscheint durch den Lamellenvorhang am Ende des Bandes das erste Gepäckstück. Eine Art kaputter Kleidersack scheint das zu sein. Jedenfalls sieht Bolp Schuhe daraus hervorschauen. Wieso eigentlich Schuhe? Oder ist das eine Schaufensterpuppe? Was die Leute nicht alles aufgeben! Das Sperrgepäck erreicht die Gepäckumlenkung und rollt an der Führung nach rechts ab. Dabei wälzt es sich herum. Ein kollektives Aufstöhnen geht durch die Menge. Ein massiger Körper klatscht auf das Kofferband. Es ist ein Mensch, ein Mann: Karl Rosen! Zugedröhnt wie eine Strandhaubitze ist der. Sein Gesicht, der Hals und seine Kleidung sind blutverschmiert. Die Augen hat er geschlossen, den Mund offen. Einer seiner Arme hängt überstreckt über den Rand des Gepäckbandes, er wippt und scheint im Vorbeifahren nach den anderen Passagieren zu greifen. Rosen muss in seinem Suff unten auf dem Vorfeld das Rollband mit der Rolltreppe verwechselt haben. Was für ein Auftritt! Frauen kreischen. Männer halten ihren Kindern die Augen zu. Jemand ruft nach einem Arzt. Josef Bolp fotografiert wie nie zuvor im Leben.

Peter Kappe hat gerade den Tauchsieder in den Kaffeebecher gehängt, da scheppert das Telefon auf seinem Schreibtisch. Er hebt ab, bedeutet Wolf Landsberger mit der anderen Hand, dass er das Fenster schließen soll, und hört zu.

«Und das ist Terminal A? Ganz sicher?», fragt er. «Danke. Sicherungsangriff. Schicken Sie uns Verstärkung. Wir fahren hin.»

Kappe knallt den Hörer wieder auf das dunkelgrüne Telefon, was dieses mit einem leisen Schellenton quittiert.

Es ist plötzlich sehr still im Büro. Kappe hört das Ticken des Sekundenzeigers der Wanduhr. Ausgerecht am Flughafen. Kappe hat eine gewisse Affinität zu Flughäfen. Als er klein war, hat seine Familie eine kurze Zeit am Bayernring gewohnt, im Schatten der Einflugschneise nach Tempelhof. Später war er einer von diesen Jungs, die sich auf den Trümmerbergen Neuköllns um die Süßigkeiten geprügelt haben, die die Rosinenbomber während der Blockade an kleinen Fallschirmen abwarfen. Besonders der eine nette Ami ist ihm in Erinnerung geblieben, sie haben ihn «Onkel Wackelflügel» genannt. Aber jetzt gibt es einen neuen Flughafen. Einen modernen. Da wackelt nichts mehr.

Landsbergers 10 000-Watt-Grinsen droht, ihm seinen Unterkiefer auszuklinken. «Unser erster Fall?» Er strahlt. «Tötungsdelikt?»

«Jetzt geht es los, Landsberger», hört Kappe sich sagen.

Landsbergers Augen leuchten wie im Fieber. Er greift nach seinem Mantel.

Kappe kämpft noch mit dem heiligen Augenblick. «Kennen Sie die *Sesamstraße,* diese Kindersendung im Dritten? Ich schaue mir die seit letztem Jahr immer mit meiner Tochter an», sagt er.

Landsberger stutzt. «Bei allem Respekt – haben wir keine anderen Sorgen?»

«Haben Sie die Sendung schon mal gesehen? *Der, die, das / wer, wie, was / wieso, weshalb, warum?*» Kappe singt die Titelmelodie ziemlich schlecht. «Progressives Konzept. Lernen und Lachen in einer Sendung.»

Landsberger packt ihn an den Schultern. «Alles in Ordnung bei Ihnen, Kappe? War was in Ihrem Nescafé?»

«*Wieso, weshalb, warum* – verstehen Sie's nicht? Das sind jetzt wir.»

«Wir sind Ernie und Bert, oder was?»

«*Wieso, weshalb, warum.* Diese Fragen sind existenziell. Vielleicht lasse ich sie mir tätowieren.»

«Tätowieren? Das ist untersagt bei der Polizei. Soweit es das Amt erfordert, kann die oberste Dienstbehörde nähere Bestimmungen über das Tragen von Dienstkleidung und das während des Dienstes zu wahrende äußere Erscheinungsbild der Beamten treffen. Das ist Ihnen doch bekannt, Kappe? Haben wir jetzt einen Mord oder nicht?»

«Mord?» Kappe winkt ab. «Das entscheidet allein das Gericht. Diese Frage wurde schon in meiner Kindheit von meinen Eltern am Küchentisch verhandelt.»

«Warum sind Sie nicht Friseur geworden, wenn Sie sich gerne reden hören, Chef? Kommen Sie jetzt?»

«Die psychologischen Zusammenhänge, deswegen bin ich hier. Das interessiert mich.»

«Das können Sie mir ja mal nach Feierabend erklären. Fahren wir?» Landsberger scharrt mit den Füßen wie ein Mariendorfer Traberzosse.

Kappe muss lächeln. Erstaunlich, wie schnell eine Leiche die Laune heben kann. «Sie sind wahrscheinlich ein besserer Kriminalist, als ich es je sein werde, Sportskanone», sagt er.

Landsberger läuft knallrot an. Auf seiner Stirn pulsiert eine Vene. Kappe hat Angst, dass dem Kollegen der Kopf platzt. «Machen Sie sich über mich lustig? Bei der MK I wüssten sie mein Engagement bestimmt zu schätzen», nörgelt er. «Und die fahren sicher auch erst mal zum Tatort, bevor sie eine Leichenrede halten.»

Alles in allem hat der Kollege, auch wenn er frech ist, die richtigen Ideen. Kappe nickt. «So machen wir es, Landsberger. MK I kenn ich. Dem Alt-Männer-Klub da können Sie dann die Nasenhaare rasieren und ihm den letzten Nerv rauben mit Ihrem Engagement. Aber heute sind Sie erst mal noch mir zugeteilt. Sie waren bei der Pressestelle – Sie kennen sich hoffentlich mit den Schmierfinken von der Zeitung aus.»

Der Jagdinstinkt lässt Landsbergers Gesicht wider Willen aufleuchten. Er zieht sich mit dem Zeigefinger das rechte Unterlid herunter und sagt: «Mit der Presse bin ich auf Du.»

«Also gut, wir haben einen prominenten Toten am neuen Flughafen. Karl Rosen. Der bekannte Konzertveranstalter. Seine Firma heißt KaRoConcerts – Beatles, Stones und so weiter. Ein Journalist, der angeblich Rosens Leiche fotografiert hat, ein gewisser Josef Bolp, ist vom Flughafen verschwunden. Fahren Sie zur Redaktion des *Berliner Blitz*. Schnappen Sie sich Bolp. Sagen Sie, Sie kämen von mir. Ich kenne Bolp von einem früheren Fall. Nehmen Sie ihm seine Filme ab. Machen Sie ihm ein bisschen Angst. Danach treffen wir uns. Terminal A, Flugsteig 1. Maschine aus München.»

Landsberger ist schon halb aus der Tür, da fragt Kappe: «Und, Landsberger, haben Sie letzten Sonntag diesen neuen Krimi gesehen – *Derrick*?»

«O Gott, nein! Da war ich beim Fußball. Schauen Sie eigentlich nur in die Röhre?»

«Oft. Wenn Sie *Derrick* gesehen hätte, wüssten Sie, dass die ersten 48 Stunden einer Mordermittlung entscheidend sind. Also sagen Sie alle Fußballtermine ab.»

Landsbergers Hals wird dick und hart. Es ist nicht immer leicht, zu den besten Menschen der Welt zu gehören, denkt Kappe.

Peter Kappe fährt am Kurt-Schumacher-Platz auf die Autobahn und schon nach gut einem Kilometer am Saatwinkler Damm wieder ab. Er war noch nie auf dem neuen Flughafen. Ganz fertiggestellt sind die Außenanlagen nicht. Rechts neben der Zufahrt wird noch gebaggert. Dort sollen zwei Anzeigetafeln für Ankünfte und Abflüge entstehen, die über die Flüge und die jeweiligen Flugsteige informieren. Die Passagiere können dann mit dem Auto direkt davor abgesetzt werden. Der junge Architekt Meinhard von Gerkan hat den Flughafen in der Zeitung eine *Flugermöglichungsmaschine* genannt. Unerhört modern.

Über die Zufahrt zum Terminal spannt sich eine massive Brücke aus rohem Beton. Während Kappe darauf zufährt, schiebt sich von links ein Flugzeug auf die Überführung. Mit majestätischer

Größe und beängstigender Lässigkeit fährt eine Caravelle der Air France auf der Rollbahn in zehn Metern über der Straße. Das Flugzeug scheint über die Brücke zu schweben. Viel zu groß, viel zu nah. Kappe rutscht der Fuß vom Gaspedal. Ihn überfällt die surreale Vorstellung, die Caravelle könnte auf die Autobahn abbiegen und bis nach Paris fahren wie ein flugunfähiger Urzeitvogel. Gibt es das überhaupt – Brücken, die Flugzeuge tragen können? Es ist Anfang Dezember, trotzdem ist Kappes Hemd durchgeschwitzt, als er Flugzeug und Brücke hinter sich weiß. Die Welt ist im Wandel.

Kappe folgt einigen auf die Betonwand gemalten, mannshohen gelbblauen Richtungspfeilen zum Innenring. Das ist Pop-Art. Sehr international, wenn auch ziemlich verspielt für so eine ernste Angelegenheit wie einen Flughafen. Ein Design wie bei den Weltfestspielen der Jugend im letzten Jahr in Ost-Berlin. Dieser neuen, internationalen Jugend gehört Kappe nicht mehr an. Diese Zeit hat er hinter sich. Er hat sein Leben in die Hand genommen. Er hat jetzt Frau und Kind und eine Dienstwaffe. Nichts mehr mit Lustprinzip.

Als er den Wagen im ersten Gang über die Rampe zum sechseckigen Innenring des Abfertigungsgebäudes steuert, parken vor der Flughafenwache schon kreuz und quer einige Bullis mit Blaulicht. Kappe stellt seinen Opel Rekord vor dem gelben Schild mit der Aufschrift *A01* ab. Terminal A, Flugsteig 1. Er steigt aus. Sein Mantel dampft in der Kälte. Es riecht nach Smog. Vom Vorfeld hört er das Grollen der Flugzeugturbinen. Er kontrolliert noch einmal den Sitz seiner Waffe.

Die Flughafengebäude schimmern mattgrau vor ihm in der Wintersonne. Ein messerscharf begrenztes, geometrisches Betonschiff wie aus der Kulisse eines Science-Fiction-Films. Dazu ein wuchtiger Tower mit einem dreieckigen Fuß und zwei sechseckigen Aussichtsebenen. Das Ganze sieht aus wie eine riesige Törtchen-Etagere.

Kappe gefällt das monumentale Statement. Kompromissloser

Beton, der sich hinter keiner Fassade versteckt. Robust und präsent. Das passt zu West-Berlin.

Die Schiebetüren zum Terminal öffnen sich automatisch vor Kappe. Er wundert sich noch, wie das wohl funktioniert, da strahlt ihn das sonnengelbe Terminal-Interieur auch schon urlaubsbeflissen an. Es wirkt auf plumpe Art leicht. Sechsecke und Dreiecke überall, sogar die Betonkanten sind dreieckig gebrochen. Sitze und Tresen schmeicheln den Besucher in körpernahen Plastikformen an. Auch die dunkelbraunen Bodenfliesen sind hexagonal. Außen hart, innen weich – ein Flughafen wie ein Sieben-Minuten-Ei.

Bevor Kappe sich fragen kann, was diese Liebe zum Detail wohl gekostet hat, hört er eine wohlklingende Frauenstimme. Menschen hasten durch die geöffneten Glastüren des Flugsteigs I, als sei der Leibhaftige hinter ihnen her. Oder besser gesagt, die Leibhaftige.

In einem dunkelblauen Kostüm mit knallbuntem Seidenschal wogt ihm Frau Dr. Doreen Niedergesäß entgegen wie eine schwedische Hammerwerferin bei Olympia '72 in München. «Könn Se hia ma absperrn, oda muss ick det ooch noch selba machen?», herrscht sie ein paar Beamte der Schutzpolizei an. Sie hat das Organ und die Aura einer Jazz-Diva. Der Flughafen ist groß. Sie füllt ihn mühelos aus.

Kappe hat viel von Dr. Niedergesäß gehört. «Eine Urgewalt von einem Weib», hat ihn sein Vater gewarnt. Seit einigen Monaten leitet sie die West-Berliner Rechtsmedizin, seitdem ihr Vorgänger Dr. König wieder zurück in seine schwäbische Heimat gegangen ist. Zudem ist die Rechtsmedizin in einen Neubau in der Moabiter Invalidenstraße 59 umgezogen, gleich hinter dem Mauerstreifen. Dr. Niedergesäß ist erstaunlich jung, blond, laut und riesengroß. Aber jedes Pfund an ihr hat Format.

Im Laufen wirft sich Frau Doktor einen weißen Kittel über. Ihr Engagement hat ihr Gesicht knallrot gefärbt. Doreen Niedergesäß soll mit einem Richter verheiratet sein. Sie hat also Verbindungen. Vielleicht war sie deshalb zur Schulung beim FBI, wie

Kappe erst neulich erfahren hat. Man hört ja Wunderliches über diese rechtsmedizinischen Speziallabore, die die Amerikaner in Quantico, Virginia, seit 1932 betreiben. Sogar mikrobiologische Methoden zur Bestimmung des Todeszeitpunkts testen sie dort, stand letztens in der Zeitung. Außerdem schult das FBI auch Rechtsmediziner befreundeter Staaten. Offenbar bringt man ihnen bei, den Tatort zu besichtigen. Nicht nur die Zeiten, auch die Methoden ändern sich.

Kappe zeigt einem Polizisten mit zwei Sternen auf der Schulterklappe seinen Ausweis. «Kappe, MK 6. Auch wenn es nicht so aussieht, ich leite die Ermittlung. Könnten Sie bitte dafür sorgen, dass keiner der Passagiere aus München das Gebäude verlässt? Stellen Sie die Personalien fest. Wir befragen die Passagiere nachher. Und tun Sie bitte alles, was Frau Doktor Niedergesäß sagt. Ein Toter reicht schließlich für heute, nicht wahr?»

Kappe ist größer als die meisten Menschen. Er drängt sich mit dem Dienstausweis in der Hand durch die Fluggäste im Zollbereich des Terminals. Den toten Mann auf dem Kofferband erkennt er sofort, obwohl ihm jemand die Nase gebrochen hat. Karl Rosen ist bekannt aus Funk und Fernsehen, und zwar als «Kapitalistensau». Karl Rosens Firma KaRoConcerts hatte 1970 eine Rolling-Stones-Tournee in Deutschland organisiert. Die Karten waren teuer, kosteten ab zehn Mark aufwärts. Das hatte zu einem Aufschrei unter den jugendlichen Fans geführt. Mick Jagger nannte Karl Rosen im Radio trotzdem – oder gerade deswegen – den «Übervater aller Musiker». Ein Satz, den Kappe Jagger übel genommen hat. Wollten die Stones nicht laut und böse sein? Oder wollen sie doch nur abkassieren? Es ist eben alles eine Frage der Perspektive.

Dr. Doreen Niedergesäß kniet neben dem toten Konzertveranstalter. Sie klappt gerade mit zwei Pinzetten eines seiner Augenlider hoch.

Kappe grüßt, wie es seine Mutter ihm beigebracht hat. «Einen wunderschönen guten Morgen, verehrte Frau Doktor Niedergesäß!»

Doreen Niedergesäß schaut erst irritiert, dann ungehalten. Dabei ist Frau Doktor nur sechs Jahre älter als er. Sie mustert Kappe von oben bis unten. «Noch einer von diesen … Sind Sie der Sohn?»

Kappe nickt. «Was hat mich verraten?»

«Sie sehen aus wie 'n Sohn. Wie 'n verheirateter Sohn. Sogar Ihre Haare jlänzen.» Frau Doktor schnuppert. «Ist det Apfelshampoo?»

«Meine Frau besteht darauf. Können Sie dieses Geheimnis bitte für sich behalten?»

«Ooch noch wohlerzogen.» Sie pfeift durch die Zähne. «Meene Jüte! Sie ham wat von so 'nem Kitsch-Jesus.»

Es knistert, als Kappe sich über den Bart fährt. «Ich weiß», sagt er. «Ja, ich liebe meinen Vater. Und ich muss mich rasieren.»

Doreen Niedergesäß spitzt die Lippen und schüttelt gönnerhaft den Kopf. «Kennen Se diesen Galgenberg? Den frechen Kollegen vom Papa? Na, lieba een zu sympathisches Gesicht als dem seine Visage. Man will sich ja nich jeden Tach vasauen. Jedenfalls: Willkommen an Bord!» Frau Doktor wendet sich wieder der Leiche zu.

Kappe schiebt die Hände in seine Manteltaschen. «Haben wir schon was?»

«Tot is er schon mal», sagt Frau Doktor. «Det Blut – stumpfe Gewalt gegen das Nasenbein, mit andern Worten: Visage poliert. Ansonsten wird das hier für Sie eine Leichenschau *de lege artis,* Herr Nachwuchs-Kommissar.»

Eine Leichenschau nach *allen Regeln der Kunst* also. «Was machen Sie da genau?» Kappe beugt sich vor.

Doreen Niedergesäß seufzt tief. «Ich hab jerade die Augenlider mit Pinzetten ektropioniert. Und wat sehen wa? Nix. Keine Stauungsblutungen in den Konjunktiven. Also keen Angriff gegen den Hals. Vastehn Se?»

«Erleuchten Sie mich.»

«Er wurde *nich* erwürgt.» Sie seufzt. «Zu schade, dass er hin is, der Kalle Rosen. Ich hatte gehofft, dass er die Beatles wieder zusammenbringt und nach West-Berlin holt. Bei Paul McCartney und den Wings war ich ja vor zwei Jahren in der Deutschlandhalle jewesen. 25 Mark.» Sie seufzt noch einmal. «Is aber irgendwie nich detselbe.»

«Auf der Polizeischule hört man, dass bei Obduktionen immer Wagner läuft.»

«Ick sing immer *I Shot the Sheriff* in mein Diktiergerät.» Doreen Niedergesäß lacht. «Nich persönlich jemeint.»

«Solange Sie sich für die Autopsie nicht als Winnetous Schwester verkleiden.» Kappe lacht ironiefrei zurück. Er ist jedem ehrlich dankbar, der sich besser auskennt als er selbst und ihm weiterhilft.

«Na, bei mir reicht's wohl nua für Winnetous Pferd.» Sie lacht und klopft sich den umfangreichen Allerwertesten.

Kappe muss wohl, von der Selbstironie verschreckt, sein pathetisches Zuckerwatte-Heiligengesicht gemacht haben, denn Frau Dr. Niedergesäß räuspert sich und sagt: «Aber wenn so 'n Toter vor eenem liecht, is Humor natürlich nich jedermanns Jeschmack. Zurück zur Leiche. Schauen Se mal hia.» Frau Doktor zeigt auf ein Loch in Karl Rosens Hemdbrust. Die Haut darunter hat sie mit einem Tupfer vom Blut gereinigt. «Das is een Einstich. Hier, der Hautlappen. Allet nich sehr groß. Ob der Stich doll geblutet hat, kann man so erst mal nicht sagen. Könnte ooch überwiegend Blut aus der Nase sein.»

«Meinen Sie, der Stich war todesursächlich?»

«Möglich. Uff jeden Fall ist der Einstich frisch. Vielleicht war der Rosen aber ooch schon tot, als ihm det zujefügt wurde.»

«Ich lasse überall Spuren sichern.» Kappes Blick wandert über das Kofferband. Es gibt viel zu tun.

«Also, wenn Se meene Meinung hören wolln: Ick gloobe nicht, dass det hier der Tatort is. Höchstens der erweiterte Tatort.»

Kappe streicht sich die dunklen welligen Haare zurück. Er schaut plüschig-herzig-transzendent. «Mein Vater sagt immer, Sie sind die Beste», sagt er. «Und was mein Vater sagt, ist uns verheißen.» Peter Kappe versteht sein Handwerk auch.

Sie nickt und zieht ihre Gummihandschuhe aus. «Der alte Kappe hat Erfahrung», erwidert sie. «Der alte Kappe hat recht.»

52 Passagiere, 5 Mann Besatzung, außerdem Bodenpersonal. Peter Kappe starrt auf die Namensliste.

«Wir haben sie in den Wartesaal für die erste Klasse gesetzt», sagt ein Schupo. «Die Air France war so freundlich.»

«Ich bin gleich so weit», murmelt Kappe.

Wolf Landsberger steht plötzlich neben ihm. Er hält die gelbe Spule eines noch nicht entwickelten Kodachrome-Kleinbildfilms zwischen Daumen und Zeigefinger und grinst wie ein Jazztrompeter. «Auftrag ausgeführt!», meldet er. «Dieser Journalist Bolp ist vielleicht ein Macker! Erzählt was von Blitzkrieg gegen die Pressefreiheit. Schätze, der wird nicht mehr mein Freund.» Landsberger nimmt kurz Haltung an und legt die Hand an ein imaginäres Barett.

«Da sind wir ja schon zwei», zischt Kappe. «Und lassen Sie das Salutieren sein. Ich bin Pazifist.»

«*Make love, not war?*»

Kappe schüttelt den Kopf. «So romantisch nun auch wieder nicht. Was wissen Sie über das Opfer Karl Rosen?»

«Neben seiner Produktionsfirma KaRoConcerts besitzt er eine Diskothek am Kudamm, das ‹Rote Rosen›. Schicker Laden, ich war schon oft dort. Außerdem hat er Musik für Fernsehsendungen produziert. Kennen Sie zum Beispiel die Titelmelodie von *Am laufenden Band*, dieser Fernsehsendung? *Wir schaffen täglich am laufenden Band / fühlen uns kläglich am laufenden Band / und sind dann abends total abgespannt* – das singt der Rudi Carrell. Und der Rosen kriegt richtig Schotter dafür. Stand erst neulich in der *Berliner Morgenpost.*»

«Geld ist immer ein mögliches Motiv. Aber nun zur Arbeit. Fangen Sie mit der Besatzung an. Ist denen etwas aufgefallen? Mit wem hat Rosen gesprochen? Was hat er getrunken? Wer hat ihn zuletzt lebend gesehen? Und so weiter.»

«Und die Wuchtbrumme von der Rechtsmedizin? Hat sie schon was gesagt?»

«Das hat sie. Rosens Nase ist gebrochen. Stich in die Brust. Ich lasse mir erst mal von dem Techniker zeigen, wie man überhaupt auf dieses Kofferband geraten kann. Wir sehen uns gleich.»

Peter Kappe steht in einer Wellblechhalle. Es ist laut und kalt. Rollwagen und Container mit Koffern werden von Männern mit gelber Warnkleidung auf die Gepäckbänder der Förderanlage umgeladen. Es herrscht eine Atmosphäre verbissener Konzentration.

Lieutenant-Colonel Jean Marie Pelletier von der Base Aérienne 165 hat Kappe hierhergebracht. Der Mann sagt, er sei dem Chef d'Etat-Major direkt unterstellt. Er hält sein langes Gesicht schräg. «Schreckliche Geschichte», sagt er mit scharfer Noblesse. «Aber das muss ein Irrtum sein.»

Da ist nur ein Hauch von Paris in seinem Akzent. Dafür hat der Lieutenant-Colonel einen Bart wie ein französischer Koch. Seine rosa Unterlippe ist prall und feucht. Seine melancholischen braunen Augen schauen so besorgt wie Louis de Funès in *Der Gendarm von Saint Tropez*. Dazu hat er allen Grund. Der Chef d'Etat-Major will jede Aufregung um den neuen Flughafen im französischen Sektor vermeiden, liest man im *Berliner Blitz*. Denn der Flughafen ist in einer kritischen Phase. Zwar ist er der modernste Airport Deutschlands, und er hat vierhundert Millionen D-Mark gekostet, aber er ist bei Weitem noch nicht ausgelastet. Nur die Air France und Chartergesellschaften heben von hier ab. Dem West-Berliner Senat droht eine Investitionsruine, wenn die senatseigene Flughafengesellschaft es nicht schafft, Pan Am und British Airways dazu zu bewegen, mit ihrem Linienverkehr von Tempelhof nach Tegel umzuziehen. Im *Berliner Blitz* hatte Wirtschaftssenator König öffentlich daran erinnert, im Herbst bereits auf eigene Rechnung Sekt gekauft zu haben, um mit Vertretern beider Gesellschaften auf die aus seiner Sicht erfolgte Einigung anzustoßen. Sogar eine schriftliche Zustimmung für den Umzug hat er errungen. Vom Senat sollen dafür rund zehn Millionen D-Mark an Umzugsbeihilfen und Mietsubventionen gezahlt worden sein. Passiert ist jedoch noch nichts.

Lieutenant-Colonel Pelletier reißt Kappe aus seinen Gedanken. «Wie Sie sehen, kann man nicht zufällig auf das Gepäckband geraten. *N'est-ce pas?*»

Kappe muss dem Mann zustimmen. Gepäckstücke werden verbissen hin- und hergewuchtet und sortiert. Es herrscht eine militärisch straffe Geschäftigkeit. Undenkbar, dass sich hier eine unbefugte Person verläuft. Andererseits liegen überall Teppichmesser und Klebebänder herum, mit denen die Männer die Verpackungen von sperrigen Packstücken ausbessern können.

«Lassen Sie mir bitte eine Liste aller Mitarbeiter erstellen, die hier heute Dienst haben», weist Kappe den Franzosen an. Ein winziges Wackeln in seiner Stimme verrät seinen Zweifel, ob er überhaupt irgendetwas anzuweisen hat. Er tarnt es als Heiserkeit. «Kann man feststellen, wer die Maschine aus München entladen hat?»

«Wir werden alles tun, um mit der West-Berliner Polizei zu kooperieren. Ich weise die die Einsätze koordinierenden Mitarbeiter der Direction des Services Administratifs du Personnel Allemand entsprechend an. Aber das wird Sie nicht weiterbringen, *Monsieur le Commissaire.*»

«Und das glauben Sie, weil …»

«… weil ich den deutschen Behörden vertraue. Die Zuverlässigkeit aller unserer Mitarbeiter wird nach Paragraf 7 Luftsicherheitsgesetz überprüft», klärt Pelletier Kappe auf. «Die Luftsicherheitsbehörde holt regelmäßig Auskünfte über die Mitarbeiter beim Berliner LKA und den westdeutschen Landeskriminalämtern, den Verfassungsschutzbehörden sowie dem Bundeszentralregister beim Bundesamt für Justiz ein.»

Kappe zuckt mit den Schultern. «Sie können den Leuten nicht in den Kopf schauen. Das sind alles kräftige Männer hier.»

«Niemand ist je auffällig geworden.»

Kappe gibt Pelletier seine Visitenkarte. «Wie sagt man? *Voici ma carte de visite?*»

«Oh!» Die Augenbrauen des Franzosen schießen ekstatisch in die Höhe. *«Parlez-vous français?»*

Diese Franzosen sind anscheinend auch für Kleinigkeiten dankbar. Kappe hat sich den Satz von Wolf Landsberger aufschreiben lassen. Er genießt die Wirkung. Dann schüttelt er den Kopf und kommt auf das Thema zurück. «Jeder Täter ist irgendwann einmal Ersttäter», sagt er. «Und wenn unser Ersttäter merkt, wie viel Aufmerksamkeit ihm Leichen auf Kofferbändern einbringen, kommt er auf den Geschmack. Das würde Ihnen nicht gefallen, Lieutenant-Colonel Pelletier. Ihr schöner, neuer Flughafen, und es laufen Leichen statt Koffer vom Band. Das wird bei Ihrem Chef de Corps nicht gut ankommen. Also schicken Sie mir bitte die Namensliste so schnell wie möglich ins Präsidium. Je besser wir zusammenarbeiten, desto schneller sind Sie diesen Spuk wieder los.»

Pelletiers Blick wandert zu der Visitenkarte. «*Mon Dieu.* Diplompsychologe? Bringt Sie Ihr Beruf nicht manchmal um den Schlaf, *Monsieur le Commissaire?*»

«Ich habe Glück», antwortet Kappe. «Ich bin einer von diesen Sonderlingen, die solche Dinge eher abstrakt sehen.»

Sie ist die Letzte.

Als Peter Kappe sie zur Befragung kommen lässt, hat er bereits mit über fünfzig Zeugen gesprochen und genauso viele Zigaretten geraucht. Sein Kopf ist leicht und leer, seine Ohren und sein Gesicht glühen. Keine heiße Spur weit und breit, aber die Heizung funktioniert bestens im Konferenzzentrum des Flughafens. Auch hier sind die Fußbodenfliesen sechseckig.

Kappe schaut auf die Uhr. Es ist halb neun Uhr abends. Er

nimmt einen Schluck kalten Aufbrühkaffee. Ein pappiger Weißbrotrest klebt ihm am Gaumen. Seine Augen sind geschwollen. Als er aufschaut, rauscht eine langbeinige Fernsehballetttänzerin mit einer extravaganten Sonnenbrille auf ihn zu. Es gibt Zeiten für langbeinige Tänzerinnen, und es gibt Zeiten für Pyjamas und Bettsocken. Alles an der Frau kommt Kappe bekannt vor. Und abwegig zugleich. Die Dame baut sich vor ihm auf und nimmt demonstrativ langsam die Sonnenbrille ab.

«Renate Marotzke?» Kappe würgt den Brotrest hinunter und steht mit dem Gefühl auf, sich dringend die Öhrchen kühlen zu müssen. Renate hat Wangen so straff und glänzend wie eine Champagnerrenette. Sie sieht noch immer aus wie seine Frau Sarah. Eine größere, schrillere Version von seiner Frau Sarah. So hatte alles angefangen, im Sommer vor fünf Jahren. Am Balaton.

«Das gibt's doch gar nicht! Peter Kappe!» Es tut sich eine Menge in Renates Gesicht. Dann wirft sie sich ihm wie unter Zwang an den Hals und macht Bussi-Geräusche. Sie riecht gut. Kappe hat das Gefühl, eine Theatervorstellung zu sehen. «Tu mir einen Gefallen», gurrt sie, «und nenn mich René. Du weißt schon, René Bliss.»

Kappe nickt und weicht zurück. Da ist noch etwas anderes als Wiedersehensfreude in der Luft, etwas Altes, Tiefes. Aber er kommt nicht drauf, was es sein könnte. Er muss sich auf seine Polizistenrolle konzentrieren, damit ihm nicht der Mund offen stehen bleibt vor Staunen. «Du bist René Bliss?», stottert er. «Du siehst ganz anders aus als früher! Und ich dachte immer, René Bliss wäre ein geschminkter Mann!»

«Das ist bloß meine Masche, Peter. Aber ich verdiene ganz gut damit. Mein kleines Geschäftsgeheimnis macht mich spannend. Ist viel passiert seit damals. Wie geht's Sarah? Seid ihr noch zusammen?», fragt sie bemüht beiläufig.

«Verheiratet», sagt Kappe.

Irgendetwas flackert unkontrolliert in Renés Blick auf. Enttäuschung? Kappes psychologischer Instinkt schlägt Alarm. Das ist etwas, das er in der Vergangenheit übersehen hat. Es ist immer gefährlich, Dinge zu übersehen. Besonders Gefühlsdinge.

René beugt sich über den Tisch vor ihm. Ihr Gesicht ist bleich, als stünde sie unter Schock. Er zuckt zurück. Sie gleitet vom Tisch auf den Stuhl, und dann wird sie prompt gemein. «Du siehst auch wirklich verheiratet aus, Peter. Armer Kerl! Und ich dachte, ich habe dir einen Gefallen getan, als ich der kleinen Sarah aus Ost-Berlin in Prag meinen West-Berliner Perso gegeben habe.» Renés Lachen perlt so träge wie billiger Schaumwein. Sie legt die Beine auf den Tisch. «Lächerlich, wie ähnlich Sarah mir gesehen hat, nachdem ich sie zurechtgemacht hatte. Haare rot gefärbt, auftoupiert, blauer Metallic-Lidschatten – und dann hopphopp mit dem Flieger in die Freiheit. Wie bürgerlich! Andere hängen blutend im Stacheldraht oder graben sich unter dem Todesstreifen durch oder liegen stundenlang hinter dem Armaturenbrett eines Fluchtautos. Aber das Fräulein Ärztin fliegt an der schwitzigen Hand des Herrn Diplompsychologen ins Glück, während ich in Prag meinen Ausweis als gestohlen gemeldet habe. Herrje, die tschechoslowakische Polizei hat mich vielleicht durch die Mangel gedreht! Zur Bundesrepublik gab es ja damals offiziell noch keine diplomatischen Beziehungen.»

«Eine westdeutsche Botschaft gibt es in Prag erst seit diesem Jahr», sagt Kappe ganz sachlich und ignoriert krampfhaft die Wahnsinnsbeine auf seinem Tisch. René zeigt ihm ganz offensichtlich, was er verpasst hat. Was er hätte haben können, wenn er nicht auf die kleine Sarah fixiert gewesen wäre.

«Du hast dich nach der Aktion nie mehr bei mir gemeldet, Peter», sagt René mit der unverbindlichen Leichtigkeit des inneren Hippies.

«Ich habe dich zig Mal angerufen. Du bist nie drangegangen.» Das ist vier Jahre her, aber das schlechte Gewissen eines Bürgersöhnchens kennt kein Verfallsdatum.

«Keine Zeit. Ich musste meine Diplomarbeit abschließen.» In Renés Augen glimmt ein kaltes Licht.

«Ich war auch bei deiner Wohnung», entschuldigt sich Kappe. «Dein Namensschild war verschwunden.»

«Du musst dich nicht schlecht fühlen, Peter. Das Unstete liegt bei uns in der Familie.»

«Mein Vater hat deine neue Adresse im Melderegister nicht gefunden», schiebt Kappe nach.

«Es gab keine. Ich war längst in Paris. Ich brauchte Abstand. Hatte mich in einen süßen Typen verguckt. Aber der …» Sie zuckt die Schultern. Sie kann Peter Kappe nicht in die Augen sehen und winkt ab. «Eigentlich passte der gar nicht zu mir. Ein Bürgersöhnchen. Und der hatte auch nur Augen für eine andere. Da habe ich mir gedacht, mich sticht nie wieder eine aus. Ich hatte in einer Zeitschrift von diesem Pariser Nachtclub gelesen, ‹Alcazar›. *Nirgends auf der Welt, Las Vegas und New York eingeschlossen, gibt es ein leuchtenderes Unterhaltungsfeuerwerk,* stand da unter einem Foto von Charleston-Girls, eleganten Stripperinnen und Travestiten. Das wollte ich. Ich wollte Anerkennung, Aufmerksamkeit. Ich hatte genug von der Psychologie. Vom Politisieren. Ich wollte endlich leben. Also bin ich in den Nachtzug nach Paris gestiegen. Im Speisewagen habe ich einen Travestiekünstler kennengelernt. Nach einer Flasche Champagner schenkte er mir einen scharfen Fummel. Ich schlenderte hinein ins ‹Alcazar de Paris›. Ich behauptete, Schönheitstänzerin zu sein. Ich konnte nur ein einziges Lied singen, *Runnin' Wild.* Aber ich habe eben andere Argumente gehabt.» Sie wackelt mit dem Dekolleté.

Das viele Gerede, diese Übererregtheit – was bedeutet das? «Du hast nie als Psychologin gearbeitet?», fragt Kappe.

«Unterhaltung ist doch Seelenheilkunde pur. Und Selbsttherapie. Ich hatte die Psychologie aber ganz schnell nicht mehr nötig. Schrecklich, dieser gesunde Menschenverstand! Da hab ich lieber einmal aufs falsche Pferd gesetzt. Und gewonnen.»

«Aber Prag …»

«Prag – das war für mich eine politische Aktion.»

«Waren wir nicht befreundet?» Kappe will nicht wie eine enttäuschte Sandkastenliebe klingen, sondern professionell distanziert. Aber die frühere Vertrautheit überwältigt ihn. «Ich dachte, du wolltest mir helfen.»

Sie lacht. «Ich wollte so vieles, Peterchen.» Sie leckt sich lasziv den feuerroten Lippenstift von den Lippen. «Vor allem wollte ich meine Diplomarbeit schreiben, denke ich. Ich wollte diesen Lebensabschnitt abschließen. Ich brauchte noch eine Fallstudie. Du weißt, dass ich über die Psychologie der politischen Repression in der DDR geschrieben habe. Außerdem macht sich die Geschichte spitze in meiner Biografie.»

«Sarah und ich, wir waren für dich … Versuchskaninchen?» Kappe kann es kaum fassen. Aus Renate ist eine vollkommen andere Frau geworden. Drogen, ein Schock – was war mit ihr passiert?

«Du nimmst dich wie immer viel zu wichtig, Peter.» Sie lacht ihn aus.

«Es fällt mir selber auf», gibt er zu.

«Wir waren damals Kinder. Ich fand deine Verliebtheit süß. Ich dachte, das geht vorbei. Ich wusste nicht, was es bedeutet.»

«Du weißt es immer noch nicht», mutmaßt Kappe. Seine Stimme klingt weich und sentimental.

«Man verliebt sich stets in den Falschen.» René seufzt und rollt dramatisch mit den Augen. «Ich habe sechs Wochen in Prag festgesessen, alles für dein Lebensglück.»

«René, ich danke dir nochmals herzlich. Und ich schlage dich gerne für das Bundesverdienstkreuz vor, wenn du dann die alten Geschichten ruhen lässt. Zigarette?» Kappe klopft eine aus der Schachtel und hält sie ihr entgegen.

«Gern.» René hat eine Zigarettenspitze, mit der sie Karl Rosen locker hätte erstechen können. «Habt ihr Kinder?»

«Tabea ist drei Jahre alt.»

«Tabea? Herrje! Hat sie schon Harfenunterricht?» Renés Blick tastet ihn ab wie ein Sicherheitsmitarbeiter am Flugsteig.

«Zum psychischen Verhungern geben wir sie neuerdings im Kindergarten ab.»

«Wie gewöhnlich! Weißt du, Peter, im Showgeschäft entwickelt man ein Gespür dafür, wann etwas passé ist. Sarah und du, das kommt mir so abgetingelt vor.» René lacht böse. Ihr Rock ist zu kurz. Der Abend ist zu lang.

«Es regnet eben nicht immer rote Rosen», sagt Kappe. «Aber wer Sorgen hat, hat auch …»

«… Likör.» René kramt eine Taschenflasche aus der Handtasche und nimmt einen Schluck. «Auch einen?»

Kappe nimmt einen großen Schluck. Seine ehemalige Studienkollegin Renate, jetzt René, passt nicht in diesen Fall. Das Verhalten der Frau ist ihm unheimlich. Kappe vergibt sich nichts, wenn er die Sache ruhig angehen lässt. «Weißt du noch, wie wir uns an der Uni immer über die Bullen aufgeregt haben?», fragt er im Plauderton. «Und jetzt bin ich selbst einer.»

«Darum dauert das hier so ewig.» Sie zwinkert ihm zu. «Ich sitz hier schon den ganzen Tag. Ich will duschen, Peter. Mich hübsch machen.»

«Über die Objektifizierung der Frau haben wir uns auch immer aufgeregt. Uns verbindet einiges.»

René seufzt und zieht ein paar lange, dicke chinesische Haarnadeln aus Jade aus ihrer Hochsteckfrisur. Ein Schwall roter Locken ergießt sich über ihre Schultern. Die Haarnadeln haben die Ausmaße von Brieföffnern und könnten locker die Mordwaffe hergeben, nach allem, was Kappe bisher weiß. «Schau mal», sagt René gedehnt, «ich bin eine Diseuse mit einem eigenen Nachtclub – ‹Chez René›. Ich habe eine Platte in den Charts, ich habe einen Liebhaber, der ein psychedelischer Popstar ist. Marc Monroe. Es läuft fabelhaft mit seinem neuen Song über diesen Junkie-Astronauten, der nicht mehr mit Ground Control sprechen will und lieber alleine durchs Weltall treibt.»

«Das klingt nicht beneidenswert. Und falsche Wimpern hast du auch.»

«Marc und ich, wir sind Seelenverwandte. Er hat London meinetwegen verlassen und ist nach Charlottenburg gezogen.»

«Du hast alles erreicht.»

«Es geht noch weiter. Ich fliege erster Klasse. Marc hat sogar einen Himmelskörper nach mir benennen lassen. Er heißt ‹305660 Renébliss (2009 BJ73)›, ist tausend Meter breit und schwebt zwischen Mars und Jupiter durchs All. Wie Marcs Raumfahrer. Und du bist also Bulle?»

«Zur Anstellung.»

René schüttelt ihre üppige Frisur. «Du hattest schon immer eine Menge Charme, aber für die harte Arbeit bist du einfach nicht geschaffen. Stimmt's nicht, mein Großer?»

«Du hast dich sehr verändert, Renate. Dieser Sarkasmus, der ist nicht gut für dich. Davon kriegt man Falten. Erzähl mir lieber von deinem Flug aus München.»

«Karl hatte uns eingeladen, Marc und mich. Vierzehn Tage Sankt Moritz. Karl hat dort ein Chalet. Mit Sauna und Schwimmbad.»

«Wie würdest du dein Verhältnis zu Karl Rosen beschreiben?»

«Geschäftlich. Karl hat meine große Tournee im letzten Jahr organisiert. Die von Marc übrigens auch. Andalusien. Alles ausverkauft. Das wollten wir ein bisschen feiern in Sankt Moritz. Wir waren sogar im ‹Dracula Club› von Gunter Sachs.»

«Gab es irgendwelche Spannungen zwischen euch? Und woher hattest du das Geld, um einen Nachtklub zu eröffnen?»

«Warum fragst du das?»

«Heißt das, es gab Spannungen? Worum ging es? Sex? Geld?»

«Sex? Mach dich nicht lächerlich.»

«Kennst du denn den Unterschied zwischen Frauen und Männern?», fragt Peter, ohne ihre Antwort abzuwarten. «Frauen morden, um etwas loszuwerden. Männer morden, um etwas zu behalten.»

«Respekt, Peter! Du bist ja schlauer, als die Polizei erlaubt.»

«Dein Marc soll Karl Rosen tätlich angegriffen haben.»

René winkt ab. «Ach, was die Leute so reden! Marc ist empfindlich. Sensibel. Und eitel. Wie alle Künstler.» René lächelt versonnen. «Wie alle Männer.»

Kappe überlegt, ob er das persönlich nehmen soll, und entscheidet sich dagegen. «Worum ging es bei dem Streit?»

«Wer den letzten Mampe halb und halb aus der Bordbar bekommt. Mach dich nicht lächerlich, Peterchen. Was willst du? Sind Marc und ich verdächtig?»

«Herrn Rosen kann ich ja nicht mehr fragen.»

«Du hast eine schmutzige Fantasie. Nur weil wir zusammen im Urlaub waren, glaubst du, Karl Rosen hat in den letzten zwei Wochen literweise Lufthansa-Cocktails aus meinem Hintern gesoffen, oder was? Samt Zuckerrand und Kirsche? Was ist los mit dir? Wir waren doch auch zusammen in Prag. Da habe ich dir doch auch nicht gleich meinen Prager Schinken gezeigt.» René klopft sich auf den Hintern.

«Contenance, René! Spricht so eine Dame?», zischt Kappe. Er merkt, wie sich sein Mund spitzt. «Und ein bisschen Respekt vor den Toten bitte.» Er steht auf. «Das wird mir hier zu spät, Renate. Du weißt ja, öffentlicher Dienst. Ich habe längst Feierabend. Ich lade dich vor, und wir reden auf dem Präsidium weiter.»

«Du willst mir drohen? Weißt du nicht, dass Mädchen wie ich jede Menge harte Typen kennen? Es dauert fünf Minuten, dann weiß ich, wo du wohnst und wo deine Kleine in den Kindergarten geht.»

Kappe ignoriert ihre Halbwelt-Manieren. Er zeigt Richtung Tür. «Geh nach Hause. Leg dich hin. Ich weiß nicht, was dein Problem ist. Drogen? Zuhälterei? Das interessiert mich auch nicht. Ich bin nicht mehr bei der Sitte.» Er sucht verärgert seine Notizen zusammen. Er hat die falschen Fragen gestellt und sich emotional hinreißen lassen. Manchmal gewinnt man, und manchmal lernt man.

René rauscht ab. Als sie voller lasziver Verachtung aus dem Raum schlenzt, packt Wolf Landsberger Kappe am Ärmel. «Respekt. Die kennen Sie? Ein ganz heißer Hocker, was?»

«So heiß wie ein elektrischer Stuhl, Landsberger. Machen wir Feierabend.»

«Würden Sie mich mit dem Wagen mitnehmen?»

«Wohin müssen Sie denn?»

«Das möchten Sie gar nicht wissen. Können Sie mich am Zoo rauslassen?»

Kappe weiß nicht, ob er das kann. Er sieht den Eingang zu Tabeas Kindergarten vor sich, davor eine drei Meter große René mit Medusenkopf, die sein kleines Mädchen böse lachend an sich reißt. «Hat sich die Rechtsmedizin noch mal gemeldet?», fragt er.

«Ich habe angerufen.» Landsberger seufzt. «Frau Doktor Niedergesäß lässt ausrichten, der Herr Rosen sei ja auch morgen noch tot.»

Wolf Landsberger rutscht auf den Beifahrersitz von Peter Kappes Wagen und schnallt sich an.

Kappe selbst legt den Sicherheitsgurt nur an, wenn er durch den Osten fährt. Er ist zu groß, der Gurt ist unbequem. So unbequem wie dieser Fall. Er hat Renate Marotzke alias René Bliss offenbar übersehen. Er war unsensibel. Als naiver heiliger Peter, der mit aller Macht an das Gute im West-Berliner glauben wollte, hat er gedacht, die Frau würde ihm uneigennützig helfen. Dabei hatte sie gehofft, er würde die kleine Sarah gegen die große Renate tauschen, die ihr so ähnlich sieht. Bitter, aber nicht zu ändern.

Landsberger zeigt auf eine Willi-Wacker-Figur aus Gummi, die Kappes Tochter Tabea auf dem Rücksitz vergessen hat. «Haben Sie Familie?»

Zumindest wenn Sarah keine Nachtschicht schiebt, denkt Kappe, nickt aber nur und fährt los.

Kappes Vater Otto hat Tabea die Comicfigur Willi Wacker mit dem Schlapphut geschenkt. Er hat sie gratis zu seinem *Morgenpost*-Abonnement dazubekommen. Willi Wacker ist nichts für den Spießbürger Otto Kappe. Denn Willi ist ein versoffener, arbeitsloser Engländer, dessen einzige Sorge es ist, dass seine Frau ihm Bohnen mit Toast oder Bohnen mit Toast serviert. Genau das richtige Geschenk für ein Kleinkind. Peter Kappe hat seiner Tochter vorgelogen, der Mann sei ein Fußballfan. Immerhin, Wacker 04

Berlin ist vor zwei Jahren Berliner Meister gewesen und spielt in dieser Saison in der neu geschaffenen 2. Bundesliga. Davon vollkommen unbeeindruckt, hat Tabea Willi Wacker als Erstes die Gummizigarette abgekaut, die er im Mund trug.

Kappe biegt links in die Kurfürstenstraße ein. «Und Sie?», fragt er seinen neuen Kollegen konversationshalber. «Haben Sie auch Familie?»

«Das ist nichts für mich.» Landsberger, dieser Mann mit der lichtblonden Seele, lächelt so merkwürdig melancholisch. «Aber Sie machen das sicher toll.»

Kappe schaut auf die Uhr. In ein paar Stunden wird Sarah von der Spätschicht kommen. Familie ist nur ein anderes Wort für die Tyrannei bedingungsloser Liebe. «Und was machen Sie so nach Feierabend? *Was soll'n wir reden, / geh'n wir ins Eden?*»

«Ich bin für spontanes Erleben.» Etwas Wölfisches glitzert in Landsbergers Paul-Newman-Augen. «Muss es auch geben. Machen Sie sich doch mal locker.»

«Locker machen verträgt sich nicht mit unserer Mäßigungspflicht als Beamte.»

Landsberger lacht. «*The law condemns, but love will spare.* Das Gesetz verurteilt, die Liebe verschont, wie es in Händels Oratorium zu *Esther* so schön heißt.»

Der Kasper kennt auch noch die Klassiker. Kappe würde sich gerne aufregen. Fakt ist, er ist müde. Er hat einen Fall zu lösen. Also regt er sich nicht auf. Das widerspräche ohnehin seiner Natur. Er betätigt den Zigarettenanzünder und fingert eine Ernte 23 aus der Packung in der Mittelkonsole seines Wagens.

«*Der neue Trend: No smoking*», zitiert Landsberger mit hochgezogener Augenbraue eine Kampagne der Bundesregierung aus dem vergangenen Jahr. «Nikotin ist eines der stärksten Nervengifte. Es löst Krämpfe aus und lähmt das Atemzentrum. Schon fünfzig Milligramm sind eine tödliche Dosis.»

«Das gefällt mir daran», sagt Kappe und lässt den Rauch aus beiden Nasenlöchern strömen wie der Leibhaftige. «Sagen Sie mir lieber, wie ein Mann in aller Öffentlichkeit sterben kann und keiner bekommt etwas davon mit.»

«West-Berlin ist eine Oase der Freiheit. Da passiert schon mal was Unerwartetes.»

«Mit anderen Worten, Sie wissen es auch nicht.»

«Zugegeben. *Je ne sais pas.*»

Sie fahren vorbei an den provisorischen Kassenhäuschen vor dem im Krieg zerstörten und seitdem meist geschlossenen Elefantentor des Zoologischen Gartens. Links steht seit ein paar Jahren dieses neue Europa-Center. Es beherbergt die Spielbank Berlin, im abseitigen Bundesdorf Bonn nennen sie es aufgeregt das «Las Vegas an der Spree».

Landsberger steigt am Zoo aus.

«Morgen früh lassen Sie den Film entwickeln, den Sie bei dem Reporter beschlagnahmt haben», weist Kappe ihn noch an. «Ich fahre gleich in die Rechtsmedizin.»

Vier Uhr morgens. Die kleine Tabea übernachtet bei Oma Gertrud. Peter Kappe sitzt auf der Ofenbank in seinem dunklen Wohnzimmer. Sein Lieblingsplatz. Es ist totenstill in der Wohnung.

Kappe hat den angesengten Zehnmarkschein, den ihm die Kassiererin im Intershop als Wechselgeld herausgegeben hat, aus dem Portemonnaie genommen. Jetzt liegt der Schein auf seinem Schreibtisch und schimmert nachtblau unter der Glasplatte, die Kappe als Schreibunterlage dient. Kappe sitzt still, starrt hinüber zum Schreibtisch am Fenster und denkt. Er ist ein aufmerksamer Zeitungsleser, aber von einem Flugzeugabsturz im Osten hat er nichts gelesen. Auch nichts gehört. Ist es denn möglich, dass ein amerikanisches Flugzeug im Osten abstürzt und die Öffentlichkeit absolut nichts davon erfährt? Das hätte doch ein großes Tamtam ausgelöst. Lebt er überhaupt in der Welt, in der er zu leben glaubt?

Über den Deckenstuck wandern gelegentlich Lichtfächer. Autoreifen pladdern draußen über das nasse Kopfsteinpflaster wie fernes Trommelfeuer. Kappes Rücken summt vor Wärme. Seine

Hände riechen schweflig und scharf nach dem Ruß der Rekord-Briketts. Er liebt den Geruch. Was von Güterzügen fällt, hart erkämpft nach Kriegsende, das muss gut sein.

Sarahs Schlüssel dreht sich im Schloss. Kappe hört das Klicken des Schalters der Stehlampe auf der Anrichte im Flur. Es raschelt, als sie den Mantel auszieht. Er hört sie in der Küche den Wasserkessel aufsetzen. Nach ein paar Minuten öffnet sie die Wohnzimmertür. Ihre Teetasse dampft im Mondlicht. Sie waren lange nicht mehr so allein, er und seine Frau.

Sarah setzt sich neben ihn auf die Ofenbank. Sie lehnt den Kopf an seine Schulter. «Ich hatte noch nie so einen schrecklichen Dienst wie heute.» Sie seufzt und dehnt die Finger ihrer rechten Hand. Mit der Linken massiert sie den Ehering am Ringfinger. «Endlich Wochenende, Gott sei Dank!»

Ihre Locken schimmern in der Dunkelheit. Sie riecht nach Winter. Kappe legt den Arm um sie. Es ist der perfekte Moment.

«Am Montag ist Lichterfest», sagt Sarah leise. «Ich werde die Chanukkia in das Fenster dort drüben stellen – was meinst du?»

«Die Chanukkia?»

«Den Chanukkaleuchter, du Dummerchen. Du weißt doch, dass ich Jüdin bin.»

«Aber du hast doch noch nie ...»

Sarah nickt. «In der DDR war es nicht gern gesehen. Aber jetzt glaube ich, ist es wieder Zeit, das Wunder von Chanukka zu verbreiten. Schon damit Tabea ihre Wurzeln kennenlernt.»

Kappe hat nichts übrig für das Spirituelle. Er hält es für einen unglaublichen Luxus, eine höhere Macht zu bitten, die Dinge für sich zu regeln. Andererseits – wenn er sich das Leuchten auf Sarahs Gesicht anschaut, scheint der Glaube das Leben doch zu bereichern.

«Du machst es schon wieder.» Sarahs Flüstern lächelt friedlich und federleicht an seinem Ohr.

«Was?»

«So unheimlich still sitzen.»

Ein altes Laster von ihm. Eine ruhige Ecke finden, reglos werden wie eine Statue, mit dem Hintergrund verschmelzen, beobachten. Lauern. Den Geist fokussieren. Sarahs Hand, warm vom Tee, findet seinen harten Nacken.

«Entschuldige», sagt er. «Ich bin müde.»

«Hast du auf mich gewartet?»

«Ich habe Kohlen nachgelegt.»

«Bitte sag mir, wenn etwas nicht stimmt», fordert sie. «Wenn dich etwas stört. Was ist es? Mein Schichtdienst?»

Kappe drückt seine Lippen in die Wärme ihres kurzen Haars. Nichts, was Renate Marotzke alias René Bliss ihm heute gesagt hat, kann etwas gegen diese Wärme ausrichten. Das kann er nur selbst. Indem er anfängt, etwas an Sarah ändern zu wollen.

«Es ist nichts. Du bist so still in letzter Zeit», sagt er und denkt: nicht mehr so heliotrop. Das Sonnenwendlerische hat ihn schon immer an Sarah fasziniert. Immer badet sie im Sonnenschein, der aus ihr herauszulächeln scheint. Davon abgesehen, Kappe selbst ist in letzter Zeit auch still. Er kennt sich selbst nicht mehr. Er ist doch ein toleranter Mann! Wie kann es sein, dass er sich an Sarahs Arbeit stört?

«Wollen wir morgen mit deinen Eltern frühstücken gehen? Im ‹Café Möhring›, Kudamm, Ecke Uhlandstraße?» Sarahs Gesicht strahlt in der Dunkelheit so überirdisch wie Opalglas. Dann erlischt es langsam. «Wir können es schaffen, Peter», flüstert sie in seinen Hemdkragen.

«Ich weiß», sagt Kappe. Er steht auf und schaut aus dem Fenster. «Ich muss morgen arbeiten. Ich habe meinen ersten Fall.»

Der Winterwind treibt nasses Laub über den Balkon. Der Morgen dämmert bereits. Auf der anderen Straßenseite steht ein Mann mit Hut in einem Hauseingang. Kappe sieht für zwei Sekunden den hellen Fleck eines Gesichts, als er sich eine Zigarette anzündet. Direkt vor Kappes Fenster fliegt eine Krähe schnell auf aus den kahlen Ästen der Straßenbäume. Es ist eine sternenlose, sinnlose Nacht.

# ZWEI

## Samstag, 7. Dezember 1974

ES IST WOCHENENDE, es ist bereits kurz vor zehn, aber Kriminalhauptkommissar Harry Engländer hat so gute Laune, als wäre es Montagfrüh. Er knallt den *Berliner Blitz* vor Peter Kappe auf den Schreibtisch.

Auf der ersten Seite prangt ein riesiges Foto vom Tatort: Karl Rosen, sein Arm baumelt haltlos vom Kofferband. Darunter steht: *Foto: Josef Bolp*, darüber in Großbuchstaben: *Papa Kalle: Tod am laufenden Band.*

Kappe sieht im Geiste den Würfel mit dem Fragezeichen auf dem Laufband der Quizsendung fahren. «Aber Landsberger hatte doch den Film.»

«Wahrscheinlich sind auf dem Film, den Landsberger hat, die Urlaubsbilder von Bolp», zischt Engländer.

«Ist der denn schon entwickelt?»

Engländer zuckt mit den Schultern. «Das fragen Sie mich? Wer ist denn hier der leitende Ermittler?»

Kappe wirft die Zeitung beiseite. Seine Hände sind schweißnass.

Engländer beugt sich vor. «Es ist hier allen klar, mein Junge ...», er seufzt altväterlich, «... dass Sie und Ihr polyglotter Treppenterrier wegen der laufenden Polizeistrukturreform von den verkürzten Aufstiegslehrgängen profitiert haben.» Dann richtet er sich wieder auf. Sein Zeigefinger schlägt in Richtung Kappe wie eine Fleischpeitsche. «Und Sie wissen auch verdammt noch mal, dass wir das wissen! Also reißen Sie sich gefälligst zusammen! Denken Sie an Ihren Vater. Und ich bitte Sie auf das Ernsthafteste, uns vor dem Bürger da draußen nicht allzu sehr zu blamieren. So ein ordentlicher junger Mann aus gutem Hause wie Sie, Herr Kappe. Der Bürger vertraut uns doch!» Engländer bringt es fertig, gleichzeitig heiter und vorwurfsvoll-erregt zu klingen. Wie ein betrunkener CSU-Kreisverbandsvorsitzender nach dem Kirchgang.

Kappe weiß, er wird gebraucht. Auch wenn sich herausstellen sollte, dass er ein Versager ist. Denn die West-Berliner Polizei ist überlastet. Die statistisch erfassten Verbrechen sind in den letzten Jahren von 70 000 auf 170 000 gestiegen. Mit etwa 13 500 Vollzugsbeamten kommt die West-Berliner Polizei nicht mehr hinterher. Zudem steht eine allgemeine Arbeitszeitverkürzung von 42 auf 40 Wochenstunden bevor. Eine effektivere Organisation muss her. Die schweizerische Unternehmensberatung Knight-Wegenstein hat hierfür schon 1971 ein Konzept erarbeitet. Ziel der Strukturreform ist es, die Polizei von der Rolle der «Feuerwehr» zu befreien, die dem Verbrechen hinterherhechelt. Eine Folge davon ist, dass die Aufstiegslehrgänge der Beamten derzeit nur ein halbes statt ein volles Jahr dauern. Das sorgt für Spott.

«Sie haben nur den halben Wanninger gemacht, mein Junge, da kann man Ihnen das noch nicht mal vorwerfen.»

Leider liegt der Kriminalhauptkommissar richtig. Kappe hat nur den halben Wanninger gemacht, Landsberger nur den halben Fröschl. Gut gemeint ist eben nicht gut gemacht.

Den Fröschl oder Wanninger machen, so sagen die Kollegen, wenn sich jemand auf einen Aufstiegslehrgang bewirbt. Die Wendung bezieht sich auf die Krimiserie *Die seltsamen Methoden des Franz Josef Wanninger*, die bis vor ein paar Jahren im deutschen Fernsehen lief. Unterstützt wurde Kommissar Wanninger von seinem treuen Kriminalassistenten Fröschl.

Es klopft, Harry Engländers Bürotür öffnet sich. Es ist Wolf Landsberger. Scharf rasiert, frisch geföhnt. Und er strahlt. Er weiß es noch nicht.

«Ich habe die Abzüge!» Landsberger schwenkt einen Fotoumschlag. «Da ist keine Leiche drauf. Der Bolp hat nur Schnappschüsse von den Popos der Flugbegleiterinnen gemacht.» Landsberger blättert die Fotos auf den Schreibtisch. «Hier, einmal ist auch dieser Popstar zu sehen, Marc Monroe. Sieht wütend aus. Der schubst unser Mordopfer zwischen den Flugzeugsitzen.»

Harry Engländer wischt die Fotos von rechts nach links. Er kommt aus dem Kopfschütteln nicht mehr heraus. «Der Landsberger!», höhnt er. «Kann Französisch und will Mörder fangen, aber dann lässt er sich von einem Boulevardschmierfink übertölpeln!» Er knallt Landsberger die Zeitung vor die Brust. «Sie haben den falschen Film beschlagnahmt!»

«Was zum Teufel ...» Landsberger faltet das Blatt auseinander. An seinem souveränen Kinn arbeitet ein sehr nervöser Muskel.

«Und?», fragt Kriminalhauptkommissar Harry Engländer. «Was steht denn da drin – wer ist denn nun der Mörder? Nur damit ich auf der Pressekonferenz nicht den Falschen präsentiere!»

«Laut *Berliner Blitz* ist es wohl ein Unfall mit dem neuen Tegeler Kofferband, das unschuldige Urlauber frisst. Oder es war Marc Monroe. Aus Eifersucht. Oder die schöne René Bliss. Sie schuldet Kalle Rosen Geld. Er hat ihr das ‹Chez René› finanziert.»

«Ist da was dran?», will Engländer wissen.

Kappe ist klar, dass er jetzt sagen müsste: Ich kenne René Bliss persönlich. Ich bin befangen. Ziehen Sie mich von dem Fall ab. Stattdessen hört er sich sagen: «Möglich. Gestern ist Frau Bliss dieser Frage ausgewichen.»

«Na, das ist doch mal ein erstklassiges Motiv!», jauchzt Engländer. «Machen Sie da weiter! Ich besorge Ihnen einen richterlichen Beschluss für die Kontoeinsicht, und dann nageln Sie diese Person fest! René Bliss oder wie die heißt. Ist das überhaupt eine echte Frau? Chansonsängerinnen, das sind doch oft verkleidete Männer.»

Kappe steht auf. Der Stuhl fällt hinter ihm um. «Das Kofferband war's», sagt er. «Das hat kein Alibi.» Dann muss er an die frische Luft.

Er muss nachdenken. Keine Kantine, das ist Mist. Peter Kappe tritt auf die Keithstraße. Der Himmel liegt tief und schwer über Tiergarten Süd wie eine Bunkerdecke. Kappe ist nach einer Kneipe mit nach Bierneige stinkendem Kreuzberger-Nächte-Flair zumute. Das gibt es hier in der Ecke nur am Nollendorfplatz. In achtzehn ausrangierten U-Bahn-Waggons ist in dem stillgelegten Hochbahnhof vor zwei Jahren der Berliner Flohmarkt eingezogen. Opas Nachlass und Mollenfrühstück mit Korn.

Kappe geht Richtung Kurfürstenstraße. Rechts und links der Keithstraße wachsen die Fundamente von Betonwohnburgen aus dem märkischen Sand. Jetzt im Winter zeugen die Bauarbeiter in ihren lauschigen Furzmollen die nächste Generation. Aber im Frühjahr wird hier alles zugekleistert mit exquisiter Architektur. Es ist die Hochzeit des Betonbrutalismus. Erst war das wilhelminische Viertel Sanierungsgebiet, jetzt wird es mithilfe des nächsten Bauskandals mit Asbest und Eternit zugeklüngelt.

Kappe hofft, dass vielleicht wenigstens in einen der Neubauten ein schummeriger Gulasch-Jugo einziehen wird, in dem man in der Mittagspause den Muschelputz gelb rauchen kann. Die Moderne geht Kappe seit einiger Zeit auf die Nerven. Dieses zwanghaft Innovative. Seit er Familienvater ist, neigt er mehr zum Ornament und zum Grillteller. Auch ein heißer Slibowitz mit Honig könnte ihm jetzt den Vormittag retten.

«Was hat Frau Doktor Niedergesäß gesagt?», fragt plötzlich Wolf Landsbergers Stimme neben ihm.

Kappe zieht die Augenbrauen hoch. «Warum haben Sie das nicht eben gefragt?», knurrt er. «Jetzt können Sie sich Ihre situative Loyalität sonst wohin schmieren.»

«Zynismus hilft uns nicht weiter.»

Kappe seufzt. «Die Chefin der Rechtsmedizin war heute Morgen so schlecht gelaunt, dass sich der Kantinenkaffee nicht aus der Kanne getraut hat. Die arbeitet auch nicht gerne samstags.» Er reibt sich die klammen Hände. «Trinken Sie auch manchmal tagsüber? Kennen Sie die ‹Nolle› am Nollendorfplatz? Ich hätte jetzt nichts gegen einen heißen Slibowitz.» Er seufzt. «Aber um Ihre Frage zu beantworten: Rosens gebrochene Nase war nicht kritisch. Er hatte auch keinen Herzinfarkt oder Hirnschlag. Aber haben Sie diese Stichwunde gesehen? Herzbeuteltamponade, sagt Frau Doktor. Die Tatwaffe ist über acht Zentimeter in die Brust eingedrungen. Da ist sehr wenig Blut geflossen, vielleicht nur ein paar Tropfen. Das viele Blut kam vom Nasenbruch. Was auch immer die Tatwaffe war, es hat Rosen die vierte Rippe gebrochen und ist durch den Rippenzwischenraum in die Brust eingedrungen. Der untere Rand seines oberen Lungenflügels ist durchbohrt, die linke Herzkammer auch. Die hintere Scheidewand der linken Herzkammer weist eine Öffnung von mehreren Millimetern Durchmesser auf. Im Herzbeutel hat Rosen einen großen Bluterguss.»

«Also erstochen», schlussfolgert Landsberger. «Einstichkanal?»

«Von oben. Aber alle unsere Verdächtigen sind groß.» Kappe tastet nach einer Zigarette.

«Hat Frau Doktor Niedergesäß gesagt, was die Tatwaffe gewesen sein könnte?»

«Sie hat gesagt: ‹Ick untersuche jerne Ihre Leichen. Wie Se zu Leichen geworden sind, det klären Se mal selba.›»

«Herrje! Dass es auch nie ohne ein harsches Wort geht.»

Kappe zuckt die Schultern nach Art eines routinierten Stoikers. «Auch Wuchtbrummen haben ein Recht auf schlechte Laune.»

«Meine Güte!» Landsberger lacht. «Dass Sie überhaupt eine Frau gefunden haben!»

«Ich wundere mich selber. Aber man kann nicht beides gleichzeitig sein, Romantiker und Polizist. Das bestätigt sich immer wieder.»

Landsberger packt ihn am Arm. «Kommen Sie. Arbeiten wir lieber weiter, statt zu philosophieren. Lieutenant-Colonel Pelletier hat uns die Liste des Ladepersonals vom Kofferband zukommen lassen.»

«Und ist jemand Auffälliges dabei?»

«Ein gewisser Uwe Krabutke hat die Koffer von der Maschine auf das Band geladen.»

«Fahren wir zum Flughafen und befragen ihn.»

«Da ist heute Weihnachtsfeier. *Le père Noël à Tegel.* Der Chef du Service du Personnel Allemand beim Gouvernement Militaire Français de Berlin tut allerhand für seine Mitarbeiter.»

«Das schauen wir uns an. Aber zuerst laden wir noch diesen Marc Monroe vor. Den einzigen Zeugen, mit dem wir noch nicht gesprochen haben. Der ist Brite, das gibt bestimmt Ärger mit der Botschaft.»

Samstagnachmittag. Es droht bereits zu dämmern, das trägt zur Weihnachtsstimmung bei.

Sie fahren an der Ausfahrt Holzhauser Straße von der A111 links in die Seidelstraße, an der Justizvollzugsanstalt Tegel, dem größten Gefängnis Deutschlands, vorbei. Dann nach rechts in die Cité Guynemer, Avenue Jean Mermoz. Hier ist plötzlich Frankreich. Diese sogenannten Cités sind Wohnsiedlungen, die die französische Schutzmacht nach dem Krieg für die Familien ihrer Soldaten errichtet hat. Die Straßennamen sind französisch, die Straßenschilder dunkelblau mit weißer Schrift, rechts geht es zu einer Boule-Anlage. Kappe und Landsberger fahren eine kahle Allee hinunter auf einige kantige Klinkerbauten in der Formensprache der Fünfzigerjahre zu. Ein dürrer Schlagbaum versperrt die Durchfahrt. Base Aérienne 165 oder Flughafen Tegel-Nord, wie die Zivilisten sagen. *Militärischer Sicherheitsbereich!*, verkündet ein Schild. *Unbefugtes Betreten verboten! Vorsicht Schusswaffengebrauch!*

Es herrscht ein rauer Ton. Die französische Luftwaffe ist auch für den gesamten zivilen Luftverkehr in Tegel zuständig. Der französische Flughafenkommandant ist zugleich Chef des militärischen Abschnitts. Er hat sein Büro ganz oben im Tower. Auch die Flugsicherung Circulation locale d'aérodrome wird von militärischem Personal durchgeführt.

Ein französischer Uniformierter mit dem typischen Käsehobel auf dem Kopf kommt aus einem Wachhäuschen und salutiert. Wolf Landsberger kurbelt sein Fenster herunter und zeigt ihm ihre Ausweise. Sie sind angekündigt. Der Schlagbaum hebt sich. Keine weiteren Kontrollen. Man kann einfach auf das Gelände fahren.

Die wintergrauen Gebäude ähneln mehr provisorischen Baracken als militärisch eindrucksvollen Bauten. Links dreht sich auf einem Turm eine Radarschüssel. Viele Autos parken vor den Baracken, und Familien mit Kindern strömen Richtung Flugfeld. Kappe und Landsberger schließen sich ihnen an. Kappe studiert die Menschen: modern, adrett, im winterlichen Sonntagsstaat. Dem aufgeregten Stimmengewirr nach zu urteilen, sind es sowohl deutsche als auch französische Familien.

Auf dem Flugfeld stehen Absperrgitter. Die Eltern schieben die kleinen Kinder nach vorne. Es sind kaum Flugzeuge zu sehen. Kappe hat gelesen, dass L'Armée Française à Berlin für Armee und Luftwaffe lediglich über je eine Propellermaschine und zwei Helikopter zu Trainingszwecken verfügt. Er hofft, der Russe hat das nicht auch gelesen.

Ein knatterndes Geräusch wird in der Ferne laut und kommt näher. Wie jedes Kriegskind mag Kappe keine unklaren Geräusche aus der Luft. Anscheinend sieht man ihm das an, denn Landsbergers Sportlerpranke legt sich beruhigend auf seine Schulter. Aber da erscheint auch schon über dem Wald zum Flughafensee ein winziges Propellerflugzeug. Es dreht eine letzte schnittige Kurve, nimmt Kurs auf die Landebahn und setzt hoppelnd auf. Die Hand auf Kappes Schulter verschwindet. Die Kinder brechen in Beifall aus. Das Flugzeug rollt auf sie zu und bleibt dann stehen. Man hat es mit Sternchen angesprüht. Ein Dicker im Weihnachtsmannkostüm steigt aus – der Père Noël. Er hat eine Kiepe voller Geschenke dabei. Über ein Mikrofon begrüßt er die *famille aéronautique de Berlin Tegel.* Die Kinder hängen winkend über der Absperrung.

«Ist das nicht nett?», schreit Landsberger gegen den Lärm an.

Auch Kappe sieht das Kinderaugenleuchten. Aber nach all den Jahren wartet er noch immer darauf, dass ihm jemand den friedlichen Moment aus der Hand schießt. Wie zu Kriegsende, als die Kinder die Güterwagen am Westhafen geplündert haben. Da hat er mal einen Zehnjährigen gesehen, dem ein Russe ein Marmeladenglas aus der Hand geschossen hat. Das wird Kappe nie vergessen.

Im Festsaal der Kantine gibt es wenig später Kaffee und Kuchen. Die Kantine ist modern – sie sitzen auf verchromten Freischwingern an Bistrotischen. Auf jedem Tisch steht ein schwerer Porzellan-Aschenbecher. Die einzelnen Tische sind durch Pflanzkästen mit Zimmerpflanzen voneinander getrennt. Die Bodenfliesen bilden ein Schachbrettmuster. Pariser Chic.

Einige Soldatenkinder führen ein Krippenspiel auf. Es werden französische Lieder gesungen, die Kappe nicht kennt. Landsberger singt lächelnd mit. Es werden Bonbons mit französischen Etiketten verteilt. Kappe nimmt welche, für Tabea.

Dann kommt der große Moment. Der Weihnachtsmann sitzt auf einem geschmückten Stuhl wie auf einem Thron. Er spricht nur Französisch. Wer hätte das gedacht? Das schüchtert die kleinen Berlinerinnen und Berliner sehr ein. Aber nach einem kurzen Schreck und einem schnellen Foto erhält jedes Kind ein sorgfältig eingepacktes Geschenk.

Landsberger fragt eine Dame vom Festkomitee nach Uwe Krabutke. Sie zeigt auf einen jungen, bärenstarken urberlinischen Mann mit einer schicken Frau und Zwillingsmädchen in rosa Kleidchen. Die Kleinen strahlen. Sie haben weiße Plüschhasen ausgepackt.

Kappe wartet, bis sich die Veranstaltung auflöst. Dann spricht er Krabutke auf dem Weg nach draußen an. «Kriminalpolizei, Kappe. Das ist mein Kollege Landsberger. Haben Sie einen Moment? Wir hätten ein paar Fragen wegen des Vorfalls gestern.»

Krabutke sieht nicht besonders überrascht aus. Er drückt seiner Frau den Autoschlüssel in die Hand. «Jeh schon ma zum Wagen mitte Mausis, Marlies. Ick komm jleich nach.»

«Sie hatten gestern Dienst am Kofferband und haben die Frühmaschine aus München entladen.»

Krabutke nickt. Ein amüsiertes Lächeln umspielt seine Lippen.

«Ist Ihnen da etwas Besonderes aufgefallen?»

«Falls Se den besoffenen Fatzke meenen, fragen Se doch direkt!» Krabutke stützt die Hände in die Hüften. «Hatta sich beschwert?»

«Den meinen wir. Heute schon Zeitung gelesen?»

«Nö. Ick musste arbeeten.»

«Der ‹besoffene Fatzke› heißt Karl Rosen. Hieß. Er ist tot.»

«Wie jetz – tot? Rosen, det weeß ick. Den kennt ja jeda. War ja jeda schon mal uff 'n Konzert vom KaRoConcerts oder in seiner Disco, det ‹Rote Rosen› am Kudamm.» Nun wird Krabutke doch nervös. «Warum denn tot? Jestan konnta noch janz jut saufen.»

«Wie war das denn mit dem Herrn Rosen gestern? Erzählen Sie doch mal von Anfang an.»

«Na, der muss sich verloofen ham. Kommt bei uns rin inne Halle und wankt da rum zwischen die Koffawagen. Ick quatsch den an, der ist voll wie 'n Amtmann. Sacht, ick krieje zwee Karten für 'n Abba-Konzert, wenn ick ihm sage, wie er hier ins Terminal kommt. Abba, oda wat? Sehe ick nach Abba aus?»

«Und was ist dann passiert?»

«Dann hat et bei mia klick jemacht. Ick hatte den Rosen ja schon ma inne *Abendschau* jesehen. Det war der von KaRoConcerts, der uns 1970 für die Rolling Stones zehn Mark abknöppen wollte. Hat ick nich damals. Die Stones sin ja det Größte für Marlies und mia. Det Konzert war in Stuttjart, da hatten wia die Mädels noch nich. Wia warn so antikapitalistisch angeturnt, wia trotzdem hin, dann standen wa vorda Halle, paar Hundert Jugendliche, die alle keene Karte hatten. Als et drinne losging und wir die Musik bis draußen jehört ham, da ham wa versucht, trotz Bullen, Stacheldraht und Wassawerfan, rinnzukommen. Wia warn nicht aufzuhalten. Ham wa den janzen Haupteinjang zerlegt.»

«Und das ist Ihnen dann gestern wieder eingefallen?»

Krabutke nickt hektisch. «Ick hatte den Josef Bolp ausm Fliega aussteijen jesehen. Den Reporta vom *Berliner Blitz*. Und da dachte ick, der Rosen will zum Ausjang raus, den setz ick uffs Koffaband. Da kanna sein Rausch auspennen. Und wenn der Bolp det sieht, det is 'ne Bombenstory.»

«So weit haben Sie richtig gelegen. Sie sollten Ihre Schwiegermutter anrufen, damit sie sich den *Berliner Blitz* kauft. Dann kann sie Ihren Mausis in ein paar Jahren zeigen, was für ein toller Hecht Sie gewesen sind.»

«Immer vorausgesetzt, Sie sagen die Wahrheit. Sonst verschwinden Sie so lange hinter Gittern, dass Ihre Mausis längst andere tolle Hechte gefunden haben, bis Sie wieder rauskommen», ergänzt Landsberger.

«Wat soll ick denn gemacht ham?» Krabutkes Gesicht formt sich ziemlich authentisch zu einem Fragezeichen.

«Sie haben ihn auf das Band gelegt, und wie er da so hilflos vor Ihnen lag, haben Sie gedacht: Jetzt stech ich die Kapitalistensau von KaRoConcerts ab! Sie haben sich ein Teppichmesser gegriffen, die liegen ja überall herum – und zack», suggeriert Landsberger.

«Ick soll uff 'n Brutalo-Trip gewesen sein? Wegen det bisschen Randale in Stuttjart, oder wat? Ick bin jetze Familienvatta, vastehen Se?»

«Kann jemand Ihre Geschichte bezeugen?», fragt Kappe.

«Alle Kollejen ham det jesehen. Also ehrlich mal, wat solln det?» Krabutke macht die Schultern breit und den Blick hart. «Wat seid Iha denn für Vöjel? Wolln mia hia uff na Weihnachtsfeier vor meine Mädels zum Mörda abstempeln! Vaschwindet ma!»

Kappe findet Krabutke im Grunde sympathisch. Es lebe der Rote Wedding, denkt er. Aber er kann ja dem Mann schlecht gestehen, dass er sein vollstes Verständnis hat. Kappe selbst war 1965 in der Waldbühne, als einige Krawallbrüder keine zwanzig Mark für die Stones ausgeben wollten oder konnten. Wenn man jung und entschlossen genug war, konnte man im Wald über die lächerlich niedrigen Maschendrahtzäune klettern, die das Veranstaltungsgelände absperren sollten. Kappe ist eigentlich immer ein braver Junge gewesen. Aber es ging um die Stones. Und wenn es niemand gesehen hat, ist es dann eigentlich passiert?

Peter Kappe ruft zu Hause an, aber niemand nimmt ab. Sarah müsste doch noch da sein. Wo ist das Kind? Er überlegt, ob er bei seiner Mutter anrufen soll. Da klingelt das dunkelgrüne Tastentelefon von sich aus.

«Hia is Helmut», sagt eine aufgeregte Stimme. «Von Helmuts Kiosk.»

«Wer?», fragt Kappe, der nur mit Verzögerung begreift, mit wem er da spricht. «Helmut vom Zeitungskiosk?»

«Ick hab inne Zentrale nach Ihnen gefragt», stößt Helmut hervor. «Ick weeß ooch ma wat, Herr Kommissa! Sitze hia bei meener Schwester inne Schöneberga Hauptstraße hinter de Jardine, und jerade ist aus de Numma 155 diesa Popstar rausjekommen – Marc Monroe! So 'n rachitischer Singsparjel. Hab ick gleich erkannt. Den suchen Se doch bestimmt, der wa doch jestern dabei, als Kalle Rosen erstochen wurde! Wa ja inne Zeitung. Jetz hatta 'nen Schrankkoffa dabei und winkt sich 'ne Droschke ran, hüppt rin und sacht zum Fahra: ‚*To the airport!*'»

«Und das haben Sie gehört?»

Helmut lacht. «Nüscht füa unjut. Wenn Se sich ma die Haar schneidn, wern Ihre Ohrn ooch frei, und dann hörn Se wieder allet.»

«Wann war das denn mit dem Taxi?»

«Drei Minütchen is et her. Die Droschke is 'n Mercedes mit mächtijem Kühlerjrill, Heckflossen, 190er vielleicht, notiern Se ma det Kennzeichen. Ick gloobe, der haut Ihnen ab!»

Kappe knallt den Hörer auf die Gabel. Er hält Wolf Landsberger das Kennzeichen hin. «Monroe haut ab, mit einem Taxi zum Flughafen! Geben Sie sofort eine Fahndung raus!»

Landsberger springt wortlos auf, wirft sich den Mantel über und greift sich Kappes Wagenschlüssel.

«Was wird das?», fragt Kappe irritiert.

«Wir müssen handeln!» Landsberger flankt über seinen Schreibtisch und ist schon aus der Tür. «Ich schnappe mir den Kerl lieber persönlich! Harry Engländer macht Roastbeef aus uns, wenn Monroe nach London abdampft!»

Landsberger hat recht. Monroe darf ihnen nicht entwischen. Kappe greift nach seiner Jacke, findet den Ärmel nicht, rennt den Schreibtischstuhl um und stolpert hinter dem Kollegen her. Der fährt mit quietschenden Reifen vor, Kappe reißt die Tür auf, die Beschleunigung presst ihn in den Sitz. Jetzt lieber anschnallen. Sicher ist sicher.

Der Opel Rekord liegt nicht besonders gut auf der Straße. Landsberger hat kein Blaulicht, aber er hat auch keine Angst. Kappe hegt keine sonderlichen Gefühle für seinen Wagen, aber es tut ihm doch weh, wie Landsberger an der Lenkradschaltung hantiert. Sie scheuern mit quietschenden Reifen um den Ernst-Reuter-Platz, den Tegeler Weg entlang und auf die A111.

Kappe hält nach Mercedes-Taxis Ausschau. Aber erst kurz vor der Abfahrt zum Flughafen entdeckt er eines. Durch die Heckscheibe ist Monroes ondulierter weißblonder Haarschopf nicht zu übersehen. «Da drüben!» Kappe klopft Landsberger auf die Schulter. «Rechte Spur!»

Landsberger gibt Gas, setzt sich vor das Taxi.

Eine heiße Welle der Erkenntnis schießt Kappe über den Nacken: Er hat keine Polizeikelle, kein Megafon, keinen Schlagstock, keine Pistole, rein gar nichts. Nicht mal eine Uniformmütze. Wenn das Taxi nicht von selbst anhält, haben sie ein Problem.

Landsberger wirft den Warnblinker an und bremst das Taxi aus. Kappe hat sich wieder abgeschnallt, hockt verkehrt herum auf dem Beifahrersitz und gibt dem Fahrer Handzeichen. Rechts raus und anhalten. Der Mann blendet auf und tippt sich an die Stirn. Hinter der Abfahrt schert er links aus und versucht, sie auf der Einfahrt zum Flughafen abzuhängen. Landsberger tritt das Gaspedal durch. Der mächtige Kühlergrill des Mercedes fällt zurück. Als sie ein paar Meter Vorsprung haben, reißt Landsberger den Wagen nach links, zieht die Handbremse. Kappe fliegt Richtung Handschuhfach. Es kreischt, es kracht, dann steht die Welt still. Kappe macht kurz Inventur: Alles noch dran. Er stößt die Beifahrertür auf.

Das Taxi ist in der Leitplanke gelandet. Der Kühler qualmt. Ein Kotflügel fehlt. Landsberger macht sich schon an der Fahrertür zu schaffen. Kappe geht nach hinten, öffnet den Fond. Dort hockt Monroe mit grimmigem Gesicht. Aus seiner Nase läuft Blut. Irgendetwas fliegt heran – Monroes Rechte. Kappe taumelt zurück. Monroe setzt nach. Greller Schmerz explodiert an Kappes Kinn. Er fällt in ein dunkles schwarzes Loch.

Es hupt. Lang anhaltend. Das Geräusch will nicht verstummen, also schlägt Peter Kappe die Augen auf. Das tut weh, und er sieht auch nicht mehr als vorher. Vorsichtig tastet er seinen Kopf ab. Das arme verbeulte Ding war schon mal in einem besseren Zustand.

«Ganz ruhig!», hört er Wolf Landsberger sagen. «Wir sind nicht – ich wiederhole – *nicht* vom Rauschgiftdezernat!»

Ein Schwall englischer Schimpfwörter antwortet. Kappe blinzelt. Er sieht die Umrisse zweier Männer. Einer von ihnen ist Landsberger. Der große Kollege presst Marc Monroe gegen das Taxi. Der von Helmut als «rachitischer Singspargel» betitelte Sänger zappelt, um sich zu befreien. Handschellen klicken. Von irgendwoher hört Kappe Sirenen. Wahrscheinlich die Kollegen von der Flughafenwache.

Er klopft sich den Mantel ab, streicht sich die Haare aus dem Gesicht. «Mister Monroe», sagt er auf Englisch und zeigt seinen Ausweis. «Kriminalpolizei, Kappe. Sie kommen jetzt mit uns aufs Revier. Ich vernehme Sie als Verdächtigen in einem Tötungsdelikt.»

Marc Monroe brummelt etwas Giftiges.

«Offenbar sind Sie der Sohn einer mutterlosen Ziege», übersetzt Landsberger schwer atmend.

«Das Leben ist hart, aber es ist noch härter, wenn man keine Kinderstube hat», sagt Kappe.

«Da lacht der doch drüber», sagt Landsberger. «Der macht Millionen. Der muss sich nicht benehmen.»

«Gefällt Ihnen seine Musik?», fragt Kappe.

«Nein. Mahler, Bruckner, Dvorak, Beethoven, Bach. Das ist nach meinem Geschmack.» Landsbergers Nasenflügel beben. «Wenn man lange genug Bach hört, ist man für die Welt verloren. Fangen Sie also lieber erst gar nicht damit an.» Für eine Sekunde schaut Landsberger so parfümiert, dass Kappe den Faden verliert. Man liefert sich nun mal keinen Boxkampf mit einem Rockstar, ohne anschließend Gespenster zu sehen.

Ein Mannschaftswagen fährt mit Blaulicht heran und hält neben ihnen. Landsberger zeigt seinen Ausweis. «Wir brauchen einen Krankenwagen für den Taxifahrer», weist er die Kollegen an. «Hat sich den Kopf angeschlagen. Und nehmen Sie den Unfall auf. Da hat sich einer der Befragung entziehen wollen.»

Der Uniformierte reißt die Augen staunend auf. «Ist das nicht der ...»

«... genau der. Davon können Sie noch Ihren Enkelkindern erzählen.»

Kappe setzt sich auf die Leitplanke. Sie haben keinen richterlichen Beschluss für eine zwangsweise Vorführung. Immerhin, sein Auto hat nichts abbekommen. Er hofft, dass sein Gesicht nicht zu viele Blessuren hat und dass Harry Engländer ihn nicht zur Verkehrspolizei versetzt.

Marc Monroe sitzt im Vernehmungsraum 2 hinter einem Glas Schwarztee. Der Teebeutel hängt in dem Trinkgefäß wie eine ertrunkene Maus. Monroe zieht ein Gesicht, aber das dürfte weniger an dem Schwarztee liegen. Wolf Landsberger stellt das Aufnahmegerät ein. Peter Kappe wuchtet Monroes Koffer auf den Tisch. Landsberger will mit seinem erweiterten Schulenglisch brillieren. Da möchte Kappe nicht zurückstehen.

«Lassen wir mal den tätlichen Angriff auf einen Vollzugsbeamten beiseite – was würde ich finden, wenn ich Ihren Koffer öffnen würde?», fragt er.

*«Go fuck yourself!»*

«Keine Übersetzung nötig, Landsberger!» Kappe lässt die Kofferschlösser aufschnappen.

«Sie können sich ja nicht vorstellen, was ich durchmache», jammert Monroe plötzlich in schönstem Hochdeutsch und hält sich am Tee fest, «welche Schmerzen ich habe.»

Kappe nimmt die Hände vom Kofferdeckel. «Sie sprechen Deutsch?»

Monroe reibt sich die Schläfen. «Ein bisschen. René hat es mir beigebracht.»

«Umso besser. Mal angenommen, ich würde auch noch Ihre ‹Medizin› ignorieren – was könnten Sie mir dann über Ihren Urlaub mit Karl Rosen und René Bliss erzählen?»

«Ich habe Musik geschrieben. Ein paar schöne Songs sind dabei. Man hört die Schweiz aus ihnen heraus.»

«Und die anderen?»

«René war immer auf Schaufensterbummel. Und Kalle hat versucht, René rumzukriegen. Mehr war nicht.»

Kappe legt Josef Bolps Fotos vor Monroe auf den Tisch. Der sieht sich selbst, wie er auf Rosen losgeht, und für einen Augenblick fällt seine Maske.

«Das sieht mir nicht gerade nach Harmonie aus.» Kappe tippt auf das Bild, auf dem die Schubserei zu sehen ist. «Was haben Sie da zu ihm gesagt?»

«Etwas sehr Unfeines. Wo haben Sie die her?» Monroe nimmt die Bilder vom Tisch. «Das gibt's doch gar nicht! Jetzt verfolgt einen die Presse schon bis in die First Class!»

«Beantworten Sie meine Frage!»

«Deswegen muss ich was nehmen. Das kann doch kein Mensch aushalten. Immer unter Beobachtung! Ich muss doch auch mal ein normales Leben führen dürfen!»

«Das dürfen Sie. Sobald wir hier fertig sind.»

«Ich sage Ihnen was, Kalle hat René diese roten High Heels gekauft. Sie war ganz verrückt danach. Die Leute denken immer, ich habe wer weiß wie viel Geld. Aber zurzeit bin ich fast pleite. Ich verdiene zwar eine Menge, aber ich gebe auch eine Menge aus. Gestern war doch dieses Nikolausfest. Da hat Kalle René die Schuhe vors Zimmer gestellt. Sie war hin und weg. Die ganze Rückreise über hat sie die getragen, und Kalle ist immer darauf rumgeritten. Er wisse, was Frauen wollen, und so weiter. Da hätte ich Sie mal sehen mögen, wenn das ein anderer Mann bei Ihrer Freundin gemacht hätte!»

«Sie waren also wütend?»

«Können Sie das nicht verstehen?»

Kappe stellt fest, dass ihm die Wut abhandengekommen ist. «Was haben Sie im Flugzeug zu Karl Rosen gesagt?», fragt er noch mal.

«Ich habe ihm geraten, dass er in Erwägung ziehen sollte, sich die *Un-chat-andalou*-Tour im Sommer in Frankreich irgendwo hinzustecken, wo die Sonne niemals scheint.»

«Und Sie haben ihn gestoßen?»

«Richtig, und ich habe ihm gesagt, nun muss er bei den gebuchten Veranstaltungen selber singen.»

«Und haben Sie gedacht: Wenn Rosen tot ist, gehört René Bliss ganz und gar mir?» Kappe klappt den Koffer auf, um Monroe zu provozieren.

Der springt hoch. «Was wollen Sie mir da unterstellen? Ich bin mit der Limousine abgeholt worden, da hat doch Kalle noch gelebt.»

«Ja, das macht mir auch ein bisschen Kopfzerbrechen. Vielleicht sind Sie ja noch mal zurückgekommen. Die meisten dieser Limousinen haben einen Rückwärtsgang.»

«Ich wüsste es wirklich zu schätzen, wenn Sie hier nicht all Ihre guten alten Nazi-Methoden wieder auspacken würden! Finger weg von meinem Koffer!»

Kappe wühlt spitzfingerig im Maßgeschneiderten. Landsberger hält den zeternden Monroe fest. Da finden Kappes Hände etwas Schmales, Hartes. Er zieht es hervor. «Und was ist das hier, Mister Monroe? Vielleicht können Sie mir das erklären.»

Es ist, als entweiche die Luft aus Marc Monroe. «Das, Mister Kommissar, ist ein Merci de Dieu.» Er seufzt. «Ein Souvenir aus Sankt Moritz. Ich frage mich, ob Sie wissen, was das ist, ein Souvenir.»

Kappe senkt die Jalousien über seine Pupillen. Heraus kommt etwas, von dem er hofft, es sei ein samtschwarzer, international gültiger Veräppeln-kann-ich-mich-alleine-Blick. Denn was er da aus der Wäsche gefischt hat, ist eine schmale Stichwaffe, vielleicht zwanzig Zentimeter lang, mit einem Holzknauf.

«Ob Sie es glauben oder nicht, das Ding ist antik. Mittelalter.» Monroe redet sich in Rage. «Ich hab's beim Antiquitätenhändler gekauft. Das können Sie überprüfen.»

«Keine Schuhe kaufen können, aber einen mittelalterlichen Dolch?»

«Mir ist klar, dass das nicht gentlemanlike war. Aber das war mein letztes Geld. Und ehrlich gesagt, ich hab so ein Gefühl, dass das mit René sowieso nicht mehr lange geht. Ich meine, wir sind beide Künstler. Da hat man so seine Prioritäten.»

Zum ersten Mal weiß Kappe wirklich genau, was Marc Monroe meint. «Und da haben Sie sich vorauseilend schon mal ein bisschen getröstet?»

Monroes Blick weilt liebevoll auf dem Dolch. «Ich fand ihn einfach wunderbar in seiner schlichten Effektivität. Der Merci de Dieu, zu Deutsch auch Gnadengott, war eine Stichwaffe der Ritter im Mittelalter, wissen Sie. Man stach damit durch die Fugen der Ritterrüstung, deshalb musste der Dolch so schmal sein, und hat damit einem tödlich Verwundeten den Todesstoß versetzt. Das sahen die Ritter als Gnade an, daher der Name.»

«Schöner Vortrag, Professor Monroe. Sie werden trotzdem

ein paar Tage auf Ihren Liebling verzichten müssen. Wir lassen ihn in der Rechtsmedizin auf Blutspuren untersuchen.»

Monroe winkt ab. «Ich hab Kalle nicht erstochen, falls Sie das glauben. Die Tourneeabsage, das war mir Schlussstrich genug. Ich neige nicht zu Gewalt gegen andere. Und soweit ich das verstanden habe, müssen Sie mir meine Schuld beweisen. Nicht ich Ihnen meine Unschuld.»

«Da haben Sie recht.» Kappe klappt den Koffer zu. «Und die Tütchen mit dem weißen Pulver hier drin habe ich ja glatt für Waschpulver gehalten.»

Monroes Lider flattern, als er die Augen niederschlägt.

«Das kann uns den Job kosten», sagt Landsberger.

«Vielleicht. Aber mal ehrlich – meinen Sie, mit Erbarmungslosigkeit kommen wir hier weiter? Sie können gehen, Mister Monroe. Halten Sie sich zu unserer Verfügung. Verlassen Sie nicht die Stadt.»

Der Schatten des Kriminaloberkommissars Otto Kappe sieht von der Seite aus wie ein Fragezeichen. Spitzes Kinn, die Schultern buckelig, hervorspringendes Schwangerschaftsbäuchlein. Peter Kappe entdeckt ihn schon von Weitem. Kappe senior lehnt im trüben Straßenlaternenlicht des frühen Samstagabends am Kotflügel von Peter Kappes beigegelben Opel Rekord, der vor dem Präsidium parkt. Es ist dunkel und kalt. Kappes Vater hat den Kragen seines grauen Mantels hochgeschlagen.

«Guten Abend, Vater! Was machst du hier? Hast du nicht deinen samstäglichen Pflichttermin mit Mama im ‹Café Kranzler›? Schwarzwälder Kirsch mit extra Sahne und dazu bayerische Touristen erschrecken?» Die Mutter hatte Peter erzählt, wie der Vater einmal einem Schluchtenjodler einen der begehrten Tische auf der Terrasse des «Kranzler» weggeschnappt hat.

Der Vater lächelt scheel. Peter gibt ihm die Hand.

«Verdauungsspaziergang», sagt Otto Kappe. «Ich hab von deinem Fall gehört, Peter. Hast du schon eine Spur?»

Peter Kappe seufzt. Der Vater ist also als Kollege hier, nicht als Vater. «Wir haben jede Menge. Einen Verdächtigen mit einer Tatwaffe und ohne echtes Motiv – Marc Monroe. Eine Verdächtige mit einem Motiv und ohne Tatwaffe – René Bliss. Einen Verdächtigen ohne Motiv und ohne Tatwaffe – Uwe Krabutke. Womit würdest du zustechen – mit einem mittelalterlichen Dolch, einem Stiletto oder lieber mit einem Teppichmesser?» Peter erinnert sich, wie René ihre Hochsteckfrisur bei dem Verhör aufgelöst hat. «Oder was hältst du von einer Jade-Haarnadel?»

«Der wahre Täter ist wahrscheinlich noch nicht dabei», sagt Otto Kappe, sein Blick schweift ab in Richtung der grauen, halb erstarrten Spree. «Du hast ihn vermutlich schon gesehen, aber er macht sich rar. Er hat im Affekt gemordet. Er wollte das nicht. Jetzt geht es ihm ums Spurenverwischen.»

«Er? Das glaubst du, weil …»

«… weil es meistens so ist. 38 Jahre Berufserfahrung.»

«Hast du keinen aktuellen Fall?»

«Nur Berichte, Protokolle, Stellungnahmen. Es geht auf die Rente zu. Kriminalrat Keunitz will mich schonen. Das tut mir aber gar nicht gut.»

«Gehen wir runter zur Spree?»

Sein Vater nickt. Sie gehen ein Stück. Dann sagt er: «Sarah hat Tabea in letzter Zeit fast jeden Nachmittag bei Gertrud abgegeben.»

«Wird euch das zu viel?» So hat Peter Kappe das noch gar nicht gesehen. Seine Eltern waren doch immer ganz verrückt nach der Kleinen.

«Deine Mutter arbeitet ja noch, Peter», sagt sein Vater vorsichtig. «Sie macht den ganzen Tag die Buchhaltung in der Schokoladenfabrik und übernimmt dann das Kind. Wenn ich nach Hause komme, sitzen die beiden vorm Fernsehen und sind eingeschlafen. Nimm es mir nicht übel, aber das Kind strengt sie ganz schön an. Gertrud würde es nicht zugeben, aber du solltest mal mit Sarah sprechen.»

Peter verspricht es. Er setzt darauf, dass langfristig nur die Liebe zählt.

«Mord im Affekt.» Kappe senior wechselt das Thema. «Das heißt, der Täter muss die Tatwaffe dabeigehabt haben. Du solltest noch mal mit Doreen Niedergesäß von der Rechtsmedizin sprechen. Vielleicht fällt der noch ein anderer Aspekt ein, den du nicht bedacht hast.»

Peter hält das für einen vernünftigen Vorschlag, der den Tag abrunden würde. Morgens Niedergesäß, abends Niedergesäß. Schönheit der Symmetrie. «Das mache ich. Komm, ich setze dich auf dem Weg an der U-Bahn ab.»

Frau Dr. Doreen Niedergesäß sitzt an ihrem Schreibtisch in dem grau gefliesten Büro. Die Zentralheizung summt. Durch ein Fenster kann sie in den Sektionsaal sehen. Das trübe Licht der Straßenlaternen wird von den geschlossenen Jalousien in Streifen geschnitten. Peter Kappe versteht nicht, wie ein Mensch in aller Seelenruhe in der Pathologie arbeiten kann. Schon gar nicht allein und erst recht nicht im Halbdunkeln. Er hat das Gefühl, dass er hier drin ohne ein Radio sterben müsste. Jedenfalls darf man die Kühlfächer niemals aus den Augen lassen. Es könnte sich ja doch mal einer der Riegel langsam und scheinbar grundlos in Bewegung setzen. Aber Frau Doktor sieht erholt und aufgeräumt auf, als hätte sie eine Menge geschafft und zwischendurch ein paar Kollegen gefressen. Hinter ihr an der Wand hängt ein Fotokalender mit einem historischen Pariser Friedhof.

«Anwesenheitskontrolle», sagt Kappe und bemüht sich um ein strahlendes Lächeln, als er an die halb geöffnete Bürotür klopft. «Ansonsten komme ich in Frieden.»

«Morgens der Erste, abends der Letzte … Nich, det ick da wat merke.» Frau Doktor sieht milde lächelnd von ihren Akten auf.

«Ich habe ganz vergessen, Sie etwas zu fragen», formuliert Kappe taktisch devot. Er hätte auch sagen können: Sie haben vergessen, mir etwas zu sagen. Das hätte Hans-Gert Galgenberg vielleicht gemacht, der Lieblingskollege seines Vaters. Auch so ein Beamter alten Schlages, der sich gern ein Wortgefecht mit Frau Dr. Niedergesäß leistet.

«Ich wollte Sie bitten, mir noch mal genau die Symptome dieser Herzbeuteltamponade zu schildern. Stirbt man da sofort?»

«Nich unbedingt. Man vablutet innerlich. Det kann dauern. Man wird vielleicht mehrfach ohnmächtig, wacht aber auch wieder uff.»

«Wie lange kann dieser Zustand andauern?»

«Et jibt da einen historischen Fall. Bei Kaiserin Sisi soll et über eine Stunde jedauert haben vom Stich bis zum Tod. Sie hat die Valetzung nicht jemerkt, weil se eilig een Schiff bekommen musste.»

«Man kann also erstochen werden, ohne es zu merken?»

«Wenn man jenügend abjelenkt ist, ja.»

«Na prima. Das erweitert meinen möglichen Täterkreis um ein paar Hundert Personen.»

«Ehrlich, Kolleje Nachwuchs-Kappe, ick bin froh, dass meine Klientel schon tot ist und mia nich mehr wegloofen kann.»

Kappe lacht und gibt ihr Marc Monroes Dolch zur Untersuchung. Dann wünscht er aufs Höflichste einen schönen Sonntag. Als er auf die dunkle Invalidenstraße vor dem schummrig ausgeleuchteten Mauerstreifen tritt, fallen ihm zwei Dinge auf. Erstens: Mister Monroe hat kein Alibi mehr. Denn er kann Karl Rosen noch an Bord des Flugzeugs erstochen haben, bevor ihn die Limousine abgeholt hat. Und zweitens: Als Kappe René Bliss am Flughafen vernommen hat, hat sie die roten hochhackigen Stilettos nicht getragen, von denen Monroe erzählt hat.

Kappe notiert sich das. Jetzt muss er zunächst die familiäre Lage prüfen. Er ist nicht sicher, ob seine Frau da sein wird, wenn er nach Hause kommt. Sie müssen dringend über Weihnachten sprechen. Muss sie an diesem Tag arbeiten, oder gehen sie zu seinen Eltern? Ein eisiger Westwind treibt ihn vor sich her zu seinem Wagen.

# DREI

## Sonntag, 8. Dezember 1974

ZUM FRÜHSTÜCK hat Peter Kappe beim Bäcker an der Ecke für zwei Mark Kuchen vom Vortag geholt. Sarah hat an seinem Kopf herumgedoktert. Ein violetter Bluterguss ziert sein Kinn und seine Schläfe. Tabea hat den Adventskranz anzünden dürfen. Es ist schon die zweite Kerze.

Das Wetter ist noch immer mild. Den ganzen Vormittag tobt Kappe mit dem Kind auf dem Spielplatz im Lietzenseepark. Sarah macht die Wäsche. Mittags essen sie den Rest vom Kuchen. Kappe legt eine Dixielandplatte auf und tanzt mit Tabbi.

Gegen vier Uhr wird es dunkel. Kappe gibt die Kleine bei den Eltern einer ihrer Freundinnen ab, die zwei Treppen über ihnen wohnen. Kindergeburtstagsfeier.

Als er wieder herunterkommt in die eigene Wohnung, riecht es schon im Flur blumig-warm nach Sonnenlicht. Es ist wie der Geruch einer anderen Welt. Aus dem Badezimmer hört er ein leises Plätschern. Er schließt die Augen und muss sich für einen Moment am Türrahmen festhalten. Er fühlt sich weich und knochenlos, vor allem um das Herz herum. Vielleicht hat er auch ein kleines Loch im Herzen, durch das sein Geist entwichen ist. Jedenfalls ist er plötzlich kein Vater mehr, kein Sohn und auch kein Polizist. Er ist ein Mann, der die zarte Haut einer Frau wittert.

Weg mit den Schuhen. Die Tür zum Bad ist nur angelehnt. Er drückt sie auf. Ein paar Kerzen brennen auf der Ablage vor dem Spiegel. Ansonsten ist es dunkel. Die Luft ist warm und feucht, es riecht sonnendurchflutet, nach Orangenöl. Sarah liegt in der Badewanne, der zarte Körper nackt, die von Natur aus braune Haut schimmert feucht im Kerzenlicht. Sie hat die Augen geschlossen. Badeschaum läuft aus ihren wilden blonden Locken, über ihre halb geöffneten Lippen und ihren perfekten Busen. Ihre rechte Hand streicht träge über ihre rosa glühenden Brustwarzen. Die Linke ruht zwischen ihren Schenkeln.

«Brauchst du Hilfe?» Kappes Stimme verrät ihn. Er ist es, der Hilfe braucht. Und zwar sofort.

Sarah öffnet die Augen. Zwei warme braune Sonnen brennen sich in Kappes Verstand und schalten ihn endgültig aus.

«Seifst du mir den Rücken ein?», flüstert sie heiser und rekelt sich ihm entgegen.

Das weiße Sonntagshemd fliegt ihm vom Körper zum Zeichen seiner bedingungslosen Kapitulation. Er reißt sich die Hose runter. Er ist nackt, er brennt vor Gier. Mit einem großen Schritt ist er in der alten Emaillewanne. Das Wasser, der Schaum schwappen über den Rand. Kappe ist groß, er kann Sarah leicht anheben und hinter ihr in die Wanne gleiten. Sie presst ihren muskulösen Rücken gegen seine Brust. Er legt die Arme um sie. Sie nimmt seine Hand, gießt ihm Badeöl in die Handfläche. Kappe reibt ihr das Öl über Brüste, Hals und Bauch. Er löst die Brause aus ihrer Halterung. Das Wasser ist warm wie ein tropischer Regen. Kappe braust seine sich wohlig windende Frau ab, er massiert ihren Hals, ihre Brüste mit dem kribbelnden Strahl. Sie keucht und presst sich gegen das Wasser, nimmt ihm den Duschkopf ab und massiert ihren Schoß.

Kappe packt sie an den glatten, schmalen Hüften. Sie ist weich vom Badeöl, er ist hinter ihr, er ist in ihr. Alles ist eins. Die Wärme, die Weichheit, vertraut, einladend. Er braucht diesen Moment der Rückkehr, er braucht die Glätte und die Tiefe und die Enge, um seine Härte zu lindern. Er findet den Punkt im Nirgendwo. Sarah will schreien, presst ihren sehnigen, bebenden Körper gegen seine geschwollenen Lenden. Ihr heißer Mund findet seine Hand, sie bäumt sich auf, zerbeißt seinen Finger.

Als es vorbei ist, lehnt sie sich zufrieden an ihn. Das mit dem

Rückeneinseifen erledigt er letztlich auch noch. Wie wenig man doch braucht zum Glück!

«Wie wär's, wenn wir an Weihnachten verreisen?», fragt er in ihren feuchten Haaransatz. «Von dem neuen Flughafen Tegel aus kann man nach Spanien fliegen. Ist nicht teuer, so eine Pauschalreise. Tabea fliegt umsonst.»

«Das wäre himmlisch.» Sarah seufzt.

Er legt seine Hände über ihre nassen Brüste. Ihre Brustwarzen drücken sich hart in seine Handflächen. Kappes Körper reagiert sofort. Er braucht Spanien nicht. Er braucht gar nichts. Sein Himmel ist hier.

Plötzlich werden Sarahs Schultern knallhart. Sie stützt sich mit den Füßen an der Badewanne ab und dreht sich halb zu ihm um. Ihr Blick ist streng und starr. «Wo ist eigentlich Tabeas Geburtsurkunde?», fragt sie. «Hast du das Stammbuch nach dem Umzug schon irgendwo gesehen? Wenn wir nach Spanien wollen, muss ich das Kind in meinen Pass eintragen lassen, und das geht nur mit Geburtsurkunde. Außerdem ist das zu kurzfristig. Das klappt auf keinen Fall noch vor Weihnachten. Und hinzu kommt, ich bin noch in der Probezeit!»

Wie kurz doch der Moment sein kann zwischen spanisch und panisch, denkt Kappe.

# VIER

## Montag, 9. Dezember 1974

DER MONTAGMORGEN ist dunkel, riecht aber nach Frühling. Grüne Weihnacht liegt in der Luft.

Der Nachtklub «Chez René» befindet sich in einer ehemaligen «Stricher-Bar», Fugger-, Ecke Welserstraße, nur ein paar Querstraßen hinter dem KaDeWe. Peter Kappe kann vom Revier in der Keithstraße aus zu Fuß hinlaufen. Wolf Landsberger hat er zu Karl Rosens Villa geschickt. Er soll mit dem Personal sprechen und sich einen Eindruck vom privaten Hintergrund Rosens machen.

Die Reinigungsfrau öffnet Kappe die Tür. Die Bar ist schwarz gestrichen, ein roter Volantvorhang verdeckt eine kleine Bühne. Auf Kappe macht das Ganze keinen allzu einladenden Eindruck. Aber der Laden muss ja irgendwie laufen.

René Bliss sitzt in ihrer Garderobe. Sie trägt ein weißes Kleid, die Jade-Haarnadeln im roten Haar, und sieht bereits um diese Uhrzeit aus wie eine Göttin. «Kaffee mit Baileys?», fragt sie und zeigt auf einen Stuhl. «Das ist etwas ganz Neues aus Irland, Whisky mit Sahne. Hat mir Marc aus Dublin mitgebracht.»

«Gerne.»

«Ich liebe Baileys.» René schenkt ein. «Das riecht wie das Parfüm meiner Toilettenfrau.»

Das Gebräu schmeckt, als hätte es einen subtilen Einfluss auf Kappes sexuelle Orientierung.

«Wer hat das hier alles bezahlt, René?», fragt er, um das Thema nicht aus den Augen zu verlieren.

«Bin ich nun doch deine Hauptverdächtige?», fragt sie verträumt.

«Mein Hauptverdächtiger ist dein Freund Marc Monroe, wenn du es genau wissen willst. Eifersucht ist bisher das stärkste Motiv.»

«Der hat sich schon bei mir ausgeweint. Sagt, sein Anwalt hätte euch an den Hammelbeinen. Wiederrechtliche zwangsweise Vorführung oder so ähnlich.»

«Polizeiarbeit ist auch nicht immer schön. Aber nun erzähl mir doch, wie du auf die Idee für das ‹Chez René› gekommen bist.»

René windet sich ein bisschen. Als sie sich eine Zigarette anzündet, glimmt auch etwas in ihrer Iris auf. «Ich bin aus New York zurückgekommen», beginnt sie. «Da hatte ich in ein paar Klubs Berliner Chansons gesungen. In Atlantic City auch. Ich war vollgepumpt mit dieser positiven Lebensenergie, ich war verliebt in einen armen Straßenmusikanten aus West-Berlin. Die Liebe hielt nicht lange, ich wollte wieder arbeiten, aber es gab hier keine schönen Läden. Ich mochte das Kabarett nicht. Ich dachte, ein eigener Klub, das wär's, das würde einschlagen wie verrückt. Ich hatte nur die sechstausend Mark, die jeder West-Berliner bekam, der aus dem Ausland in die Stadt zurückkehrte. Das hat natürlich nicht gereicht. Im ‹Dschungel› habe ich dann Karl Rosen kennengelernt, der wollte eine Tournee mit mir machen. Der war ja so ein netter Daddy-Typ. Also habe ich ihm von meiner Idee erzählt.»

«Und da hat dir Karl Rosen das Geld für den Klub geliehen?», fragt Kappe.

René nickt. «Aber es ist trotzdem noch nicht so richtig gut angelaufen. Wenn ich persönlich auftrete, ist es knallvoll. Wenn nicht, müssen wir uns nach der Decke strecken.»

«Aber Rosen wollte trotzdem sein Geld zurück.»

«Ja.» Sie zupft an ihren Haaren.

«Und du konntest nicht zahlen?»

«Nein. Aber Kalle war ein Netter.» Sie malt mit dem Zeigefinger ein Anführungszeichen in die Luft. «Er hatte noch eine andere Idee. Ich könnte seine Madame werden, das wär doch ganz hübsch. So hat er sich das vorgestellt.»

«Und bist du darauf eingegangen?»

«Jeder kann sehen, dass Marc und ich einander in abgrundtiefer Vergötterung verfallen sind. Nur Kalle hat das nicht bemerkt. Der sah nur die Geschäftsfrau in mir. Und er hatte nicht ganz unrecht. Ich wollte nicht gleich Nein sagen. Ich wollte Zeit schinden. Deshalb habe ich auch in diesen Urlaub eingewilligt.»

«Und dann ist er dir doch zu nahe getreten?»

«Ach, zu nah! Marc würde es wahrscheinlich so sehen. Aber weißt du, ich habe mal in Paris an einer Massenorgie teilgenommen, zweihundert erregte Körper, sogar der Schah von Persien war dabei. Der hat übrigens eine ziemlich große Nase, wie ich immer sage. Na ja, und wenn man so etwas schon erlebt hat ...»

«Wo sind denn die roten Schuhe?»

«Oh!» Sie tickt mit ihrem brillantroten Fingernagel gegen einen ihrer strahlend weißen Schneidezähne. «Magst du Frauenschuhe gerne, Spießersöhnchen?»

«Wenn Frauen sie tragen», gibt er zurück. Kappe versteht nicht, warum sie ihn schon wieder so sexuell aggressiv angeht. Das ist doch pathologisch.

«Welche Schuhe meinst du? Ich habe bestimmt vierhundert Paar!»

«Die Stilettos, die dir Karl Rosen zu Nikolaus geschenkt hat. Du hast sie auf dem Flug von München noch getragen, das haben Zeugen ausgesagt, aber bei unserem Gespräch nicht mehr.» Er zieht einen Schreibblock aus der Manteltasche und tut so, als wolle er geschäftig mitschreiben.

«Ach, die! Die musste ich leider wegwerfen, Schätzchen. Hat mir das Herz gebrochen. Aber als ich über das Flugfeld gestöckelt bin, sind mir plötzlich die Absätze abgebrochen. Ich sollte die Flughafengesellschaft verklagen. Gott sei Dank hatte ich noch ein paar Hausschuhe in der Handtasche.»

«Weggeworfen wohin?»

«In irgendeinen Mülleimer.»

«Und die Absätze dieser Schuhe – wie hoch waren die?»

«Was willst du, Peter? Sehr hoch.» Sie zündet sich eine Zigarette an. In ihren Augen blitzt plötzlich wieder so ein kaltrotes Licht, das direkt aus der Hölle zu kommen scheint.

«Höher als acht Zentimeter?»

René grinst breit. «Mir wird gerade klar: Die Absätze waren doppelt so hoch, wie dein Schwanz lang ist.»

Kappe erkennt René nicht wieder. «Das hättest du wohl gerne.» Er grinst zurück. «Waren die Absätze ganz schmal und dünn?»

«Herrje, deine dreckigen Spießerfantasien möchte ich haben! Es gibt Männer, die macht das an, wenn Frauen ihnen mit High Heels über die Brust laufen. Bis du auch so einer? Na, ich glaube, du gehst jetzt besser, Peter.»

Kappe muss an Sarah und die Badewanne denken. «Ich hab noch nicht ausgetrunken», sagt er.

«Verschluck dich nicht. Warum bist du so krötig zu mir?»

«Weil du mir was verschweigst. Außerdem orientiere ich mich an deinem Ton», antwortet Kappe.

«Verstehst du nicht, dass ich zu viel über dich weiß? Die Fluchthilfe für Sarah, das war doch ein astreines Urkundendelikt. Ich könnte euch bei der Stasi anschwärzen, wenn du mich nicht in Ruhe lässt – seit dem Vorfall mit meinen Papieren in Prag habe ich da Kontakte. Ein Wort von mir, und deine Familie fährt nie wieder durch die DDR. ‹Herr Kappe, fahren Sie zurück nach West-Berlin, Sie sind hier unerwünscht!› Wie klingt das, Schätzchen?» Sie zwinkert ihm zu.

Peter Kappe denkt gerne an Sarahs Flucht. Er war ein verliebter junger Mann, jetzt ist er Polizist.

«Wie geht es der Frau Gemahlin, mein Lieber?», giftet René weiter. «Wart ihr gestern in der Kirche wie eine brave bürgerliche Familie? Falls ja, dann kennst du sicher diesen Spruch: Der Herr hat's gegeben, der Herr hat's genommen.»

«Ich habe ein paar Jahre gebraucht, René, aber jetzt habe ich verstanden, dass ich deine Gefühle damals am Balaton verletzt habe.» Kappe steht auf. «Das tut mir leid, aber wir sollten uns dennoch um einen zivilisierten Umgangston bemühen.»

«Ich bemühe mich.» René lächelt böse. «Aber ich scheitere.»

«Warum drohst du mir? Gibt es in deinem Klub etwas, das ich nicht finden soll?»

«Was denkst du wohl, Peterchen?»

«Ich denke: Wenn die Damen auf deiner Bühne mit dem Hintern wackeln und einer aus dem Publikum möchte gerne noch mehr sehen im Hinterzimmer, dann wirst du das schon einrichten. Kuppelei, Förderung der Prostitution, Paragraf 180a des Strafgesetzbuches. Andererseits denke ich auch: Leben und leben lassen. Wir brauchen so wilde Läden wie deinen in der Stadt, sonst werden wir unserem Ruf als Außenposten der Freiheit nicht gerecht.»

«Schlau.» René raucht nervös und nippt am Baileys.

«Es wäre auch schlau von dir, mir diese verdammten roten Schuhe auszuhändigen. Dann könnte ich die Absätze im Labor auf Blutspuren untersuchen lassen, und du wärst raus. Aber so?» Er hält ihr die Hand zum Abschied hin.

Sie ignoriert sie und nimmt einen letzten Zug von der Zigarette. «Wenn wir uns das nächste Mal sehen, Peter», zischt sie, «wirst du mich um etwas bitten. Und was glaubst du, werde ich es dir gewähren?» René lacht wie eine Dämonengöttin. Peter Kappe hört es noch, als er schon wieder auf der Fuggerstraße steht. So als hätte sich eine Pforte zur Hölle geöffnet und nicht wieder geschlossen.

Peter Kappe macht Halt in der nächsten Apotheke und kauft sich eine Packung Aspirin.

Als er wieder auf die Straße tritt, rempelt ihn ein Mann an, der plötzlich um die Ecke geschossen kommt. Er trägt Hut und schwarzen Ledermantel. Kappe erschrickt, als er sein Gesicht sieht. Es ist der vermeintliche DDR-Offizier aus dem Intershop. Der Mann packt ihn am Ärmel und zieht ihn in einen Hauseingang.

«Hey, loslassen!»

«Ganz ruhig.» Der Mann legt einen lederbehandschuhten Zeigefinger auf seine Lippen.

«Wir haben uns schon mal gesehen. In Quitzow.» Kappe muss schlucken. «Sie haben dem Jungen die Ananas gekauft. Was machen Sie hier – auf dieser Seite des antifaschistischen Schutzwalls?»

«Haben Sie den Zehnmarkschein noch, den Ihnen die Kassiererin herausgegeben hat?»

In Kappes Kopf läuten sämtliche Alarmglocken. «Und was wäre, wenn ich ihn noch hätte?»

«Dann würde ich Ihnen ein Geschäft vorschlagen. Ich tausche den angekohlten Zehner gegen einen neuen Zwanziger. Das kann doch sicherlich kein Kapitalist ablehnen.» Der Mann versucht, charmant zu lächeln, doch es gelingt ihm nicht.

Kappe macht sich los. «Tut mir leid. Ich habe keine Ahnung, wovon Sie reden», zischt er und lässt den Offizier stehen. Im Laufschritt stürmt er los, über die Straße Richtung Präsidium. Je weiter er sich von dem Mann entfernt, desto größer wird das dumme Gefühl, einen gewaltigen Fehler begangen zu haben.

Auf der Toilette im Präsidium würgt Kappe zwei Aspirin herunter. Sein Kopf ist zerbeult, sein Oberarm schmerzt vom eisenharten Griff des Volksarmisten. Tabeas Geburtsurkunde hat er gestern nicht mehr gefunden. Eine hysterische Ziege ist ihm bei der Vernehmung durchgedreht, und offenbar hat er etwas gegen einen unangenehm mächtigen DDR-Militär in der Hand. Vielleicht hat er einfach nur einen schwierigen Tag. Vielleicht ist aber auch sein Karmakonto im Minus, weil er dem Schicksal seine neue Zugehörigkeit zum Rechtsstaat etwas zu billig abgeluchst hat, Stichwort Wanninger-Lehrgang. Man könnte es auch Glück nennen. Aber Kappe will kein Glück. Er will sich seine Zugehörigkeit zur Polizei verdienen. Mit der hohlen Hand klatscht er sich kaltes Wasser ins Gesicht. Hoffentlich ist zumindest Landsberger weitergekommen.

Wolf Landsberger ist auch heute Vormittag so adrett wie wach und vorbereitet. Das Büroradio spielt *Hey Boss, ich brauch mehr Geld.*

Peter Kappe wirft sich auf seinen Schreibtischstuhl, der ihn umarmt wie einen guten Freund. Er seufzt. «Was haben wir?»

Der Kollege richtet sich auf, hinter seinem Ohr klemmt ein scharf gespitzter Bleistift, vor ihm liegt ein beschriebener Karoblock. Er verzieht die Nase. «Haben Sie getrunken? Am frühen Montagmorgen?», fragt er weniger vorwurfsvoll als besorgt.

Kappe nickt und reibt sich das Gesicht. «Baileys. Aus ermittlungstaktischen Gründen. Und Sie?»

«Nur grünen Tee. Also, die Villa von Herrn Rosen liegt direkt am Hundekehlesee. Stuckfassade, Säulengänge, parkähnliches Grundstück. Es gibt einen Fahrer, einen Gärtner und eine Haushälterin. Alle lieben ihren Chef. Der soll immer sehr großzügig gewesen sein, besonders zu Weihnachten.»

«Wohnt eine Lebensgefährtin im Haushalt? Hat er Kinder?»

Landsberger blättert durch seine Notizen. «Nichts. Die Haushälterin sagt, Herr Rosen sei immer sehr diskret gewesen. Sie habe zwar ein paar Damen gesehen, aber nur ein- oder zweimal. Namen kenne sie nicht. Ein Herr Doktor Hagen Borucki, Rechtsanwalt, hat Rosens Geschäfte geführt. Er hat auch eine Kanzlei mit Notariat. Borucki soll öfters bei Rosen gewesen sein. War wohl seine rechte Hand.»

Kappe löffelt Unmengen Pulverkaffee in seine Tasse und hängt den Tauchsieder in die zähe Masse. «Wäre ja auch zu einfach gewesen.»

«Seltsam, wie die Reichen das alles so bewerkstelligen», meint Landsberger. «Die sind sich ihres Wertes bewusst. Da gibt es kein spontanes Verlieben. Viel zu gefährlich.»

«Haben Sie ein Testament gefunden?»

«Das soll beim Notar liegen, dem Notar aus Doktor Boruckis Kanzlei natürlich. Der hat eine Adresse am Kudamm. Ich fahre da nachher gleich hin.»

Kappe gibt Landsberger eine kurze Zusammenfassung seiner Morgenrunde mit der Dämonengöttin René Bliss. Dann kramt er die Visitenkarte des Lieutenant-Colonel Jean Marie Pelletier aus der Manteltasche und greift zum Telefon. Nach kurzem Klingeln meldet sich der Mann.

«Kappe von der Mordkommission hier. Wir haben uns am Freitag kennengelernt.»

*«Monsieur le Commissaire! Comment allez-vous?»*

«Kom-mohn tay-lay voo?», wiederholt Kappe und schaut irritiert zu Landsberger.

*«Bien»*, zischt ihm der Kollege zu.

«Biee-ehn», sagt Kappe mit dem Gefühl, für Volk und Vaterland zu lügen.

Pelletier lacht gutmütig. «Sie lernen schnell, Herr Kappe. Was verschafft mir die Ehre?»

«Ich wollte Sie fragen, was mit dem Müll aus dem Passagierbereich geschieht. Einen Teil des Inhalts der Mülleimer hat die Spurensicherung ja schon am Freitag sichergestellt. Aber was machen Sie normalerweise mit dem Müll?»

«Was wir noch erwischen, wird jeden Abend von der Müllabfuhr in die Müllverbrennung beim Heizkraftwerk Ruhleben gefahren.»

«Was meinen Sie mit ‹was wir noch erwischen›?»

«Ein Beamter wie Sie, *Monsieur le Commissaire*, kann es sich wahrscheinlich gar nicht vorstellen, aber es gibt viele Menschen, die am Flughafen die Mülleimer nach Essbarem oder sonstigen Dingen durchwühlen.»

Kappe ist noch kein Beamter, deshalb kann er sich das lebhaft vorstellen. «Lassen Sie die Leute gewähren?», fragt er.

«Ach, wissen Sie, es gibt viele Leute im Quartier Napoléon, die sagen: ‹Im Juni 1944 haben die Deutschen im Dorf Oradoursur-Glane 642 Menschen, darunter 400 Frauen und Kinder, in Kirchen und Scheunen getrieben und die Gebäude dann niedergebrannt. Warum sollen wir sie jetzt im Müll wühlen lassen?› Aber ich liebe Deutschland. Es ist so *riche en culture*, und die schönen Menschen hier sind so einfallsreich, wenn es ums Überleben geht. Warum soll ich sie nicht im Müll wühlen lassen, *n'est-ce pas?*»

Das Quartier Napoléon ist das Hauptquartier der Forces Françaises à Berlin am Kurt-Schumacher-Damm in Reinickendorf. Damit kann Pelletier nur meinen, dass er auf Befehl von ganz oben handelt. Irgendetwas an der Art, wie der Franzose seine Liebe zu den Deutschen gesteht, beunruhigt Kappe. Hat er nicht einen ironischen Unterton herausgehört? Pelletier ist kein Muttersprachler, vielleicht hat er es nur versehentlich falsch betont.

Kappe bittet Pelletier, das Reinigungspersonal zu fragen, ob es ein Paar rote Schuhe mit oder ohne Absatz gefunden hat. Der Lieutenant-Colonel bringt sich fast um vor Hilfsbereitschaft. Kappe notiert noch ohne viel Hoffnung die Telefonnummer des Ansprechpartners bei der Müllabfuhr, die Pelletier ihm aufdrängt, dann verabschieden sie sich.

In diesem Moment fliegt die Tür auf. Harry Engländer stolpert herein. Sein Gesicht ist so rot und straff wie ein angespannter Bizeps. «Guten Morgen, die Herren! Ich hatte gerade den britischen Botschafter am Telefon!»

Der wollte bestimmt mit Ihnen zusammen über Ihren Nachnamen lachen, denkt Kappe, fragt aber: «Die Briten? Wie können wir ihnen helfen?»

«Wir müssen vorsichtiger sein, Kappe! Der Botschafter wollte eine Protestnote ankündigen. Angeblich haben Sie den britischen Staatsbürger Marc Monroe durch eine kinoreife Verfolgungsjagd gefährdet und dann gegen seinen Willen vernommen.»

«Meiner unmaßgeblichen Erfahrung nach vernehmen wir die meisten Tatverdächtigen gegen ihren Willen. Es bestand Verdunkelungsgefahr. Landsberger, zeigen Sie Kriminalhauptkommissar Engländer bitte Monroes Stichwaffe!»

Wolf Landsberger schiebt das mutmaßliche Mordinstrument über den Tisch.

Harry Engländer bekommt feuchte Augen. «Alle Achtung, das muss dieser Kappe-Instinkt sein! Ist das Material belastend? Soll ich das an die Presse durchgeben?»

Kappe schüttelt den Kopf. Ihm fällt auf, dass es bereits neun Uhr ist und er erst eine Zigarette geraucht hat. Er wird doch nicht vollkommen entgleisen? «Lieber nicht», sagt er. «Warten Sie die Laborergebnisse ab. Aber es wäre schön, wenn wir Ihre Rückendeckung bekommen könnten.»

Engländers joviale Patschehand zerdrückt ihm fast das Schlüsselbein. «Die haben Sie, mein Junge, seien Sie versichert! Und vergessen Sie nicht, einen Bericht zu schreiben.»

Sich mit Gelassenheit durchsetzen, das sieht doch immer am besten aus, denkt Kappe. Er legt die Füße auf den Schreibtisch und zündet sich seine zweite Zigarette an.

# FÜNF

## Dienstag, 10. Dezember 1974

PETER KAPPE steigt vor den Flughafenbaracken in Tegel-Nord aus seinem Wagen. Von Weitem nähert sich eine Gruppe von sechs Soldaten im Stechschritt. Einer trägt ein Stoffbündel.

Kappe will gerade seine Zigarette austreten, als ihn eine eisenharte Hand an der Schulter packt.

«*Vite, vite* – kommen Sie!», zischt Lieutenant-Colonel Jean Marie Pelletier. Er zieht Kappe hinter sich her in eine Baracke. Es ist eine Elektrowerkstatt. An den Wänden hängen unzählige Werkzeuge und Verlängerungskabel. Der Geruch nach frischer Gummileitung nimmt Kappe den Atem.

«Was soll das?» Er macht sich los.

Pelletier grüßt ein paar erstaunte Elektriker, die von ihrer Arbeit aufschauen. «*Bonjour!* Weitermachen!»

Einer, ein rothaariger Lockenkopf mit breiter Stirn, baut sich provokant vor dem Offizier auf und salutiert. «Wollte nur ma jehorsamst melden», blökt er, «der Klaus Werner is heute wieda nicht da! Ick muss imma für den mitarbeeten! Tut mia leid, ick musset Ihnen jetz ma sagn, wiet is: Der kann sich nich ewich druf rausreden, det seene Mutta jestorben is! Also det is meene Meinung. Det jeht doch so nich weita!»

Pelletier legt ihm die Hand auf die Schulter. «*Eh bien.* Kommen Sie nachher in mein Büro, Hartmann. Dann besprechen wir das in Ruhe.»

Hartmann windet sich unter der Hand wie ein belobigter Schoßhund. «Ick weeß ja, det Se den Klaus Werner möjen tun, aber …» Er grinst blöde.

«Später.» Pelletier schiebt Hartmann zurück an seine Werkbank. «Entschuldigen Sie bitte», sagt er zu Kappe. «Personalführung gehört nicht zu meinen Lieblingsaufgaben.»

Kappe zuckt die Schultern. «Die Widrigkeiten des Alltags in Deutschland. *Der größte Lump im ganzen Land, / das ist und bleibt der Denunziant.*»

Pelletier nickt. «Machen Sie sich keine Gedanken. Ich halte das nicht für typisch deutsch.» Er zeigt auf die Gruppe Soldaten, die mittlerweile draußen vor dem Fenster an einem Fahnenmast Halt gemacht hat. Zwei Mann entfalten das Stoffbündel, das sich als französische Fahne entpuppt. Ein dritter hängt die Fahne an ein Zugseil und hisst sie. Die übrigen nehmen Haltung an und singen die französische Nationalhymne, während die Fahne am Mast nach oben wandert.

«*Vive mon pays.* Morgenappell.» Pelletier schmunzelt. «Typisch französisch. Niemand will beim Morgenappell draußen erwischt werden. Der Kommandant erwartet, dass jeder strammsteht und mitsingt.»

«Damit sollten Sie doch keine Probleme haben», sagt Kappe verwundert.

«Ich bin kein Nationalist», entgegnet Pelletier vorsichtig. Gedankenverloren schaut er auf die im Wind flatternde Trikolore. «Das sagte ich Ihnen ja gestern schon. Ich denke, vor dem Hintergrund der Erfahrung zweier Weltkriege sollten wir uns für ein Europa einsetzen, das – wie unser General de Gaulle gesagt hat – vom Atlantik bis zum Ural reicht und so vielleicht eines Tages den Eisernen Vorhang verschwinden lässt.» Das lange Gesicht des Franzosen sucht in Kappes Augen nach Zustimmung und findet sie. «Was verschafft mir die Ehre Ihres Besuchs, *Monsieur le Commissaire?*»

«Ich hätte noch ein paar Fragen.» Kappe hat eigentlich gar keine Fragen. Nur ein Bauchgefühl.

«*Allons.* Gehen wir in die Kantine», schlägt Pelletier vor.

Dort angekommen, zapft er für sie beide einen starken Kaffee aus einer riesigen Edelstahlkaffeemaschine. Der Kaffee schmeckt ganz anders als deutscher, schärfer, gleichzeitig dünner. Kappe stellt sich vor, dass er gut zu einer Gauloise ohne Filter passen würde, die er in einem Straßencafé am Montmartre rauchen könnte, in irgendeinem zukünftigen Urlaub.

«Ich war bei der Weihnachtsfeier und habe festgestellt, dass man von hier aus, also von Tegel-Nord, ziemlich leicht auf das Flughafengelände gelangt», sagt Kappe. «Bitte erklären Sie mir, wie der normale Ablauf wäre, wenn ich aufs Flugfeld möchte. Sagen wir, ich bin Elektriker und muss etwas reparieren. Was mache ich dann?»

Pelletier holt eine Pappkarte aus seiner Tasche und legt sie auf den Tisch. *Autorisation* steht darauf, außerdem die Personaldaten des Lieutenant-Colonel mit Passfoto. «Sie benötigen einen solchen Ausweis, ansonsten können Sie hier nirgendwohin.»

*Motif* steht ganz unten auf Pelletiers Karte. *Pour raisons de service.*

«Entweder Sie haben so einen Ausweis, oder Sie werden von jemandem begleitet, der einen solchen Ausweis besitzt. Damit melden Sie sich beim Tower an, und der sagt ihnen, ob Sie auf das Gelände dürfen oder nicht.»

«Wird registriert, wer sich wann angemeldet hat?»

«Die Flugsicherung notiert es vermutlich.» Pelletier weicht seinem Blick aus. Das entgeht dem Psychologen Kappe nicht.

«Dann hätte ich mit denen gerne mal gesprochen», sagt er.

«Das ist leider nicht möglich.» Pelletier lächelt verbindlich. «Das ist alles militärisches Personal. Nicht Ihre Zuständigkeit.»

«Schade, Lieutenant-Colonel», sagt Kappe und steht auf. «Für einen Moment habe ich gedacht, Sie wären mehr an der Aufklärung des Mordes interessiert als an Formalitäten und Vorschriften.»

Touché. Pelletier senkt peinlich berührt den Blick. «Ich bedauere sehr, Ihnen nicht helfen zu können, *Monsieur le Commissaire.*»

«Wo waren Sie selbst, als die Maschine aus München entladen wurde?»

Pelletiers Unterlippe und Schnurrbart zucken einige Male ins Leere. «In meinem Büro, denke ich, *Monsieur le Commissaire.* Man rennt den ganzen Tag herum. Hierhin, dorthin. Da kann man sich nicht an alles erinnern. *Je suis désolé.* Ich weiß noch, dass ich früh im Keller vom Tower war. Da stehen die wichtigen Stromtransformatoren. Wir hatten eine Reparatur. Aber als der Alarm kam, war ich, glaube ich, in meinem Büro. Ich kann es aber nicht mehr genau sagen. *Vous comprenez, n'est-ce pas?* Das verstehen Sie sicher.»

Der Blick des Lieutenant-Colonel wandert über Kappes Schulter. Er grüßt in Richtung Küche. «Ich kenne den Koch gut. Möchten Sie noch ein paar Merguez mitnehmen? Das ist eine – wie sagt man? – eine Hackfleischbratwurst aus Lamm und Rind. Sehr lecker. Ihre Frau würde sich freuen.»

Kappe lehnt höflich ab und geht zum Wagen. Als er den Schlagbaum passiert, meldet sich der Psychologe in ihm noch einmal. Traue nie einem Mann mit einer Bratwurst, denkt er.

Wolf Landsberger ist noch nicht wieder zurück vom Rechtsanwalt Dr. Hagen Borucki, dem er wegen Karl Rosens Testament auf den Zahn fühlen soll. Deshalb kann Peter Kappe ohne Teenie-Bopper-Musik aus dem Radio die Stille im Büro genießen und in Ruhe einen Schnellkaffee trinken. Aufbrühwasser gibt es in der Mordkommission auf Staatskosten.

Er ruft beim Standesamt Charlottenburg an und erkundigt sich, wie man eine Abschrift von der Geburtsurkunde seiner Tochter beantragt. Eine freundliche und sehr entspannte Sachbearbeiterin erklärt ihm, dass er das Dokument jetzt neuerdings auch per Telefax bestellen und dann am nächsten Tag abholen könne. Die Abholung könne allerdings nur persönlich oder mit Vollmacht unter Vorlage des Personalausweises erfolgen. Beseelt von dem Gefühl, etwas für die Familie tun zu können, tippt Kappe den Antrag mit dem Ein-Finger-Suchsystem auf seiner mechanischen Schreibmaschine. In der Poststelle flirtet er ein wenig mit dem Mädchen, das den funkelnagelneuen Infotec 6000 Fernkopierer bedienen kann. Mit leuchtenden Augen schiebt sie den Antrag an das Standesamt in ihre Maschine und trägt in ihr Protokoll *Amtshilfeersuchen* ein.

Es ist Mittagszeit, Sarahs Spätschicht hat noch nicht begonnen. Zurück im Büro, ruft Kappe zu Hause an, um seine Großtat zu verkünden. Aber der Anschluss klingelt und klingelt, und niemand hebt ab. Vielleicht irrt er sich. Vielleicht hat Sarah heute doch Frühschicht. Obwohl, dann hätte sie mit ihm aufstehen müssen. Na ja, es wäre nicht verwunderlich, wenn sie auch selbst mal etwas durcheinanderbringen würde. Er findet in seinem Portemonnaie den Zettel mit der Nummer der Radiologie im Rudolf-Virchow-Krankenhaus und tippt sie in das dunkelgrüne Telefon. Eine Frauenstimme meldet sich. Er fragt nach der Ärztin Sarah Kappe.

«Die ist leider noch nicht im Hause», sagt die Kollegin.

«Wann erwarten Sie sie denn?», fragt Kappe.

«Jeden Moment. Sie hätte eigentlich schon da sein müssen.»

«Können Sie ihr bitte ausrichten, dass sie mich zurückrufen möchte, wenn sie kommt? Ich bin ihr Mann», sagt Kappe. «Ihr Ehemann.»

«Mit diesem Doktor Hagen Borucki ist nicht gut Kirschen essen.» Wolf Landsberger trägt einen dunkelroten Samtanzug und sieht aus wie eine spätbarocke Ballspende. «Nachher Weihnachtsfeier *en famille*», entschuldigt er sich, als er Peter Kappes Blick bemerkt. «Ich habe alles versucht. Borucki verweist an das Nachlassgericht, das würde uns den Termin der Testamentseröffnung schon mitteilen.»

Kappe gähnt. «Das ist nun mal der normale Ablauf. Vielleicht hätten Sie sich nicht als Karnevalsprinz verkleiden sollen, wenn Sie ein ernsthaft investigatives Gespräch führen wollen. Hat Borucki Ihnen denn nicht mal gesagt, wer der wirtschaftlich Berechtigte ist?»

Landsberger schüttelt den Kopf. «Das ist so ein Mandantenschützer. Vertrauen über den Tod hinaus, er sei schließlich auch Herrn Rosens Rechtsanwalt und so weiter und so fort. Ich habe ihm dann gesagt, dass er seinen Mandanten auch schützt, wenn er an der Aufklärung seines Zutodekommens mitwirkt. Es kann ja wohl nicht sein, dass nachher noch der Mörder der Haupterbe ist.»

«Kommt in den besten Familien vor.»

«Schließlich hat er irgendwas von einer Treuhandstiftung gefaselt.»

«Da gibt es bestimmt nicht nur eine.»

«Nein.» Landsberger zieht das Jackett aus, krempelt die Ärmel hoch und dreht das Radio an. «Da müssen wir wohl mal ein bisschen herumtelefonieren.»

Er schaltet sein Telefon auf Lautsprecherbetrieb und ruft bei Josef Bolp vom *Berliner Blitz* an. Genüsslich hört Kappe dabei zu, wie Landsberger Bolp ein bisschen zusammenfaltet wegen des Tricks mit dem Film. Aber alles bleibt im Rahmen. Leben und leben lassen, das Motto hat der Kollege schon gut verinnerlicht. Dann fragt Landsberger den Reporter, ob der Klatschpresse etwas über Karl Rosens Privatleben bekannt ist. Hat er eine Geliebte oder einen Geliebten? Hat er Kinder?

«Man weiß nichts Genaues», seufzt Bolp. «Ich würde mir auch einen richtigen Skandal wünschen, aber damit kann ich nicht dienen. Rosen ist ein Playboy mit Niveau. Er soll viele Freundinnen gehabt haben. Aber eine nach der anderen. Und der Rest ist Schweigen.»

«Namen?»

«Tut mir leid. Da kann ich nicht helfen.»

Kappe ruft die Nummer bei der Müllabfuhr an, die Pelletier ihm gegeben hat. Dort ist man sehr hilfsbereit – aber natürlich, der Flughafenmüll vom letzten Freitag ist längst verbrannt. Und damit vielleicht auch Renés Schuhe.

Zu Feierabend sind Landsberger und Kappe immer noch nicht weiter. Kappe beschließt, dass sie morgen Rosens Büro in seiner Villa durchsuchen. Da muss es doch irgendwelche Papiere geben, die einen Ansatz bieten.

Als Kappe seinen Mantel vom Garderobenständer nimmt, hat Sarah noch immer nicht zurückgerufen. Er erklärt es sich dadurch, dass bei ihnen immerzu besetzt war. Bestimmt ist sie einfach nicht durchgekommen. Sie kann ja auch nicht dauernd telefonieren. Sie muss schließlich arbeiten, denkt er.

Ihre Wohnungstür hat ein Sicherheits- und ein altes Kastenschloss mit einem massiven, nach Eisen riechenden Bartschlüssel. Peter Kappe ahnt schon, als er den schweren Schlüssel ins Schloss steckt, dass niemand zu Hause ist. Das Telefon klingelt, sobald die Tür hinter ihm zufällt. Er reißt den Hörer ans Ohr. «Ja?»

«Peter, hier ist deine Mutter!»

Kappe atmet aus. «Ist Tabea bei dir?»

«Ja, ich habe sie aus dem Kindergarten abgeholt. Die Kindergärtnerin hat angerufen.» Die Stimme seiner Mutter wird leiser. «Hast du etwas von Sarah gehört? Sie hat sich noch nicht gemeldet. Was soll ich Tabea sagen, warum sie sie nicht abgeholt hat?»

Kappes Zeigefinger findet den Schichtplan an der Pinnwand über dem Telefon. Dienstag: Frühschicht. «Sie musste für einen Kollegen einspringen», sagt er. Wo hat er nur gelernt, so zu lügen? «Kann Tabbi heute Nacht bei euch bleiben? Vielen Dank. Sarah holt sie dann morgen vom Kindergarten ab. Gib ihr einen Kuss von mir, ja? Ich liebe euch auch.» Kappe legt auf und zieht den Mantel wieder an. Er schreibt schnell einen Zettel: *Sarah, mache mir Sorgen. Bin schnell ins Krankenhaus gefahren, um dich zu sehen. Peter*

Die Stadtautobahn am Funkturm ist verstopft. Grund ist der Weihnachtsmarkt in den Hallen auf dem Messegelände, den jeder Berliner und jeder Tourist gesehen haben muss. Eigentlich ist es mehr eine vorweggenommene «Grüne Woche» mit Essensständen und Fahrgeschäften, aber die ansonsten vom Lichterglanz nicht besonders verwöhnten Berliner sind ganz verrückt darauf. Kappe hat wieder das Gefühl, dass ihn jemand verfolgt. Sein Blick wandert in den Rückspiegel, aber es ist nichts Auffälliges zu sehen.

Kappe biegt von der Seestraße aus auf das Gelände des Rudolf-Virchow-Krankenhauses ab, am Pförtner vorbei und die Mittelallee ganz hinunter, bis er rechter Hand einen Parkplatz findet. Ihm ist, als würde er in die Notaufnahme gehören. Er rennt die Treppe hinunter ins Untergeschoss zur Radiologie. Doch die Aufnahme ist bereits geschlossen. Aus dem Augenwinkel glaubt er einen Schatten zu sehen, der sich hinter einem Betonpfeiler duckt, als er sich unverhofft umdreht. Aber Kappe hat keine Zeit, dem nachzugehen. Er spricht einen Krankenpfleger an, der ein Bett vor sich herschiebt. «Ich suche eine Radiologin, Frau Sarah Kappe.» Der Mann weiß nicht, wo sie ist. Schließlich öffnet Kappe einfach eine Tür, an der eine rote Lampe leuchtet.

«Röntgen – kein Zutritt! Bleiben Sie bitte draußen!», sagt eine strenge Männerstimme aus der Dunkelheit.

Schemenhaft erkennt Kappe ein paar Gerätschaften. «Ich suche meine Frau», sagt Kappe. «Wo finde ich Sarah Kappe?»

Der Arzt schiebt seinen Stuhl zurück und kommt verärgert zur Tür. Es ist ein gesetzter Mann mit Halbglatze. Ein Schild an seinem Kittel weist ihn als Professor Mey aus. «Ich bin hier sehr beschäftigt», sagt er. «Und Ihre Frau, die suchen wir auch. Die ist hier heute nicht aufgetaucht. Wenn Sie sie finden, richten Sie ihr bitte von mir aus, dass sie noch in der Probezeit ist. Sie macht ja sonst einen sehr kompetenten Eindruck dafür, dass sie aus dem Osten ist. Aber einfach nicht zur Schicht kommen, das geht nicht in einem Klinikbetrieb. Im Osten mag das kein Problem gewesen sein, aber hier geht es anders zu. Sagen Sie ihr das! Zeit zum Anrufen findet man immer.»

Kappe nickt wie ein Schuljunge. Natürlich, Zeit zum Anrufen findet man immer. Wenn man anrufen kann.

Eine halbe Stunde später sagt ihm ein beleibter Polizeimeister in der Vermisstenstelle des Landeskriminalamtes, dass eine Erwachsene, die im Vollbesitz ihrer geistigen und körperlichen

Kräfte ist, das Recht hat, ihren Aufenthaltsort frei zu wählen. «Da ermitteln wir den Aufenthaltsort nich, wenn keene Gefahr für Leib und Leben vorliegt. Und? Is Ihnen von einer solchen Gefahr eine Kenntnis vorliegend?»

Kappe denkt an René Bliss. Er kommt zu dem Schluss, dass er mit der Sache anders umgehen muss. Sie ist persönlich, also muss er sie auch persönlich angehen. «Vergessen Sie's.» Kappe wendet sich zum Gehen.

«Noch jung verheiratet, wa?» Der Dicke drückt seinen Arm. «Machen Se sich keen Kopp. Achtzig Prozent der Vermissten sind nach eenem Monat eh wieder da, ob man det dann noch möchte oder nich.»

Als Kappe auf die Straße tritt, spürt er wieder diese Präsenz einer fremden Person. Ob ihn der NVA-Offizier wieder verfolgt? Vielleicht wird Kappe verrückt. Als Psychologe weiß er, dass das vorkommt.

# SECHS

## Mittwoch, 11. Dezember 1974

SIEBEN UHR. Peter Kappe klopft an die Bürotür von Harry Engländer. Der Kriminalhauptkommissar hat ein aus einer Zeitung ausgeschnittenes Witzbildchen an seine Tür geklebt. Darauf sieht man einen Engländer auf einem Pferd, hinter ihm läuft seine Frau mit einem schweren Koffer her. Ein Passant fragt: *Warum lassen Sie denn Ihre Frau nicht reiten?* Darauf der Engländer: *Sie hat kein Pferd!* Die guten alten viktorianischen Zeiten ...

Aus dem Büro ertönt ein forsches «Ja, bitte!». Kappe tritt ein.

«*How do you do?*», witzelt Engländer. Er hat sich eine kleine britische Fahne auf den Schreibtisch gestellt. «Urlaubsvorbereitung.» Er lacht, als er Kappes Blick entgleisen sieht. «Meine Frau will London sehen. Warum auch nicht.»

«Ich brauche Ihre Hilfe», sagt Kappe.

«Wo klemmt's denn?»

«Ich habe gestern noch mal den technischen Leiter vom Flughafen befragt, einen Lieutenant-Colonel Jean Marie Pelletier. Der hat mir gesagt, dass alle Bewegungen auf dem Vorfeld beim Tower angemeldet werden müssen. Die Personen, die dafür zuständig sind, sind aber alles Militärs. Die dürfen uns keine Daten geben. Das wäre aber wirklich wichtig. Fällt Ihnen da nicht etwas ein? Es muss natürlich gerichtsfest sein, zunächst würde mir aber auch die Information als solche helfen. Die Liste können wir uns dann immer noch auf dem Amtsweg besorgen, wenn es sein muss.»

Engländer strahlt. Endlich kann er helfen. «Ich habe da einen Kontakt im Alliierten Kontrollrat. Sie können mir den Landsberger als Dolmetscher ausleihen.»

«Sehr gerne. Sagen Sie bitte einfach, es sei reine Routine. Wir wollen ja alle Gerechtigkeit, Liberté, Egalité, Fraternität und so weiter.»

«Machen Sie sich keine Sorgen. Ich habe in solchen Sachen genug Erfahrungen. Betrachten Sie's als erledigt.»

Kappe steht auf, nickt dankbar und reibt sich den schmerzhaft spannenden Kiefer. Er wird sich René noch einmal vornehmen. Vielleicht wird er diesmal nett zu ihr sein, aus taktischen Gründen.

Der Revolver starrt Peter Kappe an, und Peter Kappe starrt zurück.

«René ist nicht hier», knurrt eine Stimme mit Hamburger Reeperbahn-Akzent.

Kappe hebt langsam die Hände hoch. Er steht noch im Windfang des Nachtklubs «Chez René» und hat eigentlich nur zur Chefin gewollt. «Sind Sie die neue Sekretärin?», witzelt er.

Der Typ trägt Künstlerzopf, Augenklappe, Spitzbart, schwarzweiß gestreiftes Satinsakko und dicke Zigarre. Er sieht aus wie ein als Stehlampe verkleideter Pirat. Frech presst er eine Rauchwolke aus dem Mundwinkel.

«Ich bin die neue Amüsierdame», sagt er norddeutsch. «Fiete Klüvers, Spitzname Ballermann. Und du bist also der neue Kappe?»

«So schaut's aus. Soll ich dir auch mal meine neue Waffe zeigen?» Kappe ist schnell. Er hat die Walther PPK im Anschlag, bevor der Ballermann blinzeln kann. Schließlich ist Kappe ein junger Mann und gut im Training. Seltsam. Manchmal vergisst er das selbst. «Das ist natürlich eine Pistole. Kein Revolver», sagt er. «Neun Millimeter. Selbstlader.»

«Weil ihr Bullen nicht beim ersten Mal trefft», höhnt der Ballermann.

«Hol René her!», fordert Kappe.

«Die is für dich nicht zu sprechen, mien Jung. Hassu dir doch bestimmt schon gedacht.»

Kappe klopft auf den Busch. «Ich dachte, sie will was von

mir. Wenn sie was von mir will, muss sie Forderungen stellen. Sag ihr das mal. Und als Allererstes will ich mit meiner Frau sprechen. Sonst läuft gar nichts.»

«Ah – um die lütte Ärztin geht's dir? Ist schon eine seute Deern. Quiekt die bei dir auch immer so?» Fiete Klüvers schüttet sich vor Lachen und lässt eine Reihe schiefer Goldzähne sehen. «Was ist passiert? Is dir deine Puppe abgehauen?»

«Ich dachte, das weißt du besser als ich.» Kappe sichert seine Waffe und steckt sie ins Holster. «Ich habe keine Zeit für solche Spielchen», sagt er und greift mit einer plötzlichen, flüssigen Bewegung der linken Hand an dem Revolver vorbei das Handgelenk von Renés neuem Leibwächter und knallt es gegen den Türrahmen. Vor Schreck lässt Klüvers den Revolver los. Kappe fängt ihn mit der Rechten, klappt mit dem Daumen die Trommel auf und drückt die Patronen heraus. Sie fallen klickernd zu Boden. Wie praktisch. Die Verlustangst hat Kappe scheinbar zu einem abgebrühten, zum Äußersten entschlossenen Draufgänger gemacht. Er schaut auf die Uhr. «Es ist jetzt zehn Uhr. Bis fünfzehn Uhr ist René bei mir im Präsidium gewesen. Mit meiner Frau. Sonst sorge ich dafür, dass niemand mehr diesen Laden betreten wird. René soll an Paragraf 180a des Strafgesetzbuches denken.» Bevor er den Klub verlässt, dreht er sich noch einmal um. «Ach, und übrigens …», er lächelt sein Jesus-Lächeln, «… wer eine Waffe zieht, sollte auch bereit sein, sie zu benutzen. Willkommen in West-Berlin!»

Im Büro schreibt Peter Kappe sämtliche Orte in Berlin und Prag auf, die ihm im Zusammenhang mit Renate Marotzke alias René Bliss einfallen. Viele sind es nicht. In erster Linie natürlich das Gebäude des Fachbereichs für Erziehungswissenschaften und Psychologie der Freien Universität in Dahlem, wo sie zusammen studiert haben. Aber das ist alles zu harmlos. Kann man da eine Frau verstecken, ohne dass es auffällt?

Das Telefon klingelt, Wolf Landsberger ist in der Leitung.

«Ich bin hier mit ein paar Uniformierten im Büro von Karl Rosen. Ich lasse alles einpacken, und wir nehmen es mit aufs Revier. Am Nachmittag gehe ich mit Kriminalhauptkommissar Engländer zu einem Termin in der französischen Militärkommandantur in der Résidence du Général in Waidmannslust.»

«Ziehen Sie sich passend an», witzelt Kappe. «Kein roter Samt. Das Rot in der französischen Flagge steht für die brüderliche Liebe.»

«Alles in Ordnung bei Ihnen, Kappe?», fragt Landsberger ganz ruhig und ungeschäftlich zugewandt. «Sie klingen noch verbitterter als sonst.»

Kappe wird die Kehle eng. «Das ist der Pulverkaffee», sagt er. «Das Wasser ist ausgegangen, da musste ich ihn direkt aus dem Glas löffeln.»

Landsberger lacht gekünstelt. «Ich wollte nur sagen, wenn ich Ihnen helfen kann – ich bin da.»

«Ich hab's befürchtet.»

Sie legen auf. Kappe fragt sich, ob er sich über Landsbergers Hilfsbereitschaft freuen soll. Landsberger ist ein Riesenkerl, und patent ist er auch noch, aber Kappe hat es nicht so mit dem Vertrauen. Wenn er ehrlich ist, so richtig vertraut er nur seiner Mutter. Aber die kann ihm nicht helfen. Sein Vater hat auch schon immer ein eher distanziertes Verhältnis zu seinen Kollegen gehabt. Mit Ausnahme von dem skurrilen Revier-Faktotum Hans-Gert Galgenberg vielleicht. Selbst das kleine Peterchen hat Galgenberg «Onkel Gert» genannt.

Kappe muss etwas tun. Er ruft in Hamburg bei den Kollegen an, die er von der Gegenüberstellung aus dem September kennt. Die wissen natürlich Bescheid über René Bliss' neue Amüsierdame Fiete Klüvers, genannt der Ballermann. Ein schwerer Junge vom Hamburger Kiez, dem ein Auge fehlt. Türsteher, Leibwächter. Er hat gerade Ärger mit einem Motorradklub und nimmt sich eine Auszeit in Berlin. Eine Entführung trauen die Hamburger Kollegen ihm ohne Weiteres zu. Kappe lässt sich die Akte kommen. Dann fragt er im Archiv nach Unterlagen über eine gewisse Renate Marotzke. Aber die gibt es nicht. Wäre ja auch zu schön gewesen.

Als er auflegt, steht sein Vater in der Bürotür. Es ist zwölf Uhr.

«Junge, da stimmt doch was nicht mit deiner Frau!», sagt der. Seine Stirn ist rissig wie die Sahelzone in der Trockenzeit.

«Kaffee?» Peter Kappe wundert sich immer wieder über den Instinkt eines Kriminalbeamten. Otto Kappe schüttelt den Kopf. «Was meinst du, Vater?», fragt Peter Kappe, ganz Mustersohn.

«Diese Arbeitszeiten, das geht doch nicht mit einem Kind!», platzt es aus Otto Kappe heraus. «Emanzipation schön und gut, Spätschicht, das ist nichts für eine junge Mutter! Getrud sagt das auch. Und man muss auch mal zur Ruhe kommen. Ich meine, ihr als Familie, ihr seht euch doch gar nicht!»

«Da habt ihr natürlich recht. Leider. Wir haben am Wochenende auch schon darüber gesprochen. Sobald Sarahs Probezeit vorbei ist, fliegen wir in den Urlaub. Spanien. Mallorca vielleicht.»

Schönes Ablenkungsmanöver! Otto Kappe nickt, als sähe er blaues Meer und Palmen im Wind. Aber sein Augenringmuskel ist noch immer reflexartig kontrahiert.

«Ihr habt nicht zufällig irgendwo Tabeas Geburtsurkunde gesehen?», schiebt Peter Kappe nach. «Wir brauchen sie für die Reise, aber sie muss wohl beim Umzug verloren gegangen sein.»

«Also, bei uns ist sie nicht.»

Peter Kappe seufzt. «Was machst du heute Nachmittag? Ich habe eine beglaubigte Abschrift der Urkunde bestellt. Wenn du Zeit hast, könntest du sie vielleicht abholen. Im Standesamt Charlottenburg. Ich schreibe dir eine Vollmacht.»

Der Vater reibt sich die Stirn. Sein Blick wandert über Peter Kappes Schreibtisch, der über und über mit Papieren bedeckt ist. Peter Kappe greift nach einem Aktendeckel und zieht ihn über seine Notizen zu René Bliss.

«Ich könnte mir freinehmen», sagt Otto Kappe. «Dagegen

hat Kriminalrat Keunitz bestimmt nichts einzuwenden. Ich habe ja nichts Eiliges zu bearbeiten.»

«Das wäre lieb, Vater.» Peter Kappe weiß, sein Vater ist lieb. Tief in seinem Spießbürgerherzen jedenfalls. Er schreibt dem Vater eine Vollmacht, und Otto Kappe macht sich direkt auf den Weg.

Als Peter Kappe sich anschließend einen Pulverkaffee aufbrüht, zittern seine Hände. Die Bahnhofsuhr an der Bürowand tickt leise die Minuten hinunter. Kappe hat das Gefühl, dass der Boden unter seinen Füßen zerfließt und ihn mitreißt, die Spree hinunter, durch alle Grenzen und Mauern und hinein in den eisigen Malstrom der Nordsee. Fast ist er froh, als Wolf Landsberger mit ein paar Kiepen voller Aktenordnern aus Rosens Büro auftaucht. Aktenschleppen ist gut gegen Nervosität. Und das Durchblättern erst! Etwas vollkommen Langweiliges, Ungefährliches, das doch seine ganze Aufmerksamkeit bindet. Zumindest kann er so tun, bis Landsberger wieder verschwunden ist.

Es ist vierzehn Uhr. Als schon wieder das Telefon klingelt, setzt Peter Kappes Herz einen Schlag aus.

«Ich bin's, Peter, dein Vater!» Otto Kappes Stimme klingt aufgeregt.

Peter Kappe atmet durch. Beinahe hätte er gefragt, ob Otto Kappe sich verfahren hat und von unterwegs anruft, um abgeholt zu werden. Er hat Angst vor dem Tag, an dem seine Eltern zu seinen Kindern werden. Aber er fragt nur: «Was gibt's?»

«Ich stehe hier in einer Telefonzelle vor dem Rathaus Charlottenburg. Ich muss dir das gleich mal durchgeben! Es betrifft deinen Fall!»

«Meinen Fall?» Herrje, jetzt wird sein Vater auch noch zum Hilfssheriff! «Hast du die Geburtsurkunde bekommen?»

«Jaja, alles bestens. Und jetzt pass mal auf. Ich habe mich also auf den Weg gemacht, die Urkundenstelle des Standesamtes Charlottenburg ist ja im Rathaus Charlottenburg, Otto-Suhr-Allee 100. Das Geburtenregister ist in Zimmer 219–221a, zweiter

Stock. Ich habe an alle Türen geklopft – überall war abgeschlossen. Bei der letzten Tür drückte ich einfach nur die Klinke, und da saßen sie alle – mit Sektchen, Luftballons, Geburtstagstorte. Also, ich sage dir, ich war vierzig Jahre Beamter, aber so was habe ich ja noch nie erlebt. Wie kann man so dumm sein und die letzte Tür nicht abschließen? Also, bei der MK I schließen wir immer von innen ab.»

«Und was hat das nun mit meinem Fall zu tun?»

«Eigentlich wollte ich ja nur um die Urkunde bitten. Aber wie die da alle so sitzen, da sage ich: ‹Kriminalpolizei, Mordkommission, ich brauche Amtshilfe, sofort. Es geht um Leben und Tod.› Nur zum Spaß. Die ganze Tischrunde wird blass. Eine nette ältere Dame steht auf, stellt das Sektglas zur Seite und fordert mich auf, ihr zu folgen. Als wir im Nebenraum sitzen, erkläre ich ihr, dass ich nur deine Urkunde abholen möchte. Sie ist ein bisschen verärgert. Als ich einen Witz reiße, lacht sie aber schon wieder. ‹Mordkommission?›, fragt sie und mustert mich von oben bis unten. ‹Da ermitteln Sie bestimmt wegen des Mordes am laufenden Band in Tegel? Schrecklich. Stand ja in der Zeitung.› Ich erkläre ihr, dass du den Fall betreust, und da fragt sie: ‹Sie haben einen Sohn? Ich hatte gerade die Akte von Karl Rosen auf dem Tisch, wegen der Sterbeurkunde. Wussten Sie eigentlich, dass der elf Kinder hat? Von verschiedenen Müttern! Dass man den Papa Kalle nennt, das bekommt so noch mal eine ganz neue Dimension!› Was sagst du nun, Peter? Ich vermute, in diese Richtung habt ihr noch gar nicht gedacht, oder?»

Peter Kappe rauscht das Blut aus dem Kopf. Elf uneheliche Kinder! Und eine Treuhandstiftung ist der Alleinerbe? Wie hatten sie das übersehen können? Er war sich sicher gewesen, dass der Mörder aus dem beruflichen Umfeld von Karl Rosen kommt – wegen des vielen Geldes. Hätte er doch bloß den gesamten Wanninger-Lehrgang gemacht! «Kannst du dir eine Liste mit den Namen von Rosens Kindern und vor allem auch ihren Müttern geben lassen?», fragt er und versucht, es nicht wie eine Anweisung klingen zu lassen. «Ohne Amtshilfeverfahren und den ganzen Schnickschnack?»

«Das habe ich schon, Peter!» Die Stimme seines Vaters strahlt aus dem Telefon und versengt ihm das Ohr. «Ich habe versprochen, dass ich die Sektfeierlichkeiten in Zimmer 221a vergesse, wenn die Dame mir eine Liste macht.» Kappe senior lacht. «Ich bin gleich wieder bei dir im Präsidium.»

Peter Kappe bricht der Schweiß aus. «Ich habe in einer Viertelstunde einen Termin, Vater. Geh doch noch in die Orangerie am Schloss Charlottenburg und iss ein Stück Schwarzwälder Kirsch. Mit extra Sahne. Die Liste eilt nicht. Belohn dich einfach. Du hast frei, du hast uns geholfen, und das Wetter ist doch herrlich für Dezember.» Ein Blick aus dem Fenster zeigt ihm ein mildes Grau, das sich über die Stadt schleicht.

«Junge, das ist eine prima Idee! Die könnte von mir sein.»

Sie legen auf. Es ist 14.45 Uhr. Peter Kappes Kopf ist leer, bis auf das Adrenalin, das ihm von einem Ohr zum anderen schwappt. Es dröhnt wie eine Zwanzig-Meter-Welle, die sich am Strand der hawaiianischen Insel Maui bricht.

14.50 Uhr. Peter Kappe macht ein paar Kniebeugen und dehnt die Schultermuskulatur.

14.55 Uhr. Peter Kappe hat sich die Fingernägel mit einem Zahnstocher manikürt.

14.58 Uhr. Vom Flur her nähern sich harte, sichere Schritte. Es klopft stramm. In der Tür erscheint ein uniformierter Kollege. «Ein Brief für Sie», meldet er. «Wurde beim Pförtner abgegeben.»

«Von wem?» Peter Kappe springt auf.

Der Polizeimeister zuckt mit den Schultern. «Von einem kleinen Jungen mit Schiebermütze.»

Kappe stürzt an dem Kollegen vorbei, fliegt die Treppe hinunter, drückt die Tür des Eingangsportals auf und schaut nach rechts und links. Der Kleine hopst die Keithstraße entlang Richtung Spree. Kappe stürzt hinterher und bekommt ihn an der Schulter zu fassen. Das Kind starrt ihn erschrocken an.

«Wer hat dir diesen Brief gegeben?» Kappe hält ihm den Umschlag unter die rotzverschmierte Stupsnase.

Der Kleine zuckt verschüchtert mit den Schultern. «Een Arschloch», piepst er.

Kappe geht in die Knie. «Wie kommst du denn darauf?», fragt er.

«Hab ick jehört. Sin Se von de Polente?»

«Ich bin der Peter», sagt Kappe. Er klingt wie ein Psychologe. Es wirkt.

«Een Mann ist aus een Mercedes jestiegen», erzählt der Kleine. «Da saß eene janz schöne Dame drin. Die hat hinta den Mann herjerufen: ‹Jib dem Kleenen 'ne Mark, Arschloch!› Hat er denn ooch jemacht.»

«War das ein Pirat?» Kappe hält sich ein Auge zu, um eine Augenklappe zu simulieren.

«Ja.»

«Und die Dame? Hatte sie rote Haare?»

Der Kleine nickt eifrig. «Det wa die schönste Dame der Welt, jloob ick.»

«Und das hast du dir gemerkt?»

«Meen Vadder is nämlich ooch een Arschloch, wissen Se?»

«Wie kommst du denn darauf?»

«Sacht meene Mutta imma.» Der Kleine strahlt.

Kappe gibt ihm zwei Mark. Die Guten müssen immer besser bezahlen als die Bösen. Das Kind läuft hopsend weiter. Richtung Süßwarenkiosk, hofft Kappe.

Peter Kappe hat noch nie eine Nahtoderfahrung gemacht, aber das hier fühlt sich so an. Er steht neben sich und sieht sich dabei zu, wie er mit bleichem Gesicht hinter seinem Schreibtisch schwebt und sich Einmalhandschuhe anzieht. Der Brief ist nicht adressiert. Er schlitzt ihn mit dem Brieföffner auf. Ein weißes Blatt Papier kommt zum Vorschein, beschrieben in Sarahs Handschrift:

*Ich verlasse Dich. Ich hätte das Kind nie bekommen dürfen. Ich vermisse meine Mutter und die Kollegen an der Charité. Meine Arbeit ist mir das Wichtigste im Leben. Such nicht nach mir. Dem Westen Adieu sagen und im Osten auf einer Lotusblüte sitzen, so träumt, wer liebt. Sarah*

Kappes Geist sieht sich selbst in 360-Grad-Ansicht: einen Versager, dem das Herz bis zum Hals klopft und der einen Voodoozauber bräuchte, aber nur einen Locher, einen Briefmarkenanfeuchter und eine Schreibmaschine hat. Er reißt den Locher von Tisch und feuert ihn gegen die Wand. Putz staubt, ein Stadtplan von Berlin gerät ins Schwingen. Gewalt befreit, ist aber auch keine Lösung.

Hat Sarah ihr Praktikum nicht am Klinikum Buch gemacht? Wieso schreibt sie, dass sie die Charité vermisst? Er muss das in ihren Bewerbungsunterlagen nachschauen. Und überhaupt, die Unterschrift – ein vollständiges *Sarah*, nicht nur *S.* Ohne Kringel. Vielleicht, weil das ein wichtiger Brief ist, nicht nur die Kaufhallen-Liste. Dass Sarah ihn verlässt, das kann er noch verstehen – aber diese DDR-Andeutungen? Unmöglich! Sarah ist der freiheitsliebendste, reisefreudigste Mensch, den er kennt. In der DDR war sie sogar wegen ihres jüdischen Glaubens Repressalien ausgesetzt. Also hat ihr René den Brief diktiert? Und Fiete Klüvers hat grinsend dabeigestanden?

Draußen ist es mittlerweile duster wie im Sack, obwohl es erst später Nachmittag ist. Kappe ruft bei seiner Mutter an. «Hast du die Kleine vom Kindergarten abgeholt?», fragt er.

«Alles wie immer, Peterchen», flötet Gertrud Kappe fröhlich. «Wir spielen gerade Vater-Mutter-Kind. Tabbi ist der Vater.» Er hört Tabea im Hintergrund juchzen.

«Stimmt was nicht?», fragt seine Mutter mit gedämpfter Stimme. «Warum rufst du an?»

«Reine Routine», windet Kappe sich heraus und legt auf.

Sein Blick fällt auf die Uhr. Sein alter Herr kann jede Sekunde in der Tür stehen. Die Geschichte vom Standesamt will er sich jetzt auf keinen Fall anhören. Dazu hat er nicht die Nerven. Gute Nacht, Berlin, heute Abend müssen die Lustmörder, Giftmörder und sogar die Massenmörder ohne ihn auskommen. Er stopft Sarahs Brief in die Schreibtischschublade, reißt den Mantel vom Garderobenständer und läuft zu seinem Wagen.

Bitterer Brief, bitteres Bier, bitteres Berlin. Das messingfarbene Licht der Altberliner Bierkneipe «Nolle» fängt sich in Peter Kappes Schultheiss. Er mag, dass dieses Bier ihm ganz ohne Touristen-Schnickschnack, malzige Süße oder sonstige Nebenwirkungen die Kehle hinunterrinnt und direkt in den Kopf knallt.

Kappe sitzt in einem der ausrangierten historischen U-Bahn-Waggons, die am Hochbahnhof Nollendorfplatz zu einem Flohmarkt mit Kneipe umgestaltet wurden. Es ist eng, aber gemütlich. Die Wagen sind mit honigbraunem poliertem Holz ausgekleidet. Es riecht, als hätte die Putzfrau mit Mampe und Zigarettenasche gebohnert. Der Aschenbecher auf dem Tisch vor ihm quillt über. Kappe hat den Überblick verloren. *Sind's die Augen, geh zu Mampe, / gieß dir einen auf die Lampe. / Kannste allet doppelt seh'n, / brauchste nich zu Ruhnke geh'n,* heißt es in der Werbung. Funktioniert aber nicht.

Draußen auf dem Bahnhof wird zwischen Ölgemälden und Art-déco-Nippes Bier gezapft. Hinter der Theke läuft in einem Farbfernseher der Sender Freies Berlin. Es kommt gerade die *Berliner Abendschau.* «Im Fall des ermordeten Konzertveranstalters Karl Rosen gibt es noch keine neuen Erkenntnisse, wie die Polizei mitteilt», sagt der Nachrichtensprecher.

Falsch, denkt Kappe und bestellt sich noch ein Schultheiss. Erkenntnis Nummer eins: Er hat zu Hause nachgeschaut, Sarah hat niemals ein Praktikum in der Charité absolviert und kann deshalb auch keine Kollegen von dort vermissen. Erkenntnis Nummer zwei: Er hat niemanden, mit dem er über alles sprechen kann. Mit seiner Mutter vielleicht, aber er möchte nicht an ihrem plötzlichen Herztod mitwirken.

Kappe muss etwas finden, mit dem er René ihrerseits an den Kanthaken kriegt. Etwas, das er gegen Sarah eintauschen könnte. Eine Tatwaffe oder irgendein Indiz in der Sache Rosen zum Beispiel. Er kann schließlich nicht alleine die ganze Stadt absuchen. Er müsste sich mal in Ruhe zu Hause bei René umsehen. Aber dafür würde er niemals einen richterlichen Beschluss bekommen – kein dringender Tatverdacht. Rein praktisch betrachtet, öffnen Durchsuchungsbeschlüsse allerdings auch keine Wohnungstüren. Was man dafür wirklich braucht, ist ein Bund Dietriche. Und das hat Kappe zufällig immer in seiner Herrenhandtasche.

In diesem Moment weht ihn ein unpassend frischer Rasierwasserduft an. Er hebt den Kopf. Wolf Landsberger ist neben ihn auf die roten Lederpolster des U-Bahn-Wagens gerutscht. Er trägt einen grauen Wollanzug mit grauem Hemd. Landsberger ist ein bisschen außer Atem, aber Yves Saint Laurent wäre trotzdem stolz auf ihn.

«Gott sei Dank, dass ich Sie gefunden habe, Kollege Kappe!» Er strahlt. «Wir haben etwas Neues! Ihr Vater war vorhin bei uns im Büro, und stellen Sie sich vor, was der …»

«Weiß ich schon.» Kappe winkt ab.

«Das könnte der Durchbruch sein! Ich …»

«Jaja, Sie machen das schon. Morgen früh überprüfen Sie alle Kinder von Karl Rosen und alle Mütter dazu. Aber übertreiben Sie es nicht bei den Müttern. Nicht, dass es Beschwerden gibt.»

«Sie können mir gerne helfen, falls Sie sich morgen gesundheitlich in der Lage dazu sehen», schießt Landsberger zurück. «Außerdem war Ihr Vater sehr ungehalten, dass Sie nicht mehr im Büro waren. Er sagt, er erwartet Sie zu Hause.»

«Sehen Sie, das meine ich! Ich bin 33 Jahre alt, ich bin selbst Familienvater, und der kommandiert mich rum wie …»

«… wie jemand, der sich Sorgen macht.»

«Und da haben Sie mich gesucht? Sind Sie beide jetzt meine private alliierte Schutzmacht?»

«Nicht Ihretwegen, aber Ihr Vater, der ist so rot angelaufen. Und der Locher, der wird ja auch nicht von alleine gegen die Bürowand geflogen sein. Müssten Sie nicht bei Ihrer Tochter sein?»

«Meine Mutter kümmert sich um sie. Wie haben Sie mich gefunden?»

«Sie hatten die ‹Nolle› mal erwähnt, und da dachte ich …»

«Sie hören mir wirklich zu, was? Und dann denken Sie auch noch mit! Machen Sie sich das aber nicht zur Gewohnheit. Sonst werden Sie noch Polizeipräsident und nicht ich.»

Landsberger greift nach Kappes Bier und nimmt einen Schluck. Sein eleganter Nasenrücken wird kraus. «Wenn ich Ihre Erfahrung mit dem Biertrinken hätte, wäre ich vielleicht auch Zyniker», sagt er.

Kappe denkt darüber nach. Es ist nicht die dümmste Bemerkung, die je über ihn gemacht wurde. Er schaut sich Landsberger noch einmal an. Einen Versuch ist es vielleicht wert, denkt er, und fragt: «Sagen Sie mal, Landsberger, aus welchem Ei werden Sie eigentlich jeden Morgen gepellt?»

Landsberger vergisst zu atmen und starrt ihn mit halb offenem Mund an wie ein erschrockenes Kaninchen. «War das ein Kompliment?», fragt er.

«Na, ich finde, das muss auch mal gesagt werden. Sie haben Stil. Was trinken Sie denn?»

«Grauburgunder», sagt Landsberger und muss selbst lachen, als er an sich heruntersieht. «Mein Vater war Herrenschneider», schiebt er zur Entschuldigung nach.

Eine warmherzige, in die Jahre gekommene Kellnerin nimmt die Bestellung auf.

«Ich dachte schon, Ihr Vater wäre Earl Grey. Erzählen Sie doch mal was von sich!» Das ist natürlich eine Falle, aber Kappe findet es einfacher, als sein Leben weiterhin in stiller Verzweiflung zu führen.

Landsberger runzelt seine Stirn. «Kommt nichts im Fernsehen?» Er seufzt.

Kappe findet, dass Landsberger mit einem Mal nicht mehr

so aufrecht sitzt. «Sie sind doch eigentlich von der Presse. Ihr Sprachorgan muss erstklassig in Schwung sein, oder?»

Der Weißwein wird gebracht, und Landsberger nimmt einen Schluck. «Ich bin 1948 geboren», sagt er. «Ich bewundere meine Eltern für den Pioniergeist, in dieser Zeit ein Kind bekommen zu haben. Ich weiß noch gut, was Hungern heißt. Wir wohnen in Kreuzberg, Urbanstraße.»

«Nicht im Ernst.» Kappe zündet sich eine Ernte 23 an. «Da waren wir ja fast Nachbarn. Während des Kriegs haben wir am Bayernring gelebt.»

«Der Bayernring ist schön, aber die Urbanstraße ist Kreuzberg. Na ja, man gewöhnt sich an alles. Meine Mutter und ich wohnen noch immer in der Wohnung. Sie ist Religionslehrerin, mein Vater hatte eine Schneiderei. Er hat in Paris gelernt, meine Oma war Französin. Niemand konnte sich nach dem Krieg teure Maßkleidung leisten, die Schneiderei lief schlecht. Mein Vater hielt sich mit Änderungen über Wasser. Beim Bäcker musste ich immer anschreiben lassen. Trotzdem haben mir meine Eltern das Abitur ermöglicht. Gitarrenunterricht hatte ich auch. Ich wollte beim *Tagesspiegel* volontieren und dann Polizeireporter werden.»

«Musizierender Polizeireporter?», fragt Kappe.

Landsberger leert sein Weinglas in einem Zug. «Irgendwie habe ich Durst.» Er lächelt entschuldigend und bestellt sich mit einem Wink des kleinen Fingers ein neues Glas. «Mein Vater ist vor zehn Jahren gestorben», sagt er. «Aus der Traum. Ich war groß und sportlich. Ich musste sofort Geld verdienen. Also habe ich mich bei der Polizei beworben. Mittlerer Dienst bei den Schupos. Nach ein paar Jahren bei der Bereitschaft habe ich mich bei der Direktion E vorgestellt, Pressestelle. Ich hatte immer noch diese Sache mit dem Reporter im Kopf. Die Pressestelle war mir dann aber doch zu theoretisch. Das ist alles stark formalistisch. Sehr verquaste Beamtensprache, man spricht, als wäre man der reitende Bote von Kaiser Wilhelm. Die ruinieren einem den Sprachstil. Da habe ich mich bei der Kripo beworben. War gerade günstig, wegen der Umstrukturierung haben die Leute gesucht. Und Sie?»

«Der Beruf war mir vorherbestimmt.» Kappe betrachtet das Kneipenambiente verträumt durch sein Bierglas. «Ich hab mich bemüht, was anderes zu werden – hat aber nicht geklappt. Ich bin wohl dieser berühmte Kommissar Zufall.»

«Der soll eine ganz gute Aufklärungsquote haben.»

«Witzig. Was fällt Ihnen so ein, wenn Sie an Ihren Vater denken, Landsberger?»

«Dass wir immer zusammen in den Zirkus gegangen sind, wenn im Görlitzer Park einer seine Zelte aufgebaut hat.»

«Ist ja ein Ding! Das haben wir auch oft getan. Meine Mutter hat mich sogar zum Mitmachzirkus angemeldet. Das sollte mein Selbstbewusstsein fördern. Welche Nummer mochten Sie denn am liebsten?»

Landsberger nimmt einen großen Schluck Wein. «Die weißen Pferde», sagt er.

Kappe schweigt. Er ist froh, dass Landsberger da ist. Er kann sich in aller Seelenruhe unter den Tisch trinken, und der wird ihn dann schon in ein Taxi setzen. Das löst natürlich seine Probleme nicht. «Sagen Sie mal, haben Sie diesen Satz schon mal gehört: *Dem Westen Adieu sagen und im Osten auf einer Lotusblüte sitzen, so träumt, wer liebt*?», fragt er und bestellt noch eine Runde für sie beide. «Muss ein Sprichwort sein oder so was.»

«Wo haben Sie denn das her?» Landsberger überlegt. «Klingt wie ein Spruch aus einem Glückskeks. Sie waren doch schon mal chinesisch essen?»

Hoppla. Der Mann hat nicht unrecht. Natürlich war Kappe schon mal beim Chinesen. Genauer gesagt beim Schwiegervater von Harald Juhnke. An ihrem letzten Hochzeitstag hatten Kappe und Sarah im «Tai Tung» gegessen. Das ist das älteste Chinarestaurant der Stadt, eröffnet 1957, im Bikini-Haus, Budapester Straße. Harald Juhnke hat vor drei Jahren die Tochter des Inhabers geheiratet, und nun kann man ihn auf einem hinterleuchteten Plakat am

Eingang bewundern. In einem gelben Pullunder macht er sich wölfisch grinsend über eine honigglänzende, krosse Pekingente her. Das Plakat ist geradezu eine Touristenattraktion. Nach dem Essen hatte es Pflaumenwein und Glückskekse vom Haus gegeben. Wo hat er bloß diesen Textschnipsel aus dem Keks hingesteckt? Kappe zieht sein Portemonnaie aus der Gesäßtasche seiner Hose. Und tatsächlich, zwischen Führerschein und Dienstausweis klemmt der Zettel. *Dem Westen Adieu sagen und im Osten auf einer Lotusblüte sitzen, so träumt, wer liebt.*

«Landsberger, Sie sind ein Genie», murmelt Kappe. Er hat keine Ahnung, was das bedeutet, was Sarah damit meint. Aber zumindest dieser letzte Satz stammt von Sarah selbst und wurde ihr nicht diktiert, da ist er sich sicher, und er ist ein Puzzlestück.

Landsberger lächelt wie ein erleuchteter Buddha. Kappe streckt ihm seine rechte Hand entgegen. «Peter», sagt er.

«Peter ist ein ziemlich fader Name.» Landsberger lächelt und schlägt ein. «So fade wie Glasnudeln ohne alles.»

«Und wie lebt es sich mit dem Vornamen Wolf?» Kappe grinst zurück. «Was sagen die Frauen? Kratz mich, beiß mich, gib mir Tiernamen?»

Landsbergers Augenbrauen führen einen Schwänzeltanz auf. «Elegant und tödlich wie das gleichnamige Tier.» Er zeigt seine schneeweißen Reißzähne.

Kappe winkt ab. «Vor allem der Schafspelz.» Dann steht er auf und streckt sich. «Wir müssen los. Du zahlst. Ich bin angetrunken genug, um vor Sendeschluss noch eine schwere staatsgefährdende Straftat zu begehen.»

«Was hast du vor?» Landsberger wird blass, trotz Kneipenlicht. Er zieht einen Geldschein aus dem handgenähten Kalbslederportemonnaie.

«Wir brechen in eine Wohnung ein, um ein Beweismittel sicherzustellen.» Kappe gerät ins Schwanken, als er den Mantel überzieht.

«Ohne mich, Kappe.»

«Du kommst jetzt mit! Geh mal unvoreingenommen an die Sache ran! Hopp oder Top. Wir können nur gewinnen. Wir müssen unseren ersten Fall lösen. Es kann doch nicht sein, dass wir das nicht hinbekommen.»

«Du hast einen Eid darauf geschworen, dass du Recht und Gesetz nicht mit Füßen trittst.»

«Tun wir doch gar nicht. Aber hier im wilden West-Berlin haben wir unsere eigenen Methoden.»

«Davon abgesehen, brauche ich meine Stelle. Meine Mutter ...»

Kappe wischt sein Gejammer mit einer Geste beiseite. «Deine Mutter ist Religionslehrerin. Dann weißt du doch, dass alles, was geschieht, der Wille des Herrn ist. Also komm! Wie sagt man so schön in der Kirche? Der Hirte muss nach den Schafen riechen. Du meintest, es sei dir eine Ehre, mit einem Kappe zusammenzuarbeiten. Also los jetzt! Du fährst!»

«Du zahlst, du fährst», äfft Landsberger ihn nach. «Was noch?»

«Du machst dir einen Freund fürs Leben», sagt Kappe und schiebt ihn vor sich her aus der Kneipe.

René Bliss wohnt in einem Altbau in der Fuggerstraße, ganz in der Nähe des «Chez René». Das ist eine gutbürgerliche Gegend. Gutbürgerlich heißt in West-Berlin allerdings nur, dass man zwar legal erworbenes Geld hat, aber leider nicht genug für Personal. Deshalb organisiert man sein Leben selbst. Man trinkt selbst Schampus, legt selbst eine Nachtschicht an der Theke ein, hat selbst Sex mit der Nachbarin in der Gartenlaube – was sich eben so ergibt. Man hat keine Berührungsängste. Es ist eine Art «Hurra, wir leben noch!» für Arme. Wie weit kann der Bürger gehen innerhalb der Grenzen von West-Berlin, bis wieder Krieg kommt? Denn der nächste Krieg kommt bestimmt. Ölkrise, Wirtschaftskrise, Finanzkrise – das Wort Krise muss in letzter Zeit für alles Mögliche herhalten, und irgendwann knallt es wieder ernsthaft. Da gibt man nach Sonnenuntergang lieber schnell noch mal die Impulskontrolle auf.

Es ist nicht der Tanz auf dem Vulkan, wie man ihn in den Zwanzigerjahren aufführte. Der West-Berliner der Siebzigerjahre tanzt lieber auf Nasen herum statt auf Vulkanen, und Kappe ist ein West-Berliner. Er sieht harmlos aus, aber er zieht ein Bund archaischer Dietriche aus der Tasche. Einzelne davon machen den Eindruck, als hätte sie ein Dorfschmied handgedengelt.

«Wieso trägst du denn so was bei dir?» Landsberger schaut schockiert.

«Das habe ich von meinem Großonkel Hermann», flüstert Kappe. «Ein Familienerbstück. Hat eine Generation übersprungen. Ein kluger Mann, der Hermann. Er meinte, mein Vater wäre ein viel zu korrekter Mensch für ein Bund Dietriche. Da hat er es gleich mir vermacht.»

Landsberger parkt den Wagen um die Ecke.

Kappe holt eine Taschenlampe aus dem Handschuhfach. «Wenn wir erwischt werden, rennen wir», erläutert er Landsberger seinen ausgeklügelten Rückzugsplan. «Du rechts lang, ich links lang. Wir schlagen einen Haken und treffen uns am U-Bahnhof Wittenbergplatz.»

«Was zum Teufel suchen wir eigentlich?», grummelt Landsberger.

«Wir suchen die roten Stilettos», klärt Kappe ihn auf. «Die Absätze sollen abgebrochen sein. Vielleicht ist einer davon die Tatwaffe.»

«Wenn wir die aus der Wohnung entwenden, können wir sie vor Gericht nicht verwerten», erinnert Landsberger.

«Das bekommen wir schon irgendwie hin», murmelt Kappe. An eine Verwertung vor Gericht hat er gar nicht gedacht. Er braucht nur ein Druckmittel.

Es ist nach Mitternacht. Eine ungefährliche Zeit, denn jetzt läuft René auf der Bühne ihres Klubs zur Hochform auf. Sie singt Chansons im Scheinwerferlicht. Das Haus, in dem sie wohnt, ist dagegen dunkel und still.

Mit dem richtigen Dietrich kostet es Kappe nur eine flüssige

Bewegung des Handgelenks, schon kann er die Haustür aufdrücken. Der Stille Portier weist ihnen den richtigen Weg: Vorderhaus, dritter Stock. Die Treppe knarzt leise, als sie sie im Dunkeln hinaufschleichen. Kappe weiß, dass man im Altbauhaus am besten auf den äußersten Rand der Stufen tritt, um so wenig Geräusche wie möglich zu erzeugen. Er hat lange zu Hause gewohnt. Er hat Übung im Einschleichen.

An der Tür tastet er das Schlossschild ab. Es ist keine Herausforderung. Ein bisschen gefummelt, möglichst lautlos, und schon schnappt das Schloss auf.

In der Wohnung ist es dunkel, und es riecht wie im Harem des Sultans. Kappe und Landsberger schlüpfen in den Flur und lehnen die Eingangstür hinter sich nur an. Kappe schaltet die Taschenlampe an und fährt zusammen: Renés Wohnung ist eine apokalyptische Sehnsuchtssinfonie aus Glitzerstoffen und Tierfellteppichen. Im Flur prangt eine Fototapete mit einem Sonnenuntergang am Strand. Er ist froh, dass Landsberger ihn begleitet. Das würde ihm sonst niemand glauben.

Die Wohnung ist groß, und sie suchen sie systematisch ab. Zuerst die Seite links vom Flur. Ein Zimmer ist als begehbarer Kleiderschrank ausgebaut. In einer Ecke schaut Kappe spitzfingerig in eine weiße Plastiktüte mit grünen Pril-Blumen und der roten Aufschrift *wer rechnet, geht zur kepa.*

«Hier, Landsberger!» Kappe zeigt dem Kollegen die Tüte. Darin sind die roten Schuhe. Tatsächlich, die Absätze liegen lose daneben.

«Volltreffer!», flüstert Landsberger. «Dann nichts wie weg!»

Als sie auf den Flur treten, huscht irgendetwas an der Tür vorbei. Kappe duckt sich, zieht die Waffe. In diesem Moment flutet das Deckenlicht den Raum.

«Polizei!», sagt eine schneidende Stimme. «Waffe weg!»

Vor ihnen im Flur stehen zwei uniformierte Kollegen, der eine hat die Dienstwaffe im Anschlag, der andere einen Gummiknüppel in der Hand.

Kappe lässt die Waffe fallen und hebt langsam die Hände. Landsberger bedenkt ihn mit einem Blick, der seinen Schädel durchschlägt.

«Kriminalpolizei», sagt Kappe ruhig. «Mordkommission. Mein Ausweis ist in der Innentasche meines Mantels.»

Die Schutzpolizisten tauschen einen verblüfften Blick. «Die Einbrecher werden auch immer dreister», sagt der eine zum anderen.

«Gefahr im Verzug», sagt Landsberger vielleicht eine Spur zu devot. «Wir ermitteln in der Sache Karl Rosen.»

Der Uniformierte mit dem Gummiknüppel tastet sie ab und stellt ihre Waffen sicher. «Gefahr im Verzug, ja? Na, ich höre den Staatsanwalt schon lachen!»

Er findet Kappes Ausweis und stutzt. «Kommissar Kappe?», fragt er.

«Mordkommission 6.» Kappe nickt. «Ich nehme die Arme jetzt herunter – in Ordnung? Und dann geben Sie beide mir bitte Ihre Namen und Dienstnummern.»

Der Uniformierte fixiert ihn misstrauisch. «Und was ist nun hier die Gefahr im Verzug?»

Landsberger hat sich offenbar wieder von seinem Schock erholt. Er richtet sich zu seiner vollen Größe auf. «Gefahr im Verzug», sagt er, «ist ein Begriff aus dem Polizei- und Ordnungsrecht, der seine rechtliche Grundlage aus dem Artikel 13 des Grundgesetzes sowie aus den Polizeigesetzen der Länder erhält. Er bezieht sich auf einen Zustand, bei dem nur durch ein sofortiges Eingreifen eine drohende Gefahr oder ein Schaden abgewendet werden können.»

«Na bravo! So weit war ich auch schon. Ich glaube, Sie erzählen uns hier einen vom Pferd! Wer ist denn Ihr Vorgesetzter? Wir werden am besten gleich Meldung machen.»

Kappe tauscht einen Blick mit Landsberger, aber der weiß anscheinend auch nicht weiter. «Wer hat Sie denn verständigt?», fragt Kappe, um Zeit zu gewinnen.

«Anonymer Anruf», sagt der Uniformierte. «Wahrscheinlich einer von den Nachbarn. Hat gesagt, die Wohnung ist dunkel, aber hinter den Scheiben wandert ein Taschenlampenlicht hin und her.»

Kappe sieht, wie auf Landsbergers edelblassen Wangen ein hektischer Fleck aufleuchtet und immer größer wird. In diesem Moment ertönt aus einem der Räume, die sie noch nicht durchsucht haben, ein schwaches, aber unüberhörbares Stöhnen. Es knallt lauter durch die Stille als ein Schuss.

Kappe reißt die Zimmertür auf und knipst den Lichtschalter an. Sie stehen in einer Art Gästezimmer, und auf einem gelben Sofa liegt Marc Monroe. Hingegossen wie Dornröschen. Er ist bewusstlos und blau im Gesicht. Kappe schiebt den Sofatisch beiseite und kniet sich neben ihn. Sein Knie wird warm. Er sieht nach unten: Er hockt in einer Lache frisch Erbrochenem. Vergiss es, denkt er und zieht Monroes Augenlider hoch. Die Pupillen des Sängers sind kaum stecknadelgroß. Sein Atem geht sehr, sehr langsam. «Schnell!», schreit Kappe die Uniformierten an. «Rufen Sie einen Krankenwagen! Überdosis Rauschgift, Lebensgefahr!»

Landsberger hilft ihm, Monroe in die stabile Seitenlage zu bringen. Sie halten ihn mit einer Decke warm. Die beiden Uniformierten gehen nach unten, um den Notarzt einzuwinken.

«Glaubst du eigentlich an Gott, Kappe?», fragt Landsberger vorsichtig. Es ist eine lustige Frage, wenn sie ein Riesenkerl wie Landsberger stellt, der noch dazu hier in Berlin für die praktische Umsetzung der Zehn Gebote zuständig ist.

«Ich hab mal Dizzy Gillespie und seine Reunion Big Band live in der Philharmonie gehört, auf den Berliner Jazztagen 1968. Zählt das auch?», fragt Kappe zurück. Sie stehen auf dem Balkon der Wohnung von René Bliss. Kappe raucht, Landsberger hält nach dem Krankenwagen Ausschau.

«Kann sein. Das ist auch ein Wunder – wie ist es möglich, dass einer so spielen kann?»

«Vielleicht Talent? Wieso soll ich das wissen? Nur weil ich

wie Jesus aussehe?», fragt Kappe. «Lass dich nicht von Äußerlichkeiten täuschen.»

«Das war doch eben wie ein Wunder.» Landsbergers entrückter Blick wandert über den Winterhimmel. «Wir wären unsere Anstellungen los gewesen, wenn Monroe nicht den Abgang geprobt hätte. Und Monroe wäre jetzt tot, wenn wir nicht … also, wenn du nicht … Na, du weißt schon.»

«Doppelwunder, was? *Glauben heißt nicht wissen*», zitiert Kappe den Frühsozialisten Wilhelm Weitling. Er drückt die Zigarette im leeren Blumenkasten aus. Seine Hände zittern, aber es liegt nicht an der Nachtluft.

«Kappe?» Landsbergers Hand landet schwer und warm auf seiner Schulter. «Mit dir stimmt doch etwas nicht. Wir kennen uns zwar noch nicht lange, aber ich bin ein ganz guter Menschenkenner. Du gehörst doch eigentlich zu den ruhigen Vertretern, oder? Was ist los mit dir? Kann ich dir helfen?»

Kappe sieht vor seinem geistigen Auge eine Sarah, die in einem dunklen Keller an einen Stuhl gefesselt ist. Er setzt aber ein Grinsen auf, von dem er hofft, dass es abgekocht und selbstgewiss aussieht. «Würdest du vom Funkturm springen, nur weil dir ein Typ verspricht, dass er dich auffängt?»

Landsbergers Hand drückt seine Schulter. «Vielleicht», sagt er, «wenn dieser Typ wie Jesus aussieht.»

Peter Kappe ist flau im Magen, als er vor der Wohnung seiner Eltern im Charlottenburger Horstweg aus dem Wagen steigt. Er hat sein Leben nicht im Griff. In ein paar Minuten wird nicht mehr seine Mutter, sondern er selbst mit seiner Tochter Vater-Mutter-Kind spielen. Oder vielmehr Vater-Kind. Er hat keine Ahnung, wie er seinen Fall lösen soll, wenn er alleine sein Kind betreut. Und wenn er den Fall nicht löst, wird er sein Kind vielleicht für immer alleine betreuen müssen. Er kann seinen Eltern auf keinen Fall sagen, dass Sarah von einer ehemaligen Kommilitonin entführt wurde. Sein Vater würde durchdrehen. Seine Mutter auch. Sie würden darauf bestehen, dass er sich in einen Verkehrskindergarten versetzen lässt. Kappe zieht den Mantel fester um sich. Der Regen lässt das Kopfsteinpflaster schimmern. Er friert bis auf die Knochen.

Auf dem marmornen Treppenflur des Mietshauses riecht es nach Kartoffeln und Bratensoße. Kappes berufstätige Mutter Gertrud kocht meist am Wochenende vor. Sie öffnet ihm die Tür und drückt ihn einen Moment zu lange. Aus dem Wohnzimmer dringt das Murmeln des laufenden Fernsehers. Tabea kommt aus seinem ehemaligen Kinderzimmer und fliegt in seine Arme. Sie riecht nach Badeschaum. Das Kind hat die gleichen lustigen blonden Locken wie Sarah. Kappes Augen brennen, als er Tabea gegen seine vor Sehnsucht schmerzende Brust drückt. Atemlos erzählt sie ihm, was sie im Kindergarten erlebt hat. Sie kichert und windet sich vor Begeisterung.

Kappe und seine Mutter schmunzeln sich an. Aber da ist noch etwas anderes im Blick seiner Mutter. Ein Schwur. Ein Liebesgeständnis. Ein weit ausgebreitetes Sprungtuch für ein Herz in Not. Kappe nimmt eine halbe Sekunde Anlauf, dann springt er. «Mutter, kannst du mir noch ein paar Tage helfen, ohne Fragen zu stellen?» Er flüstert.

«Sie ist so schlau, unsere Kleine», sagt Gertrud. Sie streicht Tabea das wilde Haar zurecht. Tabea lacht glucksend. «Wirklich? Eine Woche Fortbildung?», fragt Gertrud übertrieben laut und akzentuiert in Richtung Wohnzimmertür, sodass ihr Mann es auf keinen Fall überhören kann. «Das ist großartig, Peter! Ich wusste immer, dass Sarah eine hervorragende Ärztin ist. Nun hat ihr Chef, dieser Professor Mey, das wohl auch verstanden. Und dann im Schwarzwald! Dort ist es so idyllisch im Winter! Da kann man direkt neidisch werden!»

«Ich habe überlegt hinterherzufahren», ergänzt Kappe laut. «Ich könnte ein wenig Skilanglauf machen, den Kopf frei kriegen. Aber der Fall, Mutter, der Fall geht vor!»

Kappe holt sich ein Schultheiss aus dem Kühlschrank. Dann

betritt er das mit Seniorität verminte Wohnzimmer. Sein Vater sitzt vorm Fernseher. Es läuft diese neue Quizsendung mit Rudi Carrell im Ersten, *Am laufenden Band*. Durch die Recherche weiß Peter Kappe, dass Karl Rosen auch für diese Sendung die Musik produziert hat. Dieser Rudi Carrell ist wirklich ein röhrenzähniger holländischer Lackaffe, wie er im Buche steht – Fönfrisur, Fliege, blauer Samtanzug. Er singt Vollplayback, plüschige Stimme. Er hat irrwitzige Einschaltquoten, die Presse ist begeistert. Und Karl Rosen hat kassiert.

Otto Kappe thront in der rechten Sofaecke und ist standesgemäß beleidigt. Man erkennt das daran, dass er sich in seriöser Hyperaktivität ergeht und nicht nur die Fernsehsendung verfolgt, sondern nebenbei auch noch das Kreuzworträtsel in der *Berliner Morgenpost* löst. Peter Kappe wird geflissentlich ignoriert. Er selbst ignoriert das Ignorieren, lässt sich mit dem Bier in der einen Hand und dem Kind auf dem anderen Arm neben seinem Vater aufs Sofa fallen. «Guten Abend, Vater. Guter Hinweis! Kollege Landsberger hat mir schon alles erzählt.»

«Warum hast du nicht im Büro auf mich gewartet?», fragt sein Vater mürrisch. Er macht ein Gesicht wie ein BVG-Kontrolleur. «Ich dachte, es interessiert dich, was ich herausgefunden habe.»

«Das ist eine enorm wichtige Spur, Vater. Du hast einen wertvollen Beitrag geleistet. Aber ich musste noch ein Beweismittel sicherstellen. Dabei habe ich diesen Sänger Marc Monroe bewusstlos aufgefunden.» Er schaut Tabea an. «Den kennst du doch, Schatz?» Peter Kappe singt Monroes aktuellen Hit an. Die kleine Tabea nickt nachdrücklich. «Das ist so ein Dünner, Blonder. Kann sein, dass ich ihm das Leben gerettet habe. Das steht morgen bestimmt im *Berliner Blitz*.»

«Hast du schon gehört, Otto?», flötet Gertrud aus der Küche. «Die Klinikleitung hat Sarah zur Fortbildung nach Freiburg geschickt. In den Schwarzwald! So ein Glück, dass ich wegen der Umbauarbeiten bei uns im Büro in dieser Woche ein paar Tage freinehmen musste! Da kann ich mich um die Kleine kümmern! Der Peter hat ja seinen Fall.»

Otto Kappe mustert seinen Sohn wie ein erfahrener Kommissar einen jungen Verbrecher. «Warum hast du denn vorher nichts gesagt, Junge?», brummt er.

«Ich dachte, wir kommen alleine zurecht», murmelt Peter Kappe peinlich berührt. Er lügt ungern. Sein Vater kauft ihm die Lüge, die Großeltern nicht mit Tabea belasten zu wollen, sofort ab. «Aber der Fall nimmt zu viel Zeit in Anspruch», fistelt Peter Kappe.

Otto Kappes Gesicht entspannt sich, er nimmt seine Enkelin auf den Schoß und erklärt ihr, warum auf der Mattscheibe nervöse und überschminkte Hausfrauen in einem ausladenden Rattansessel sitzen und auf Fernseher, Mixer und Porzellanfiguren starren, die auf dem Laufband an ihnen vorbeifahren.

Peter fühlt sich zum ersten Mal seit einiger Zeit für eine halbe Stunde als der Familienmensch, der er gerne geworden wäre. Wenn er nicht auf einem freudlosen Außenposten der Freiheit leben würde. Wenn nicht jeder Tag so ein Kampf wäre.

Er schläft auf dem Sofa ein und wird davon wach, dass ihm die zärtliche Hand einer Frau das Haar aus der Stirn streicht. Bevor er die Augen aufschlägt, glaubt er sicher, dass es Sarah ist und dass er alles nur geträumt hat. Aber es ist seine Mutter. Der Fernseher ist aus.

«Ich bringe dir eine Decke», flüstert Gertrud und legt seine Beine hoch. Wenn ihn die Verbrecher West-Berlins so sehen könnten, könnte er gleich auf Platzwart beim Polizeisportverein umschulen, denkt Kappe und sinkt in die Sofakissen. Aber schön ist es doch.

# SIEBEN

## Donnerstag, 12. Dezember 1974

KURZ NACH SIEBEN UHR MORGENS ist es, viel zu früh für Mackie Messer & Co. Kappe sitzt schon am Schreibtisch, aber noch ist alles friedlich. Der Bürostaub tanzt träge glitzernd im funzeligen Schreibtischlampenlicht. Vierzig Watt, maximal. Mehr lässt die Behörde nicht springen. Draußen hängt ein giftiger blauer Smog kalt vor einer orangefarbenen Sonne, die sich müde an den trüben Himmel über West-Berlin schleppt. Das dunkelgrüne Bürotelefon scheppert auf die ihm eigene hysterische Weise wie ein prähistorischer Wecker. Selbst die vierzig Watt der Schreibtischlampe schmerzen in Kappes Augen. Er ist kurz versucht, sich die Ohren zuzuhalten und sich im Schrank zu verstecken. Dann hebt er ab. «Kappe, Mordkommission 6.»

«Und hier is Niedergesäß! Einen Wunderschönen wünsch ick!» Die Stimme der Gerichtsmedizinerin jault freudig los wie eine Zivilschutzsirene. «Sind Se schon wach?»

«Wie man's nimmt.» Kappe gähnt und dehnt sein Genick, bis es knackt. «Sind die Toten auferstanden, oder was verschafft mir die frühe Ehre?»

«Ich müsste vorm Frühstück noch wen zusammenscheißen.» Ihre tiefe Lache dröhnt aus dem Telefonhörer.

«Und da dachten Sie an mich?» Kappe reibt sich das Gesicht. «Was für eine schöne Überraschung!»

Dr. Doreen Niedergesäß wiehert vor Lachen wie eine rossige Stute. «Ham Sie heute schon mal in Ihren Posteingangskorb geschaut?», fragt sie. «Ist da vielleicht 'ne Bestattungsfreigabe drin vom Staatsanwalt für Herrn Karl Rosen, von der mir nur versehentlich nischt erzählt wurde?»

«Nein. Wie kommen Sie darauf?» Kappe steht auf und wühlt sicherheitshalber noch einmal die Post durch. Nichts vom Staatsanwalt.

«Wissen Sie eigentlich, wat eine Voodoopriesterin is, Herr Nachwuchs-Kappe?», fragt Doreen Niedergesäß.

«Das weiß jeder, der im letzten Jahr den neuen James-Bond-Film gesehen hat – *Leben und sterben lassen*. Der erste mit diesem Roger Moore. Spielt in New Orleans. Der karibische Superschurke Dr. Kananga verteilt gratis selbst gemachtes Heroin an die Gäste seiner Restaurantkette.»

«Genau. Und da Sie solchermaßen vorjebildet sind, wird es Sie auch nich erstaunen, dass heute Morgen eine solche Voodoopriesterin vor mir stand. Kennen Sie das Mambo Bajou Memorial Home in Zehlendorf an der Clayallee?»

«Ist das nicht dieses amerikanische Bestattungsinstitut? Ich dachte, das hat sich auf die Organisation von Beisetzungen und Überführungen für amerikanische Soldaten, die in Deutschland stationiert gewesen sind, spezialisiert?»

«Vollkommen richtig. Vor allem aber ist diese Mambo Bajou eine sehr laute und dicke schwarze amerikanische Frau in Frack, Zylinder und weißen Handschuhen.»

«Klingt nach einer Sehenswürdigkeit. Und die stand heute Morgen schon vor Ihnen?»

«Ja. Sie sagte, sie wolle Karl Rosen abholen und bestatten. Verlangte den Totenschein. Behauptete, der Staatsanwalt habe die Leiche zur Bestattung freigegeben und sie habe von dem Rechtsanwalt Doktor Hagen Borucki den Auftrag, Rosen abzuholen. Ich hab erst mal gesagt, dass das nicht so einfach geht und dass wir uns bei ihr melden, wenn ich mit dem Staatsanwalt gesprochen habe. Frau Bajou ist gut bekannt in unserem Institut. Die kommt oft. Ist zwar skurril auf so eine jazzige, kreolische Art, aber sie hat Schwung, und normalerweise geht es bei der immer seriös zu.

Wenn ich nich zufällig heute Morgen schon im Büro gewesen wäre, hätten die Kollegen Rosens Leiche vielleicht sogar rausgegeben. Aus alter Verbundenheit.»

Eine eiskalte Welle läuft über Kappes Rücken. Was erlaubt sich dieser Rechtsanwalt Borucki? Er springt auf. Sein Schreibtischstuhl scheppert hinter ihm zu Boden. «Wie kann denn so was geschehen?», empört er sich lautstark.

«Ganz ruhig, meen Kleener. Ich glaube, Miss Mambo Bajou ist mit jemandem liiert, der den nötigen Stallgeruch hat.»

«Das ist ja interessant.» Kappe tastet nach der Schreibtischkante. «Vielen Dank für dem Hinweis. Und vielleicht könnten Sie Ihre Kollegen ein bisschen nachschulen, damit Ihnen nicht jemand Ihre kleine Vorhölle ausräumt, wenn Sie mal die Nase pudern sind.»

Hollerndes Lachen. Sie legt auf.

Anscheinend kann man als West-Alliierter einfach bei der Rechtsmedizin vorfahren, und aus Dankbarkeit für den Marshallplan und die Carepakete wird einem jede Leiche ausgehändigt, nach der man fragt. Für nekrophile US-Bürger ein Paradies, dieses West-Berlin. Man braucht sich noch nicht einmal selbst eine Leiche auszugraben.

Um sich von diesen morbiden Gedanken abzulenken, ruft Kappe im Krankenhaus Moabit an. Dort gibt es gute Nachrichten: Marc Monroe hat die Nacht überstanden und ist auf dem Wege der Besserung. Er verlangt, dass ihm sein Koffer aus dem Hotel geholt werde. Kappe rät davon ab. Dann besorgt er sich eine Vorladung für Dr. Hagen Borucki. Wir wollen doch mal sehen, wer hier die Spielregeln bestimmt, denkt er sich.

Kappe hat den Hörer noch in der Hand, als Wolf Landsberger ins Büro stürmt. Er schwenkt ein Blatt Papier. «Post von ganz oben!»

Der Kollege sieht auch heute Morgen wieder aus wie ein Bote der himmlischen Heerscharen. Die Flügel fehlen, dafür trägt er einen göttlichen, himmelblauen Dreireiher.

«Monroe ist über den Berg», sagt Kappe. «Hattest du schon einen grünen Tee?» Er braucht jetzt Ruhe, damit er den Polizeibericht durchsehen kann. Dann muss er Sarahs Arbeitsweg ablaufen. Wenn er da nichts Auffälliges findet, wird er im Umfeld von Renés Klub nach Bunkeranlagen und Zivilschutzkellern suchen. Kappe geht nicht davon aus, dass Sarah sich einfach widerstandslos hopsnehmen und wegsperren lässt. Sie würde schreien, sie würde sich wehren. Warum hat das niemand gesehen?

Landsberger knallt den Zettel vor Kappe auf den Schreibtisch und fixiert ihn. Der Triumph leuchtet ihm mit weit mehr als vierzig Watt aus allen Körperöffnungen. Kappe zwingt sich zur Konzentration. Der Zettel ist eine militärisch wirkende Liste auf Französisch, die Überschrift lautet: *Base Aérienne 165*.

«Das hat Kriminalkommissar Engländer von seinem Kontakt beim Alliierten Kontrollrat bekommen. Das ist die Liste aus dem Tower mit den Anmeldungen der Leute, die am Tag der Ermordung Rosens auf dem Rollfeld waren. Und jetzt sieh dir das an: Unser Freund Jean Marie Pelletier hatte eine Taxi-Erlaubnis, keine zehn Minuten, nachdem die Maschine aus München gelandet war!»

«Interessant! Zu mir hat er gesagt, er könne sich nicht erinnern, wo er gewesen sei.» Kappe hat Pelletier für einen Ehrenmann gehalten. «Was heißt das hier in der letzten Spalte mit der Bezeichnung *Motif*?»

«Er war mit einem Elektriker unterwegs», übersetzt Landsberger. «Es waren Leuchtmittel der TWYL auszutauschen. TWYL – was soll das bedeuten?»

«Taxiway Lights?», rät Kappe.

«Möglich. Klingt nach Routine. Also eigentlich nichts, wofür der oberste Chef zuständig wäre, oder?»

«Das stinkt zum Himmel», grummelt Kappe und greift nach seinem Mantel. Er muss sich bewegen, er muss irgendetwas machen. Pelletier scheint in den Fall verwickelt zu sein. Er weiß nicht, inwiefern sie für den überhaupt noch zuständig sind. Der französische Stadtkommandant kann ihnen den Fall jederzeit entziehen, wenn sie gegen Angehörige der alliierten Streitkräfte ermitteln, und ihn an das Tribunal du Gouvernement Militaire Français de Berlin verweisen. Es ist Kappe einerlei. Hauptsache, er kann irgendetwas tun. Nur was um Himmels willen soll Pelletiers Motiv gewesen sein? Kennt er einen der anderen Verdächtigen persönlich? Und warum lügt er? Kappe wird klar, dass sie keinerlei Informationen über den privaten Hintergrund des Franzosen haben.

«Willst du nun zum Flughafen fahren?», fragt Landsberger. «Pelletier läuft uns doch nicht weg. Wir könnten ihn vorführen lassen.»

«Der wird nicht kommen.»

«Wir müssen noch die Kinder und Frauen von Karl Rosen überprüfen. Da sehe ich ein viel stärkeres Motiv.»

«Mach du das», sagt Kappe. «Ich fahre auch gleich noch bei diesem amerikanischen Beerdigungsinstitut in Zehlendorf vorbei. Madam Mambo Bajou wollte heute Morgen die Leiche von Karl Rosen aus der Gerichtsmedizin entführen.»

Landsberger klappt die Kinnlade herunter. «Einfach so?».

«Im Auftrag von Doktor Borucki», antwortet Kappe. Die Bürotür fällt hinter ihm ins Schloss.

Peter Kappe steht auf der Straße vor dem Polizeirevier. Ein feuchtkalter Sprühregen vernebelt ihm die Sicht. Sollen sich doch alle gegenseitig umbringen! So ganz unschuldig ist schließlich niemand. Kappe weiß nicht, was er machen soll. Vielleicht sollte er die Polizei rufen und sie anschreien, dass sie seine Frau suchen sollen, jetzt sofort, verdammt noch mal!

Es gelingt ihm nicht, die Folie von einer neuen Packung Zigaretten abzuziehen. Also stopft er die Packung wieder in die Tasche. Er setzt sich ins Auto und fährt zum Kindergarten seiner Tochter. Durch ein mit Strohsternen beklebtes Fenster beobachtet er, wie Tabea mit anderen Kindern im Kreis sitzt. Sie halten sich an den Händen und singen ein Weihnachtslied. Die Kleine sieht glücklich aus. Wenn sie lacht, wird ihre Nase kraus, genau wie bei Sarah. Kappe heult noch, als er schon wieder auf die Autobahn fährt.

Das Mambo Bajou Memorial Home befindet sich in einer Gründerzeitvilla an der Clayallee, schräg gegenüber der Außenstelle der amerikanischen Botschaft in Berlin. Zwei gewaltige Kronleuchter hängen in jedem der beiden bodentiefen Fenster zur Straße, dahinter eine schwere violette Gardine. Kappe sucht nach der Klingel, aber es gibt nur einen polierten Messingtürklopfer. Als er ihn betätigt, fällt ihm ein Songtext von Bob Dylan ein: *Knock, knock, knockin' on heaven's door.* Die Tür öffnet sich, und vor ihm steht eine kreolische Göttin. Sie trägt riesige goldene Ohrringe, ein afrikanisches Kleid mit violetten Blumen und um den Kopf einen kunstvoll geknoteten Turban aus demselben Stoff. Das Kleid ist auf einer Seite schulterfrei und gibt den Blick frei auf ein Schlüsselbein, so fein geschwungen und spektakulär wie ein karibischer Palmenstrand. Auch ihre dunklen Lippen schimmern violett.

Die Frau lacht, als sie Kappes Blick bemerkt. «Herr Peter Kappe von der Mordkommission 6?», fragt sie in akzentfreiem Deutsch.

Kappe nickt. Alles, was ihm spontan eingefallen wäre, hätte nicht ins Protokoll gepasst, deshalb fragt er: «Sind Sie Frau Mambo Bajou?»

«Ist das nicht offensichtlich?» Sie lacht und rekelt sich in ihrem Kleid, sodass hier und da etwas sichtbar wird, das einem Geständnis gleichkommt.

Kappe hat sämtliche Fragen vergessen, wie ein Schuljunge, der an die Tafel gerufen wird. «Ich hätte ein paar Fragen», sagt er trotzdem. «Darf ich kurz hineinkommen?»

Mit einer einladenden Geste tritt sie beiseite. Alles in ihrem Memorial Home ist gleißend weiß – weiße Marmorsäulen, ein weißer Lacksarg, ausgeschlagen mit weißem Satin. Sie nehmen an einem chinesischen Tisch Platz. Darauf steht eine Schale mit exotischen Früchten, die Kappe noch nie gesehen hat. Im weißen

Porzellan dampft bereits ein Tee, der nach Mango und Papaya duftet.

«Sie wollten heute morgen Herrn Rosen aus dem Leichenschauhaus abholen?»

«Das ist mein Job.»

«Was machen Sie genau?»

«Bei mir gibt es den Rundumservice. Wo auch immer Sie auf der Welt sterben, ich hole Sie nach Hause. Ich bin auf Überführungen spezialisiert. Vor allem bringe ich die amerikanischen Jungs zurück in ihre Heimat. Ich lasse sie in einen Zinksarg einlöten und dann – New York, New York! Oder was gerade ansteht. Aber natürlich bin ich auch Mitglied im Bundesverband Deutscher Bestatter. Ich habe einen Gewerbeschein und gebe jeden Monat eine Umsatzsteuervoranmeldung ab. Ich wasche und kämme die Toten, ich beantrage Totenscheine. Reine Routine. Aber die Beerdigung von Kalle Rosen wird ein richtiges internationales Ereignis. Wir werden die Langemarckhalle am Maifeld mieten. Hagen sagt, Kalle habe sich gewünscht, dass Supertramp auftritt und Udo Lindenberg. Es werden aber wohl nur die Original USA Gospel Singers kommen.»

«Wer hat Ihnen denn gesagt, dass die Leiche von Herrn Rosen freigegeben ist?»

«Hagen. Doktor Borucki. Er ist Rechtsanwalt und hat sich um Kalles Geschäfte gekümmert.»

«In welchem Verhältnis stehen Sie zu Doktor Borucki?»

«Er ist mein Verlobter.» Sie streckt ihm einen funkelnden Brillantring entgegen. «Es wird eine ausschweifende New-Orleans-Jazz-Hochzeit im nächsten Jahr im Berlin Hilton geben!»

Dr. Niedergesäß hatte also recht. «Das heißt, Sie kennen René Bliss und Marc Monroe.»

«Wir haben oft zusammen gefeiert.»

«Ich habe Sie gestern um ein Geschäft gebracht: Marc Monroe. Er hat eine Überdosis genommen. Ich habe ihn aber rechtzeitig gefunden.»

«Ach, du je!» Sie blinzelt, ihre Wimpern werden feucht. «Der Marc, so ein böser Junge!»

«Reden Sie mal mit ihm. Erzählen Sie ihm das mit dem Zinksarg. Vielleicht schreckt ihn das ab.»

«Irgendwann müssen wir alle gehen, nicht wahr?»

«Ist schon einmal etwas schiefgegangen bei so einer Überführung?»

«Diese Frage muss ich nicht beantworten.» Sie fingert an ihren klimpernden Ohrringen.

«Ich frage das rein privat. Das, was Sie tun, fasziniert mich. Es wird Ihnen ja nicht entgangen sein, dass ich noch nicht viel Kontakt zu Menschen Ihres Gewerbes hatte.» Er sagt «Ihres Gewerbes», als sei es etwas Unanständiges. Und tatsächlich ist es ja auch so eine Art horizontales Gewerbe.

Frau Mambo Bajou lächelt kokett. «Es kam mal zu einem Flugzeugabsturz. Da war die Leiche dann perdü. Aber meine Schuld war das nicht.»

Kappe fällt etwas auf. Er stellt seine leere Teetasse ab. «Woher wussten Sie vorhin meinen Namen?»

Die schöne Frau nippt an ihrem Tee. Ihre Augenbrauen heben sich. Sie zögert kurz. «Ich bin eine Mambo», sagt sie.

Kappe blickt sie fragend an.

«Das ist ein Ehrentitel für eine Voodoopriesterin, die weiße Magie praktiziert.» Frau Mambo Bajou lächelt.

Kappe riecht, wie ihm der Tee in Form eines Schweißausbruchs aus allen Poren schießt. Er fragt sich, warum zum Teufel ausgerechnet er heute hier Dienst tun muss.

Da knallt die Mambo die edle Teetasse auf das Tischchen. Sie klatscht sich auf die Schenkel und brüllt vor Lachen. «Das war nur ein Spaß!», keucht sie. «Sie sollten mal Ihr Gesicht sehen! Unbezahlbar! Tatsächlich hat Ihr Kollege vorhin angerufen. Ein sehr höflicher Junge. Sie sollen ihn sofort anrufen, wenn Sie bei mir auftauchen, lässt er ausrichten.» Sie stellt ihr weißes Telefon vor ihm auf den Tisch und nimmt den Hörer von der goldenen Gabel.

Kappe wählt die Nummer vom Büro. Wolf Landsberger hebt beim ersten Klingeln ab. «Komm sofort ins Präsidium!», sagt er. «Es ist etwas für dich abgegeben worden.»

Kappe spürt eine tödliche Kälte im Nacken. «Was ist es denn?», fragt er.

Landsberger seufzt. «Ein Ohr.»

Die Welt sackt unter Kappes Füßen weg. «Komm damit in die Rechtsmedizin», krächzt er. «Sofort!»

Kappe wundert sich über die raspelnde Heiserkeit seiner Stimme. Und er fragt sich, wie er sein Auto wiederfinden und damit nach Moabit fahren soll, ohne sich vor Panik zu übergeben.

Das Leichenschauhaus in der Moabiter Invalidenstraße 59 mit seiner grünen Betonfassade und den winzigen Fenstern wirkt abweisend wie ein überdimensioniertes Trafohäuschen. Man ahnt, es ist wichtig. Aber was darin vorgeht, will kein West-Berliner so genau wissen.

Getrieben von der bösesten aller Vorahnungen, hetzt Peter Kappe über menschenleere weiße Rigipsgänge in einen nebelgrau gekachelten Sektionssaal. Hier stehen drei leere Edelstahltische nebeneinander wie verwaiste Serviertabletts. Auf einem der Tische liegt ein alter Gummihandschuh. Die Jalousien sind geschlossen. Zahllose Lüftungsschlitze der Klimaanlage in der Decke, strahlenförmig angeordnet wie weiße Sonnen, deuten auf eine bedeutungsschwangere Leere hinab.

Kappe zwingt sich, den Saal zu betreten. «Hallo?», ruft er. Es ist kaum mehr als ein Piepsen. Er fixiert das flüchtende weiße Strichmännchen auf dem grünen Notausgangsschild. Es ist immer gut zu wissen, wo es hinausgeht. Es ist warm hier drin, auf eine unangenehm bedrückende Art und Weise.

Wolf Landsberger tritt aus dem Büro von Doreen Niedergesäß am Ende des Saals, Frau Doktor im Schlepptau. Der Kollege trägt einen weißen Kittel und sieht aus wie ein Badearzt in einer Kurklinik. Die beiden haben glänzende Augen und rote

Wangen, so als hätten sie sich ein Sektchen genehmigt. Sie scheinen sich großartig zu verstehen.

«Kappe!» Frau Doktor Niedergesäß grinst. «Warum hat mir denn niemand gesagt, dass bei der Mordkommission jetzt nach Aussehen eingestellt wird?» Da sie hinter Landsberger steht, kann der nicht sehen, wie sie mit der flachen Hand ausholt und einen Klaps auf den Hintern des Kollegen andeutet. Es lebe die Frauenbefreiungsfront!, denkt Kappe.

«Wird immer verrückter, unser Fall!», stellt Landsberger mit erhobenem Zeigefinger und der Ernsthaftigkeit von 1,5 Promille fest.

«Wo ist es?», fragt Kappe. Die Knie werden ihm weich. Er muss sich am Türrahmen festhalten.

«Tisch drei.»

Ach herrje! Tatsächlich. Was er für einen zerknüllten Gummihandschuh gehalten hat, ist eine Ohrmuschel mit einem Ohrläppchen. Verloren, gelblich, einsam. Mit einem winzigen Loch für einen Ohrring. Klein, zierlich und elegant. Kappe ist kein Fachmann, aber für ihn ist das eindeutig ein Frauenohr.

«Es wurde beim Pförtner für dich abgegeben. In einer Pralinenschachtel», sagt Landsberger. «Was zum Teufel bedeutet das, Kappe?»

Kappe stupst das Ohr mit dem Finger an. Es ist eiskalt und federleicht. Ist das Sarahs Ohr? Er zieht einen Gummihandschuh aus einer Pappschachtel, streift ihn über, hebt das Ohr hoch und hält es gegen das Licht. Hat er dieses Ohr am Wochenende geküsst, Liebesdinge hineingeflüstert? Oder ist es das Ohr einer Fremden, die noch nie geliebt wurde? Das Herz wird ihm eng. Er weiß es nicht. Vier Jahre sind er und Sarah verheiratet. Ist er ein schlechter Ehemann, weil er Sarah nicht an ihrem Ohr erkennt? «Hand aufs Herz, Frau Doktor Niedergesäß», flüstert er. «Würden Sie das Ohr Ihres Mannes erkennen, wenn er selbst nicht mehr dranhinge?»

«Jederzeit. Das erkenne ich an der Farbe der Haarbüschel, die da rauswachsen!» Ihr Lachen kommt tief aus der Kehle.

«Warum fragst du das?», will Landsberger wissen. «Was läuft hier? Was ist das für ein Ohr? Wer will uns damit etwas sagen?»

«Also, was haben wir für Optionen?» Doreen Niedergesäß verschränkt die Arme vor der Brust. «Ich könnte schauen, ob ich noch ein bisschen Blut am Ohr finde. Dann kann ich vielleicht die Blutgruppe bestimmen. Und mit einer Gewebeprobe kann ich feststellen, ob es sich um ein Männer- oder ein Frauenohr handelt. Ich bin mir allerdings aus rein anatomischen Gründen bereits ziemlich sicher, dass es ein Frauenohr ist. Die Frage ist: Was nützt uns das? Haben wir sonstige Hinweise? Haben Sie irgendeinen Fall, in dem ein Ohr eine Rolle spielt?»

«Karl Rosen – Musik – Ohr?», spekuliert Landsberger mit hochgezogenen Augenbrauen.

«Finde ich zu weit hergeholt», sinniert Dr. Niedergesäß. «Außerdem – was sollte die Botschaft sein? Ich glaube eher, Sie sind der Mafia zu nahe getreten. Oder haben Sie jemandem das Ohr abgekaut in letzter Zeit?» Landsberger und Doktor Niedergesäß schütteln sich aus vor Lachen.

Kappe lässt die beiden stehen. Mit ein paar schnellen Schritten ist er im Büro von Frau Doktor. Auf dem Schreibtisch steht eine halb leere Flasche Carstens SC. Kappe setzt an und leert die Blubberbrause in einem Zug. Seine Nase kribbelt wie wild. Es dauert nur ein paar Sekunden, bis der Alkohol wie eine warme Welle über sein Bewusstsein schwappt. Er knallt die leere Flasche zurück auf den Tisch, fummelt eine Zigarette aus der Schachtel und zündet sie an. Einmal so richtig die Lunge ausräuchern. Auf dem Kalender hinter dem Schreibtisch der Pathologin ist schon der Januar zu sehen. *Hier stehe ich an den Marken meiner Tage,* ist auf dem Kalenderblatt zu lesen. Kappe fragt sich, wie sehr sich das Leben eines Mannes ändern muss, bis er selbst sich ändert.

Landsberger und Frau Niedergesäß tuscheln wie Teenager. Sie starren ihn an, als er zurück zum Seziertisch kommt.

«Ich muss Ihnen etwas sagen.» Kappe lässt den Zigarettenrauch diabolisch aus der Nase quillen.

«Ich Ihnen auch.» Dr. Niedergesäß hält das Ohr mit einer Pinzette hoch. «Ich zuerst. Hier, sehen Sie das? Die Schnittstellen sind sehr sauber, und es gibt keine Einblutungen. Wenn Sie mich fragen – das Ohr wurde postmortal entfernt.»

«Post… was?»

«Ganz klar, die Frau war schon tot, als ihr das Ohr abgeschnitten wurde.»

Die Wände des Sektionssaals scheinen in weiter Ferne zu zerfließen. Manche Dinge machen einem Bürgersöhnchen mehr zu schaffen, manche weniger. Entweder Kappe verschwindet jetzt sofort. Oder er vertraut sich den Kollegen an. Zwei Möglichkeiten, sein Körper entscheidet sich für die dritte. Kappes Verstand platzt wie ein Luftballon voller Wasser. Er fällt, und er fällt hart. Es gibt eben für alles eine Grenze.

Er kann seinen Körper nicht bewegen. Der wiegt Tonnen. Im Kopf sitzt ihm ein dumpfer Nebel, wie an einem Tag mit Südostwind aus Bitterfeld. Smogalarm Stufe 3. Es stinkt nach Eisen und Blut. Er hört Stimmen, aber das ist unwichtig. Sarah steigt zu ihm in den Wagen. Ihre braunen Augen glühen, das wilde Haar leuchtet himmelblond, sie riecht nach Wind und Sonne. Er spürt ihre Aura wie Frühlingsluft auf seiner Haut. Wie von selbst startet er den Motor des Opel Rekord und fährt los.

Ihr Lächeln kitzelt sein Gesicht. Wahrscheinlich grinst er dumm, aber das weiß er nicht. Er verliert sich sofort und lauscht nur noch dem Rauschen ihres Plauderns. Was sie sagt, versteht er nicht. Sein Herz schlägt viel zu langsam. Er badet in der Wonne, sie bei sich zu haben. Er spürt der Weite seines Atems nach. Eine dunkle Stimme in seinem Kopf sagt: Sie will dir gehören – nimm sie dir!

Sein Herz hat sich beruhigt, es bleibt fast stehen. Es schlenzt seinem Verstand die Antwort entgegen: Warum sollte ich sie besitzen wollen?, fragt es. Ich liebe sie doch schon.

Du wirst sie wieder verlieren, mahnt die Kopfstimme.

Ich kann sie nie mehr verlieren. Sein Herz schmunzelt träge. Ich habe doch diesen Moment. Und sieh doch, wie sie funkelt!

Kappe lacht sich selbst aus.

Platsch! Etwas klatscht ihm ins Gesicht.

«Tut mir leid, Junge», sagt eine weibliche Stimme. «Wenn du aufwachst, biete ich dir das Du an.»

Kappe kannte mal einen Kommissar, seinen Onkel Hartmut. Der war Major bei der Volkspolizei in Ost-Berlin. Er hatte für einen Tipp in einem Mordfall einen Pakt mit dem Teufel geschlossen. Den hatte er einfach angerufen und gesagt: «Können Sie mir in diesem Fall weiterhelfen?» Da hat der Teufel gelacht und gesagt: «Klar, kann ick. Und wie wollen Se zahlen?» Daraufhin hat der Hartmut noch ein bisschen rumgezetert, von wegen Sozialismus und Volkseigentum und so. Er hat ihm aber doch seine Seele verkauft. Und schwups – schon war er SED-Mitglied und hatte eine Kontaktsperre zu seinen Westverwandten. Den Fall hat er wohl trotzdem gelöst. Kappe versteht den Onkel Hartmut. Nur ein Idiot erwartet, etwas ohne Gegenleistung zu bekommen. Kappe würde sofort beim Teufel anrufen und nach Sarah fragen, wenn er die Nummer hätte.

Wieder klatscht ihm etwas ins Gesicht. Irgendjemand ruft nach einem Peter. Vielleicht meinen die ihn? Kappe schlägt probeweise die Augen auf. Zwei weiße Gespenster wabern durch den Lichtnebel um ihn herum. Eines hält ihm eine nach Campher und Terpentinöl stinkende Dose unter die Nase. Das andere hat ihm gerade eine gescheuert.

«Endlich!» Doreen Niedergesäß seufzt. «Ich dachte schon, Sie wollten hia meen Patient werden.»

Worauf liegt er? Seine Hand ertastet glatten Edelstahl. Er fährt hoch, rutscht vom Tisch, wird von Landsberger aufgefangen. «Wo ist meine Waffe?», keucht er und stößt den Kollegen weg.

«Was willst du denn damit?» Landsberger nimmt ihn in den Schwitzkasten. «Komm zu dir, Kappe, verdammt noch mal!»

Kappe wert sich, aber Landsbergers Arme umklammern ihn wie Stahlbänder.

«Ich … ich muss jemanden umlegen! Lass mich! Ich … ich muss …»

Landsberger schüttelt ihn, bis er aufgibt.

«Wo ist die Toilette?», fragt Kappe.

Landsberger bringt ihn hin. Der Kollege sagt nichts, fragt nichts, ist einfach nur da. Ein starker, solider Arm, der ihn aufrecht hält. Landsberger schiebt ihn in die Herrentoilette und wartet draußen. Es ist es sehr hell und sauber hier. Kappe würde sich gerne übergeben, er hat aber heute noch keine feste Nahrung zu sich genommen. Erfolglos starrt er in den Spiegel. Auf jeder seiner Wangen brennt der feuerrote Abdruck einer Pathologinnenhand. Unter die Nase hat ihm Landsberger eine ordentliche Portion Wick VapoRub geschmiert.

Als er zurück in den Seziersaal wankt, stellt Dr. Niedergesäß die Erkältungssalbe gerade zurück in eine Vitrine.

«Widerliches Zeug!», schnaubt er.

«Das benutzen wir immer, wenn die Besucher den Leichengeruch nicht vertragen.» Sie strahlt und winkt mit einem Stethoskop. «Da kippt öfters mal einer aus den Latschen. Darf ich dich abhören? Wir haben hier so selten ein schlagendes Herz.»

«Augen auf bei der Berufswahl!» Kappe sinkt auf einen Hocker und knöpft sein Hemd auf. Was auch immer er jetzt tut, er kann es unter keinen Umständen alleine machen. «Gibt es hier eigentlich nur Sekt, oder haben Sie auch Nescafé?»

Doreen Niedergesäß holt drei Tassen aus einem Schrank.

«Das Ohr», fragt Landsberger, «was hat es zu bedeuten?»

Sarah ist tot, und er ist allein mit Tabea. Er wird nie wieder mit jemandem reden können. «Es bedeutet, dass alles vorbei ist», murmelt Kappe.

«Ach Kappe, zieh dich erst mal wieder an.» Doreen Niedergesäß lacht ihr Pferdelachen. Mechanisch knöpft Kappe sein Hemd zu. «Du weißt doch – solange die dicke Frau singt, ist die

Oper noch nicht vorbei!» Sie drückt ihm die Kaffeetasse in die Hand und stößt mit ihm an. «Ich bin übrigens die Doreen. Also, für niedliche Kollegen die Doro, Doktor Doro. Ich bin der Meinung, wenn man ein bisschen lockerer miteinander umgeht, dann hat man gleich mehr Spaß an der Arbeit.»

Aber ein West-Berliner hat keinen Spaß. Er braucht auch keinen Spaß. Ein echter West-Berliner ist gewachsen auf Beton. Die Vorspannung und Härte des Mauermaterials hat ihn mit den Jahren durchdrungen. Über allem und jedem in West-Berlin liegt ein dreckiger, saurer Sprühregen. West-Berlin, das ist eine Stadt und kein Spaß. Kappe nippt an dem Kaffee. Ohne Zucker ist dieses Zeug so gallenbitter wie ein Tag im Landeskriminalamt. Polizist sein in West-Berlin, das macht noch aus einem Rauschgoldengel einen Zyniker.

«Ich bin der Peter», hört Kappe sich trotzdem sagen.

Die beiden Kollegen atmen hörbar aus.

«Willst du uns nicht sagen, was es mit diesem Ohr auf sich hat?» Frau Niedergesäß klappert mit den Wimpern und strahlt Kappe mit glänzenden roten Wagen an wie eine wohlgenährte Mutter Gottes.

«Wir würden dir gerne helfen.» Landsberger lächelt so milde wie der heilige Josef. «Jetzt spuck's endlich aus!»

«Was ist denn mit den roten Schuhen, Doktor Doro?», greint Kappe. «Oder mit dem Merci de Dieu? Ist da nun Blut dran? Und was ist mit den ganzen Kindern von Karl Rosen, Landsberger? Sind darunter Massenmörder? Ich meine, es würde mir … würde mir wirklich helfen, wenn sich hier einfach jeder auf den Hintern setzen und seine ganz normale Arbeit machen würde!»

«Ich habe Blut gefunden.» Dr. Doreen Niedergesäß verschränkt die Arme und schiebt die Unterlippe vor. «An der Schuhferse einer der roten High Heels. Aber es ist verdammt wenig. Vielleicht hatte René eine Blase? Es reicht auch nicht für eine Blutgruppenbestimmung. Und der Dolch von Monroe war sauber. Wahrscheinlich wurde er schon mal restauriert.»

Also alles wieder auf Anfang. Herrjeh! Eigentlich fehlt Kappe jegliche Kraft für diesen Mummenschanz. Ein hübsches Krippenspiel ist das hier, kurz vor Weihnachten. Nur dass die Krippen aus Edelstahl sind. «Das ist Sarahs Ohr», krächzt er.

«Wer ist Sarah?», fragt Doreen Niedergesäß.

«Meine Frau.»

«Aber wieso ...»

«Ich weiß es nicht.» Kappe fummelt seine Zigaretten aus der Hosentasche. «Sarah ist seit gestern früh verschwunden.»

«Das ist eine Nummer zu groß für uns.» Wolf Landsberger seufzt und gibt Peter Kappe das Foto von Sarah zurück. «Wir müssen es dem Chef sagen. Und deinem Vater.»

Kappe winkt ab. «Vergiss es. Wenn wir das an die große Glocke hängen, sind wir den Fall los, und Kriminalhauptkommissar Harry Engländer ruft bei der Bundespolizei in Bonn an. Und mein Vater, der würde gleich mit dem großen Besteck angreifen. Dann müssen wir um Sarahs Leben fürchten. Wenn sie überhaupt noch lebt.» Kappe ascht in eine Nierenschale.

«Halten wir fest», sagt Doreen Niedergesäß, «deine Frau ist verschwunden. Aber hängt das überhaupt mit der Ermordung von Karl Rosen zusammen? Wenn wir ehrlich sind, wissen wir es nicht. Wir haben keinen Anhaltspunkt dafür, dass sie entführt wurde. Es wurden keine Forderungen gestellt. Deine Frau könnte genauso gut im Rudolf-Virchow-Krankenhaus einen kessen Oberarzt kennengelernt haben und durchgebrannt sein. Aber ich habe eine Idee.»

«Ich auch.» Kappe wischt sich die Müdigkeit aus dem Gesicht. Er braucht nur einen Asservatenbeutel und ein Feuerzeug, und dann wird er dieses gottverlorene West-Berlin von rechts auf links drehen. Für Sarah.

Doktor Niedergesäß gibt ihm beides. Landsberger fährt ihn nach Hause und bringt ihn bis zur Wohnungstür. Vielleicht ist das selbstverständlich. Vielleicht hätte Kappe das auch gemacht.

Als sie die Treppe zum ersten Stock hinaufsteigen, sieht

Kappe sofort, dass die Wohnungstür nur angelehnt ist. Landsberger drückt sie auf. Bilder von den Wänden gerissen, Schubladen ausgekippt, Regale umgeworfen, Kleidung aus den Schränken gefetzt, Matratzen, Federbetten und Polstermöbel aufgeschlitzt. Die Wohnung ist ein Schlachtfeld. Kappe hat plötzlich keine Körperspannung mehr, keine Kraft, keine Fassung. Er fängt noch im Flur an zu flennen. Landsberger hält ihn fest und streicht ihm übers Haar. Seine Brust riecht warm und ruhig, nach dunklen Hölzern. Dann schafft der Kollege für Kappe auf dem Sofa Platz, legt eine Decke über den Schlitz im Polster und eine über Kappes Beine. Er kocht ihm einen Kamillentee, stellt die Regale wieder auf und räumt das Gröbste zurück in Schränke und Schubladen. Es ist tief in der Nacht, als er sich schließlich auf einen der Sessel fallen lässt.

«Was haben die gesucht?», fragt er den eindämmernden Kappe.

«Einen angekohlten Zehnmarkschein, vermute ich», seufzt Kappe.

«Was ist das nun schon wieder für eine Geschichte?», fragt Landsberger erschöpft.

«Das erzähle ich dir morgen», murmelt Kappe.

# ACHT

## Freitag, 13. Dezember 1974

DIE KOCHSTRASSE am Checkpoint Charlie in der feuchtkalten Dämmerung des frühen Morgens: Eine wohlig unheimliche Idylle wie in einem von Atze Brauners Dr.-Mabuse-Filmen. Josef Bolp steigt mit einem Pulk anderer Frühaufsteher die Treppen des Bahnhofs Kochstraße hinauf, umspült von der warmen Luft in den U-Bahn-Tunneln.

Bolp ist es nicht gewohnt, mit den öffentlichen Verkehrsmitteln zu fahren. Aber sein Jaguar XJ ist in der Werkstatt. Er zieht fröstelnd den Mantel zusammen, als er auf das kürzere, schäbige Ende der Friedrichstraße tritt. Zwei Häuserblocks weiter sieht er die diesigen Lichter des amerikanischen Kontrollhäuschens am Checkpoint Charlie. Baulücken und zerbombte Prachtbauten wechseln sich hier ab, an den Straßenecken Theaterkassen und Zigarettenläden. Vom neuen Axel-Springer-Verlagshochhaus her taucht ein 75er Bus elfenbeingelb aus dem Dezembernebel auf, macht auf der Kreuzung Werbung für Doornkaat und dieselt dann weiter Richtung Wilhelmstraße.

Eine große Hand umklammert Bolps Arm von hinten. Er fährt herum. Ein blonder Polizist mit kantigem Gesicht steht hinter ihm. «Einen schönen Tag, Herr Bolp!» Er grinst. «Sie können etwas wiedergutmachen.»

Bolp reißt sich los. «Lassen Sie mich in Ruhe!»

«Sie haben mich ja bei unserer letzten Begegnung ganz schön auf den Arm genommen.» Der Mann hat Zähne wie ein Hollywood-Vampir, und er fletscht sie bedrohlich.

«Nicht schon wieder diese Leier! Ich hab Ihnen doch bei unserem letzten Telefonat bereits gesagt, dass ich mich da wohl geirrt habe», nuschelt Bolp. «Ein unentwickelter Film sieht aus wie der andere.»

«Der Deutsche Presserat sieht das anders.» Die Hand des Polizisten schließt sich um Bolps Krawattenknoten und hebt ihn hoch. «Der Mörder ist noch flüchtig, und Sie heizen die Sensationsgier der Leute an. Ich könnte den Staatsanwalt auf Sie aufmerksam machen. Sie könnten Ihren Presseausweis verlieren.»

Bolp keucht und zappelt herum. «Das dürfen Sie nicht! Es gab keine offizielle Nachrichtensperre.» Sein Atem pfeift. «Das war doch nicht persönlich gemeint. Jetzt lassen Sie mich runter! Ich muss in die Redaktion!» Aber der Bulle hält ihn eisern fest und lächelt süffisant. Bolp weiß, er war zu dreist. Der Bulle wartet doch nicht wirklich, dass ihm die Luft ausgeht? Wie hieß der Macker noch mal? Ach ja, Wolf Landsberger. Mordkommission 6. Einer von den jungen Wilden aus der Keithstraße. Bolp hebt die Hände, solange er noch kann. «Okay, okay», fiept er mit schmerzender Kehle. «Setzen Sie mich ab, dann reden wir!»

«Klingt gut.» Wolf Landsberger lässt ihn los, ohne Vorwarnung.

Bolp knallt auf das feuchte Pflaster wie ein Müllsack. Seine Kniescheiben explodieren. Aber er hat keine Zeit zum Leiden.

Landsberger stellt ihn wieder auf die Beine. Der Bulle hat ein Kinn wie ein Klappspaten. Und dieses Kinn schiebt sich direkt auf Bolps Gesicht zu. «Du hast deinen Spaß gehabt. Und wenn du noch weiter in West-Berlin als Journalist arbeiten möchtest, sorgst du dafür, dass ich nun auch meinen Spaß habe.» Landsberger drückt ihm ein Blatt Papier in die Hand. «Sehen Sie zu, dass das morgen im *Berliner Blitz* steht. Schön groß und schön weit vorne. Dann werden wir vielleicht doch noch Freunde.»

Bolp starrt auf das Papier. Das kann nicht sein!, denkt er und hebt den Blick. Er sucht Landsbergers Gesicht ab. «Sie haben einen Hinweis?», setzt er an.

«*C'est le cœur de tout.* Hier schlägt das Herz unseres neuen Flughafens», sagt Jean Marie Pelletier. Er zeigt auf einen von vier Monitoren. Ein grüner Punkt markiert ein gestartetes Flugzeug. Der Franzose hat Peter Kappe mit auf den Tower genommen.

«Wir sind hier in der Towerkanzel, das heißt in 47,5 Meter Höhe», erklärt Pelletier mit Besitzerstolz in Haltung und Stimme. «Heute Morgen ist das Wetter klar, unsere beiden diensthabenden Fluglotsen haben freie Sicht auf die Nord- und die Südpiste. Auf der Nordbahn oder 08L/26R, wie sie offiziell heißt, landen die Flugzeuge. Sie ist 3023 Meter lang und 46 Meter breit. Von der kürzeren, der südlichen Piste wird gestartet.»

Richtung Spandau sieht Kappe die Schornsteine des Kraftwerks Reuter. Eine mächtige weiße Dampfschwade dringt aus dem Kühlturm, als würden dort die Wolken gemacht. Am Horizont zieht ein Gewitter auf.

«Dieser Flughafen ist etwas Besonderes, *n'est-ce pas?*», fragt Pelletier.

Kappe nickt. «Wenn das hier erst mal ein bisschen Patina ansetzt, dann bekommt der Flughafen auch noch eine Seele.» Fasziniert starrt er auf das Radarbild des Luftraums. Der grüne Punkt, das eben gestartete Flugzeug, verschwindet aus der Kontrollzone des Towers, die auf dem Monitor weiß umrandet dargestellt wird.

Pelletier legt einem seiner Lotsen die Hand auf die Schulter. «Ein Fluglotse, das ist ein Künstler. Er kann in Sekundenschnelle im Kopf anhand eines zweidimensionalen Bildes ein dreidimensionales Szenario errechnen. Dazu braucht er nur die Höhe und Geschwindigkeit der Flugzeuge, die er überwacht.»

«Ist dabei schon mal etwas schiefgegangen?», fragt Kappe.

Pelletier fixiert mit einem Feldstecher eine Caravelle, die Richtung Osten startet, Richtung Pankow. «*C'est possible.* Hier kann alle eineinhalb Minuten eine Maschine landen», sagt der Franzose. «Da wäre es ein Wunder, wenn immer alles glattginge. Alle Flüge müssen mindestens zwei Stunden zuvor im Berlin Air

Safety Center, kurz BASC, angemeldet werden. Der Antrag muss von Vertretern aller vier Mächte befürwortet werden. Die Sowjets stimmten nicht immer zu. Wir tragen in solch einem Fall auf der Flugsicherheitskarte einen Vermerk ein: *Sicherheit des Fluges nicht garantiert.*»

Kappe tritt dicht neben Pelletier. «Sie haben mich angelogen», zischt er ihm ins Ohr. «Der Staatsanwalt hat Einsicht in die Liste der Personen erhalten, die sich zum Tatzeitpunkt auf dem Vorfeld aufgehalten haben. Sie waren selbst da, und Sie hatten sogar die Erlaubnis vom Tower. Was wollten Sie auf dem Vorfeld? Haben Sie Karl Rosen gesehen? Sie können mir doch nicht erzählen, dass Sie als technischer Leiter das Austauschen der Glühbirnen beaufsichtigt haben.»

Pelletier schweigt und sucht mit dem Feldstecher das Gelände ab. Dann stellt er das Fernglas ab und mustert Kappe gründlich von oben bis unten. «Ich bin ein Soldat der Alliierten», sagt er. «Wir sind die Siegermächte. Ich muss nicht mit Ihnen reden.»

«Natürlich nicht. Es gibt da nur ein winzig kleines Problem. Ich habe mich ein bisschen schlau gemacht über Sie. Sie haben Karriere gemacht in der Armee Française à Berlin. Da kommt man nicht mehr so oft nach Hause, was? Dabei haben Sie doch ein nettes Häuschen, Nummer 10 Rue Balu, Villeneuve-le-Roi, Île-de-France. Und passend zu dem Häuschen haben Sie auch eine nette Gattin. Sogar ein niedliches, kleines Mädchen haben Sie. Mein Kollege Landsberger könnte Ihre Frau anrufen. Der weiß sogar, was Fremdgehen heißt: *être infidèle.* Sind Sie nicht ein Geheimnisträger, der eine Liebschaft melden müsste?»

Pelletier hört, was Kappe über sein Pariser Vorstadtidyll sagt, und Kappe sieht ihm beim Denken zu. Der Offizier wägt das eine Übel gegen das andere ab. Und weil er ein zackiges Bürschchen ist, braucht er dazu nur ein paar Sekunden. «Kommen Sie mit», fordert er Kappe auf. «Ich zeige Ihnen etwas.»

Sie steigen schweigend in den Fahrstuhl. Die Luft zwischen ihnen wird hart wie Beton.

«Was meinen Sie», fragt Kappe trotzdem, «warum geht der Mensch fremd?» Er erwartet, dass Pelletier ihm über den Mund fährt. Aber das Gegenteil geschieht.

«Man ist nicht unglücklich», murmelt Pelletier. «Man denkt nur, man könnte vielleicht noch glücklicher sein.» Seine Unterlider hängen ihm rot und eine Nummer zu groß unter den feuchten Augen wie die eines traurigen Bassets. «Man war lange im Krieg, *n'est pas?* Im Krieg denkt man, man stirbt sowieso – aber im Jenseits, da wird man glücklich sein. Plötzlich ist der Krieg vorbei, und man lebt immer noch. Man kommt nach Berlin. Man entdeckt die Menschlichkeit der Deutschen. Da überlegt man: *Mais oui,* vielleicht kann ein Mann doch schon auf Erden glücklich sein und nicht erst im Jenseits.»

Kappe steckt sich eine Zigarette zwischen die Lippen, ohne sie anzuzünden. «Das hat aber nicht geklappt», stellt er fest.

«Sie war eine sehr schöne Frau», sagt Pelletier verträumt.

«Etwas zu bekommen ist immer leichter, als etwas zu behalten.» Die Spannung zwischen Kappe und Pelletier löst sich auf. Kappe weiß, wovon er spricht. Wenn man Autorität erlangen will, ist es wichtig, ein Schicksal zu haben. Jeder, der ein Schicksal hat, kann auch etwas – und sei es nur leiden.

Sie verlassen das Terminal. Pelletier zeigt auf einen unauffälligen Kastenwagen. Kappe steigt ein. Er fragt sich, ob er sich gerade mit einem Mörder solidarisiert. Andererseits – sich gemeinsam empören ist noch keine Solidarität. Solidarität entsteht erst durch das gemeinsame Tun.

Pelletier lässt den Motor an und fährt los. «Sie liegen richtig, *Monsieur le Commissaire*», sagt er. «Natürlich geht es hier um ein Geheimnis.»

«Wohin fahren wir?», fragt Kappe.

«Zum Grenzübergang Staaken an der Heerstraße», antwortet Pelletier.

Kappe schweigt und raucht, während sie über die Stadtautobahn fahren. Es geht die Heerstraße entlang, zunächst durchs

Grüne, dann vorbei an nagelneuen West-Berliner Plattenbauten. Der Kontrollpunkt kündigt sich mit rot-weiß gestrichenen Betonbarrieren und einem improvisiert anmutenden Schild mit der Aufschrift *You are now leaving the British Sector* an. Schlagbäume, Vopos, dahinter die Ödnis des Havellands. Eine DDR-Fahne weht links an einem Betonmast. Eine Holztafel mit Hammer und Sichel grüßt: *Willkommen in der Deutschen Demokratischen Republik.* Kein Grund zur Freude, denkt Kappe.

Pelletier fährt an einen Schlagbaum heran und zeigt dem Vopo ein Papier. Der Mann grüßt nicht, deutet aber auf einen Parkplatz abseits der Zollbaracken. Dort stehen bereits einige Militärfahrzeuge. Kappe erkennt Hoheitszeichen der Russen und der Amerikaner. Die Fahrzeuge der Russen sind schwere Lkw. Sie sind mit Trümmerteilen eines Flugzeugs beladen. Zerknautschtes, zerrissenes Aluminium. Ein Bergungskonvoi. Der kaum noch zu erkennende Schriftzug auf der zerstörten Maschine weist diese als eine Boeing der Pan Am aus.

«Sie bleiben im Wagen», zischt Pelletier. «Sie dürften eigentlich gar nicht hier sein.»

«Was wird das hier?», fragt Kappe.

«Höchste Geheimhaltungsstufe. *Opération classée top secret.* Wir erhalten Teile eines abgestürzten Flugzeugs zurück», antwortet Pelletier und springt aus dem Wagen.

Die amerikanischen und russischen Offiziere begrüßen ihn freundlich. Auch ein englischer Militärpolizist ist dabei. Die Männer beugen sich über Papiere und besprechen offenbar Übergabeformalitäten. In der zweiten Reihe steht der diensthabende Oberstleutnant der DDR-Volksarmee. Außer Kappe beachtet ihn niemand. Die Hand, die er den Amerikanern zum Gruß entgegenstreckt, bleibt unergriffen, seine militärische Ehrenbezeigung unerwidert. Kappe spürt, wie der Volksarmist leidet. Ihre Blicke treffen sich. Es ist der blonde Offizier, der ihn vor der Apotheke in den Hausflur gedrängt hat und den angekohlten Zehnmarkschein wiederhaben wollte. Kappe rutscht tiefer in das Polster des Autositzes.

Fünf Minuten später setzt sich als Erstes der Konvoi mit den Leichen der verunglückten Besatzungsmitglieder in Bewegung und passiert die Grenze nach West-Berlin. Amerikaner, Sowjets, Engländer, Franzosen und die West-Berliner Soldaten salutieren dem Defilee der Särge. Die DDR-Posten bewegen sich nicht.

Pelletier steigt wieder ins Auto.

«Was ist passiert?», fragt Kappe, während der Franzose den Wagen zurück auf West-Berliner Gebiet lenkt.

«Das war Pan-Am-Flug 709», seufzt Pelletier. «Eine Boeing 727. Sie war an einem Dienstag Ende August dieses Jahres mit Postfracht von Frankfurt am Main aus nach Tegel unterwegs. Das Wetter war schlecht in dieser Nacht. Sichtweite 2,6 Kilometer, schwerer Regen, Wolkenuntergrenze bei 160 Metern, stellenweise weniger. Den letzten Funkkontakt hatte die Flugsicherung um 2.41 Uhr, direkt danach war die Maschine vom Radar verschwunden. Sie war nur etwa 15 Kilometer von Tegel entfernt. Das Fahrwerk war schon ausgefahren.»

«Wie viele Tote gab es?»

«Es waren drei Besatzungsmitglieder an Bord, alles Amerikaner. Sehr erfahren. Die Sowjets gewährten niemandem Zutritt zu der Absturzstelle. Sie räumten selbst auf, bargen die Toten und die übrig gebliebenen Postsäcke.»

«Postsäcke?», fragt Kappe.

Pelletier geht nicht darauf ein. «Die Flugzeugtrümmer sind nicht vollständig. Wir haben nicht einmal die halbe Maschine. Der Flugschreiber und der Stimmenrekorder fehlen auch. Außerdem das Höhen- und Seitenleitwerk.»

«Ist es üblich, dass etwas fehlt?»

«Ja», antwortet Pelletier. «Als im letzten Jahr ein sowjetischer Abfangjäger in den Spandauer Stößensee gestürzt war, haben es die Briten ähnlich gehalten. Die Russen wissen, dass Pan Am eng mit der CIA zusammenarbeitet. Einige Maschinen haben verschließbare Kameraöffnungen und einziehbare Antennen. Die fliegen auch mal für einige Zeit außerhalb der vorgegebenen Korridore.»

«Haben Sie auch Geld wiederbekommen?», fragt Kappe. «Oder war gar kein Geld in den Postsäcken?»

«Geld?» Pelletier schaut verblüfft. «Ich weiß nichts von Geld.»

Kappe glaubt ihm nicht. Also stimmt die Geschichte, die der Kellner aus der Raststätte Quitzow Kappe hinter vorgehaltener Hand erzählt hat, schlussfolgert er. Damit kommt dem angekohlten Zehnmarkschein eine vollkommen neue Brisanz zu. «Könnte das Flugzeug abgeschossen worden sein?», erkundigt er sich.

«Möglich. Die US-Behörden haben das aber dementiert. Auf den ersten Blick würde ich sagen, das Wrack hatte keine Beschussschäden. Wahrscheinlicher ist, dass der Sinkflug nicht in der vorgesehenen Höhe beendet wurde und die Boeing deshalb etwa drei Kilometer südöstlich des Flugplatzes Döberitz gegen den 63 Meter hohen Alten Mühlenberg geflogen ist. Der Fehler lag wahrscheinlich in der Kalibrierung des Höhenmessers. Frankfurt liegt 100 Meter über dem Meeresspiegel, Tegel nur 37. Das National Transportation Safety Board, die US-amerikanische Verkehrsbehörde, hat mich deshalb heute hierher bestellt, als Vertreter des Flughafens. Sie wollten wissen, ob Tegel noch Funkkontakt hatte. Um 2.41 Uhr in der Nacht zum Dienstag letzter Woche gab die West-Berliner Radarleitstelle die Maschine zur Landung frei: ‹Kurs ist richtig. Turm Tegel wird Sie übernehmen.› Nach einer Umdrehung der Radarantenne, die nur Sekunden dauerte, war die Maschine vom Bildschirm verschwunden.»

«Und deshalb waren Sie auf dem Vorfeld, als der Mord an Rosen geschah?»

«Ich war auf dem Weg zur Luftfrachthalle. Wir hatten einen neutralen Transporter zu entladen, der mit einer Sondererlaubnis aus Staaken gekommen war. Die DDR hat uns einen Teil der Fracht schon vorab zurückgegeben. An den Russen vorbei.»

«Hatte das etwas mit dieser merkwürdigen Spannung vorhin zwischen dem Volksarmisten und den anderen Alliierten zu tun?»

«Die Russen wollen den Absturz gerne vollständig unter den

Teppich kehren. Man munkelt, sie wollten die moderne Elektronik der Boeing 727 ungestört untersuchen. Insbesondere erhoffen sie sich Aufschluss darüber, wie es den Amerikanern möglich ist, die Radar- und Funkkontakte zwischen Flugzeugen und Bodenleitstellen im Berlin-Verkehr vor sowjetischen Störmanövern zu sichern. Vielleicht haben die amerikanischen Zivilflugzeuge sogar Gerät zur Luftaufklärung an Bord. Aber das DDR-Verkehrsministerium bildete unverzüglich eine amtliche Untersuchungskommission und erhob damit Anspruch auf die alleinige Zuständigkeit der Ulbricht-Administration. Zugleich bemühten sich DDR-Abgesandte bei den Sowjets um Erlaubnis für formelle Verhandlungen mit den US-Militärbehörden. Doch die neuerdings wieder auf die Verantwortlichkeit der vier Mächte bedachten Sowjets versagten nach zweitägigem Hin und Her ihre Zustimmung. Sie verwehrten einer New Yorker Untersuchungskommission ebenso wie Offizieren der US-Militärverbindungsmission in Potsdam den Zugang zum Unfallort. Doch sie taten es nicht der DDR, sondern ihrer eigenen Neugier zuliebe. Es war natürlich eine Demütigung, dass die Amerikaner in der ach so souveränen DDR nur Russen als Verhandlungspartner hatten. Man konnte deutlich spüren, dass nicht das Politbüro der DDR da drüben das Sagen hat, sondern der große Bruder in Moskau.»

«Aber?» Kappe hat das Gefühl, der springende Punkt wird noch kommen.

«Aber die Volksarmee war schneller an der Absturzstelle. Man hat von den Russen unbemerkt einen Teil der Ladung, die sehr weit verstreut war, selbst sichergestellt.»

«Verraten Sie mir, was es war, oder muss ich wieder über den Alliierten Kontrollrat gehen?»

Pelletier windet sich, dann sagt er: «Ein paar Postsäcke. Und ein Zinksarg.»

«Und was war im Sarg?»

Pelletier zuckt mit den Schultern. «Eine Frau, die in Frankfurt gestorben ist. Ihr Sohn lebt in Berlin und will sie deshalb hier beisetzen. Ich habe den Sarg von dem DDR-Volksarmisten, der auch vorhin bei der Übergabe dabei war, übernommen und an den Angehörigen übergeben.»

«Wie heißt der DDR-Volksarmist?»

«Oberstleutnant Lothar Laserstein. Der muss gut vernetzt sein. Jedenfalls kann er nach West-Berlin fahren, ohne alliiertes Reisepapier. Das habe ich beim alliierten Reisebüro überprüft. Welchen Übergang er benutzt, weiß ich nicht. Wahrscheinlich Staaken.»

«Wie lautet der Name der Frau in dem Zinksarg?»

«Warten Sie.» Pelletier zieht einen Notizblock aus der Brusttasche seiner Uniform und blättert ihn auffällig umständlich durch. «Tut mir leid. Den habe ich mir nicht notiert.»

Ein Knoten löst sich in Kappes Kopf. «Und das Beerdigungsinstitut, das diese Überführung aus Frankfurt organisiert hat, war das auch vor Ort? Eine schicke schwarze Frau mit einem Zylinder?»

Pelletier nickt müde. «Madam Mambo Bajou. Sie ist oft im Frachtterminal. Als Beauftragter des Chef d'Etat-Major habe ich oft mit ihr zu tun. Wir plaudern immer nett. Jeder kennt sie.»

Kappe verabschiedet sich und fährt zum Kurt-Schumacher-Platz. Dort findet er vor der Postfiliale ein gelbes Münztelefon. In der Kabine stinkt es nach Urin und Zigaretten. Er wirft zwei Groschen in den Geldschlitz und ruft zuerst in der Rechtsmedizin an.

«Es ist ein Frauenohr», sagt Dr. Doreen Niedergesäß ohne jede Einleitung. «Blutgruppe A, Rhesus positiv. Det ist leider die häufigste Blutgruppe übahaupt. 37 Prozent aller Deutschen ham die. Noch wat, Kappe: Die Haut is sehr jelb und wächsern. Wahrscheinlich war die Leiche in eener Kühlung. Bringt uns det weiter?»

Im Weinrestaurant «Habel» am Roseneck trifft sich das gehobene West-Berlin. Peter Kappe hat in der Kanzlei Dr. Borucki & Partner angerufen, aber der Herr Rechtsanwalt war nicht im Hause. Da

Kappe von der Polizei ist und die Vorzimmerdame eine ordentliche Person, hat sie ihm verraten, dass Hagen Borucki im «Habel» zu Mittag isst.

Die Wände sind hier so weiß wie das Tischleinen. Dunkle Holztäfelung mit goldgerahmten Spiegeln und roten Vorhängen machen das Restaurant gerade rustikal genug, um im West-Berliner Mief nicht abgehoben zu wirken.

Als Kappe die Tür zum Lokal öffnet, sieht er als Erstes diesen Frank Zander an der Bar sitzen. Der blonde Spaßrocker, der mit seinem Oberlippenbart aussieht wie ein mandschurischer Reiterfürst, hat im Sommer mit dem Song *Ich bin der Ur-Ur-Enkel von Frankenstein* reüssiert. Tabea amüsiert sich immer, wenn der Unsinn auf SFB 2 rauf- und runterdudelt.

Madame Mambo Bajou und ein Herr in mitternachtsblauem Sakko sitzen etwas abseits an einem gepflegten Zweiertisch. Eine Kerze flackert in einem silbernen Kerzenständer. Die Dame nippt spitzmündig am Weißwein, der Herr hat sein Pilsner fest im Griff. Vor Rechtsanwalt Borucki steht ein Teller mit einer Hausmacher Boulette wie aus dem Bilderbuch. Ein Salatblatt liegt zur Dekoration neben dem Fleischklops, darauf eine geradezu obzön dicke, picklige, feucht glänzende Gewürzgurke. Es scheint, als hätte die Gurke einen Klecks Mayonnaise auf eine prallrote Tomatenscheibe ejakuliert. Neben dem Ensemble kringelt sich ein Häufchen pastellgelben Senfs.

Kappe nickt zum Gruß und zeigt dem glattgebügelten Herrn seinen Dienstausweis. «Stellen Sie uns bitte einander vor!», fordert er Madame Mambo Bajou auf.

«Herr Kappe von der Mordkommission», sagt sie wie aus der Pistole geschossen. «Herr Rechtsanwalt Doktor Hagen Borucki von der Kanzlei Doktor Borucki & Partner am Kurfürstendamm.»

Borucki steht zögernd auf. Seine Halbglatze glänzt wie poliert und wirft ein traniges Licht auf ein bleiches, nichtssagendes Gesicht. Kappe fragt sich, was eine Frau wie Mambo Bajou an so einem Verwaltungsbeamtentypen findet. Auch sein lauer

Händedruck überzeugt Kappe nicht. Aber natürlich – er trägt Maßanzug.

«Setzen Sie sich doch», sagt Dr. Borucki und zeigt auf einen Stuhl an ihrem Tisch.

Kappe zieht den Stuhl heran, wirbelt ihn herum und setzt sich rücklinks darauf wie ein Westernreiter. Er greift in die Innentasche seines Trenchcoats, zieht den Asservatenbeutel heraus und knallt ihn auf den Tisch. Der Beutel trifft zwischen Boulette und Weinglas auf das Tischtuch und springt noch zweimal kurz hoch vom eigenen Schwung. Es ist ein durchsichtiger Beutel, und er enthält ein abgeschnittenes Ohr. Dr. Borucki schluckt hart und tritt einen Schritt zurück.

«Setzten Sie sich doch wieder», zischt Kappe. «Damit Sie uns nicht umkippen.»

Madame Mambo Bajou lehnt sich zurück. Eine merkwürdige, intensive Spannung liegt plötzlich in der Luft.

«Ich bin hier, um ein bisschen Leichenfledderei zu betreiben», sagt Kappe.

«Ich fürchte», erwidert Dr. Borucki, «dass wir Ihnen da nicht helfen können. Und nehmen Sie bitte dieses Ohr vom Tisch. Das ist ja widerlich!»

«Etwas mehr Respekt!», sagt Kappe. «Das ist immerhin das Ohr meiner Frau.»

«Haben Sie das immer dabei?» Borucki schnappt nach Luft.

«Nur an besonderen Tagen wie diesem.» Kappe lächelt. «Es riecht schon ein bisschen streng.»

Borucki presst eine Stoffserviette auf seinen Mund. Sein Adamsapfel zuckt, seine Augen weiten sich.

«Ich hole mal ein bisschen aus, damit Sie mir folgen können», sagt Kappe. «Doktor Borucki, Sie haben für Karl Rosen gearbeitet. Sicherlich haben sie auch seine Konzerte abgerechnet. Wie macht man so etwas eigentlich?»

«Es würde wohl zu weit gehen, wenn ich Ihnen hier die Buchhaltung erkläre.»

«Ich theoretisiere jetzt mal ein bisschen. Karl Rosen hat Konzerte für viele große Künstler organisiert. Sagen wir, es kommt eine Rockercombo, wilde Kerle, internationale Topstars. Ich habe gehört, die geben dann vorher kund, was sie unbedingt in ihren Konzertgarderoben brauchen, damit sie gute Laune haben. Dazu gehören vielleicht zwei Vasen mit weißen Lilien, eine Auswahl von Pralinen, Mineralwasser, deutsches Bier. Und dann natürlich noch ein paar Sonderwünsche. Sagen wir, die wollen hundert Kondome, ein Dutzend Prostituierte, Koks und frische Erdbeeren im Dezember. Was machen Sie da? Sie können die Wünsche ja nicht ignorieren. Aber das können Sie doch wohl nicht durch die Buchhaltung laufen lassen.»

Borucki starrt Kappe an. Er hat ein Gesicht wie ein Weißbrotteig, weich, fade und ungenießbar. «Natürlich kommt so etwas Illegales nicht vor», sagt er. «Zumindest nicht bei KaRoConcerts.»

Kappe legt sein Portemonnaie auf den Tisch. «Ich zeige Ihnen noch etwas», sagt er und zieht einen Stapel niegelnagelneuer Zehner aus dem Geldscheinfach. Auf der einen Seite jedes Scheins ist ein junger Mann mit wallenden Locken abgebildet. Die Rückseite zeigt den Dreimaster *Gorch Fock* unter vollen Segeln. Sie sind allesamt verkohlt. Kappe hat sie selbst angekokelt, erst vor ein paar Minuten im Auto. Ein Stapel Scheine macht nun mal mehr her als ein einzelner.

Boruckis Gesichtshaut zuckt, als gäre die Hefe im Teig.

«Sag's ihm», zischt Mambo Bajou plötzlich und beugt sich vor. «Entweder du sagst es ihm, oder ich tue es.» Dr. Borucki windet sich. «Hören Sie», sagt die Mambo und greift nach Kappes Arm. «Wegen des Ohrs …»

«Dazu kommen wir später», sagt Kappe. «Vielleicht möchten Sie ja schon einmal einen Anwalt anrufen. Einen anderen Anwalt als den da, meine ich.» Er zeigt auf Borucki. «Nach allem, was ich weiß, kann ich Ihnen nur dazu raten.»

Borucki knetet die Serviette. «Was soll das mit diesem Geld?»

Kappe springt auf. «Jetzt hören Sie auf, mich für dumm zu

verkaufen, Doktor Borucki!», schreit er. Die Köpfe der Restaurantgäste fliegen herum. «Ich habe keine Zeit für solche Spielchen! Entweder Sie sagen es mir selbst, oder Ihre Freundin erzählt es mir, und Sie wissen verdammt noch mal, dass das einen enormen Unterschied macht. In den Knast gehen Sie so oder so, die Frage ist bloß, für wie viele Jahre! Und jetzt reden Sie!» Kappe wundert sich über sich selbst. Von seinem Vater hat er das nicht gelernt. Er ist mit einem Mal jemand ganz anderes.

«Karl Rosen ist an einem illegalen Spielkasino in Frankfurt am Main beteiligt gewesen, dem ‹Zero› in der Schillerstraße», sagt Madame Mambo Bajou. Eine beruhigende Kraft geht von ihr aus.

Hagen Borucki sitzt reglos und mit hängendem Unterkiefer auf seinem Platz, es scheint fast, als zwinge ihn ein unsichtbarer Zauber zum Schweigen.

Die Mambo fährt fort: «Im ‹Zero› verkehre die neue Macht am Main, hat Kalle Rosen immer gesagt. Einmal hat er mir von einem Herrenabend erzählt. Das Gesindel, das in Istanbul und Marseille schon abkassiert habe, hat er gesagt, das den israelischen und bulgarischen Behörden aus gutem Grund aus dem Wege gehe und das sich tunlichst auch in Neapel nicht mehr blicken lasse, in Frankfurt könne es noch mit Diamanten zocken oder eine Ladung illegaler Pelzmänteln verkaufen. Frankfurt hält die Spitze der deutschen Großstadtkriminalität, das wissen Sie als Kriminalist natürlich. Im Bar- und Bordellviertel nahe der Kaiserstraße gibt es jedes erdenkliche Rauschgift. Die Präsenz der US-Army hat die Schattenseite des *American way of life* vom Heidelberger Hauptquartier aus über die Stadt geworfen. Die Ausländer, die seien schuld. Die würden sogar die anständigen deutschen Mädchen schwängern und Negerkinder zeugen, so Kalle.» Die Mambo zeigt an sich herunter.

Auch Kappe, groß geworden auf dem heißen Pflaster der Inselstadt West-Berlin, spürt den Sog des Dunklen, des Internationalen. Aber dass es eine Schande sein könnte, ein schwarzes Kind zu haben, das will ihm nicht einleuchten.

«In Frankfurt sei für jeden etwas zu holen, davon war Kalle überzeugt», erzählt die Mambo. «Er hat geglaubt, die Sexwelle sei vorbei. Die Amüsierbetriebe würden sich auf illegale Spiele verlegen. Die halbseidene Prominenz spiele an den Schanktischen Betrugsspiele wie *Muschkater* oder *Klaberjaß zu zwein*. Das Kriminelle merke man nur an den hohen Einsätzen. Kalle sagte, dass er so das nötige Schwarzgeld einsammeln könnte, das er für die Sonderwünsche seiner exaltierten Diven und Rockstars brauche. Was glauben Sie denn, warum weltweit bekannte Künstler alle Konzerte von KaRoConcerts organisieren lassen? Bestimmt nicht wegen der weißen Lilien.»

Kappe steht auf. Er steckt das Ohr ein. Dann zieht er Handschellen aus der Hosentasche und lässt den einen Metallring um Boruckis Handgelenk zuschnappen. Den anderen befestigt er am Tischbein. Kappe winkt einen Kellner heran, zeigt ihm seinen Ausweis und gibt ihm eine Visitenkarte. «Rufen Sie bitte meinen Kollegen Wolf Landsberger an», weist er den Mann an. «Der holt diesen Herrn unauffällig ab.»

Borucki sagt nichts. Vielleicht hat die Mambo ihn hypnotisiert. Jedenfalls starrt er Kappe an wie ein Beamter am Montagmorgen seinen Arbeitsplatz.

«Der Kollege kommt gleich.» Kappe klopft Borucki auf die maßgeschneiderte Schulter. «Der fährt mit Ihnen dann in die Keithstraße und nimmt Ihre Aussage auf. Und Sie …», er packt Frau Mambo Bajou am Arm, «… da Sie anscheinend in Plauderlaune sind, kommen Sie mit. Sie erzählen mir jetzt etwas über das Ohr.»

Er nimmt die Boulette von Boruckis Teller und tippt sich damit grüßend an die Schläfe. Auf dem Weg zu seinem Auto verschlingt er den Fleischklops so, wie es keine Respektsperson jemals in Anwesenheit Dritter tun sollte. «Was finden Sie bloß an diesem Borucki?», fragt er mit vollem Mund, während er die Voodoopriesterin auf den Beifahrersitz seines Wagens schiebt.

Sie nestelt an ihrem Ausschnitt. «Ich weiß es auch nicht mehr», murmelt sie. «Wo fahren wir denn hin?»

«In Ihr Beerdigungsinstitut.»

Sie schweigt und klappt den Schminkspiegel herunter. Kappe hat die Existenz dieses Spiegels nie zuvor zur Kenntnis genommen. Sarah hat ihn niemals benutzt. Madam Mambo Bajou zupft gelangweilt ihr Haar zurecht und legt ein orientalisches Parfüm auf.

Kappe parkt vor der Tür des Funeral Homes und stellt den Motor ab. «Ich habe keinen Durchsuchungsbeschluss», sagt er und zieht den unseligen Asservatenbeutel aus der Tasche. «Ich bekomme aber im Handumdrehen einen, wenn es sein muss.»

«Was wollen Sie denn durchsuchen?», säuselt die Mambo und rekelt sich auf dem Autositz.

«Haben Sie eine Leichenkühlung?»

«Eine kleine. Nur zwei Kammern.»

«Die zeigen Sie mir jetzt bitte.»

Sie schmollt ein bisschen, als sie die Tür aufschließt. Vielleicht wegen des strengen Tonfalls. Der Raum, in dem sich die beiden Kühlfächer befinden, riecht süßlich-pudrig und ist klimatisiert, ansonsten ähnelt er sehr stark einer Miniaturausgabe von Dr. Niedergesäß' Leichenschauhaus. Es gibt sogar einen Edelstahltisch.

«Bevor Sie es erraten, erzähle ich es Ihnen lieber gleich.» Madame Mambo Bajou seufzt und zieht ein Fach auf. «Ich habe hier eine Frauenleiche, die mir die DDR-Volksarmee letzten Freitag auf dem Flughafen Tegel übergeben hat.» In dem Kühlfach steht ein Zinksarg, dessen Deckel allerdings fehlt. Kappe atmet flach durch die Nase angesichts des strengen Geruchs. Die Frau im Sarg ist sehr bleich und sehr schön. Sie trägt ein Krankenhaushemd, und sie kommt Kappe vage bekannt vor. Ihr fehlt ein Ohr. Kappe greift nach dem Zettel an ihrem Zeh. Darauf steht: *Rosemarie Wischnewski, gest. 2. August 1974.*

«August?», fragt er. «Ziemlich lange her. Ist es üblich, dass jemand so lange nicht bestattet wird?»

«Vollkommen unüblich. Aber die Frau hat fast drei Monate in einem Kühlfach in Ost-Berlin verbracht.»

«Todesursache?»

«Lungenentzündung?» Die Mambo schaut nicht sehr überzeugt.

«Herr Gott noch mal, in dem Alter! Die ist doch noch nicht einmal fünfzig. Und dann mitten im Sommer? Wer weiß, was das wirklich war! Machen Sie bloß das Kühlfach wieder zu.»

Die Mambo gehorcht. «Hagen hat gesagt, schneid ihr das Ohr ab», flüstert sie. «Er hat gesagt, dass ihr Sohn sie ohnehin nicht noch mal sehen will. Und wenn er wider Erwarten doch hier auftauchen sollte, dann sollte ich behaupten, dass es ihr beim Flugzeugabsturz abgerissen worden sei. Aber ich konnte es nicht.»

«Also hat er das Ohr selbst abgeschnitten?»

Frau Mambo Bajou nickt und massiert sich die Schläfen.

«Woher wusste er überhaupt, dass meine Frau verschwunden ist?»

«Es hat Fiete Klüvers ziemlich beeindruckt, wie Sie ihm den Revolver entwendet haben», sagt die Mambo. «Der ist natürlich sofort zu René gerannt, und die hat dann bei Hagen angerufen. Sie hat ihn angefleht, er sollte dafür sorgen, dass Sie von dem Fall abgezogen werden. Angeblich hätten Sie ihr angekündigt, das ‹Chez René› wegen Kuppelei dichtzumachen. Den Mord an Kalle wollten Sie ihr auch unterschieben. Sie sagt, Sie hätten ihre Schuhe sichergestellt. Sollen die tatsächlich die Mordwaffe sein?»

«Tut mir leid, laufende Ermittlungen. Dazu kann ich nichts sagen.»

«Hagen hat jedenfalls gemeint, Sie dürften in dem Fall gar nicht ermitteln. Sie seien befangen, weil Sie René von früher kennen. Hagen dachte, wenn Sie das Ohr sehen, verlieren Sie die Nerven und gestehen Ihrem Vorgesetzten, dass Sie einmal mit René befreundet waren. Dann wäre René Sie losgewesen.»

«Warum ist Borucki nicht direkt zu Kriminalhauptkommissar Engländer gegangen und hat ihm davon erzählt?»

«Das hätte zu sehr nach versuchter Einflussnahme ausgesehen. René war überzeugt, das würde sie noch verdächtiger machen.»

«War der Abschiedsbrief auch Boruckis Idee?»

«Abschiedsbrief? Davon weiß ich nichts.» Das klingt ehrlich.

«Interessant», sagt Kappe. «Warum haben Sie nicht noch ein paar Voodoonadeln in das Ohr gesteckt? Dann hätte ich mich vielleicht zu Tode erschreckt.»

«Sie machen sich lustig über mich.» Sie droht ihm mit dem Zeigefinger. «Voodoo ist aber mehr als Püppchen und Nadeln. Spotten Sie nicht zu sehr über Dinge, von denen Sie nichts verstehen, Herr Kommissar. Manche Menschen haben die Fähigkeit, sich in Astralebenen zu bewegen, von denen Sie nichts wissen.»

Kappe stützt die Hände in die Hüften. «So wie Uri Geller? Den habe im Januar in der Wim-Thoelke-Show …»

Die Mambo schüttelt den Kopf. Ihre riesigen Ohrreifen klirren. «Ich sehe gewisse feinstoffliche Dinge, die mir vieles ermöglichen. Unter anderem bin ich in der Lage, Seelen aus einer anderen Schwingungsebene wieder zurückzuholen.» Sie macht eine gebieterische Handbewegung. Hinter Kappe springt eine Tür auf. Das Grinsen der Mambo wird breiter. Intensiver Weihrauch- und Sandelholzgeruch breiten sich aus. «Riechen Sie das?» die Priesterin lächelt. «Atmen Sie tief ein! Die Dämpfe sollen Herz und Seele reinigen.»

Kappe dreht sich ganz langsam um. Die offene Tür hinter ihm führt aus dem mit Neonröhren ausgeleuchteten Raum in ein größeres, fensterloses Zimmer. Die Flammen Hunderter organgefarbener Kerzen lassen Edelsteine und Amulette funkeln. Madonnenfiguren, Kleingeld, Würfel und sonstiger Krimskrams stapeln sich in Opferschreinen. Kräuter schwelen in Opferschalen vor sich hin. Tierknochen und magische Püppchen sind an die Wände genagelt. Ein orangefarbener Umhang liegt auf dem Boden wie ein bußfertiger tibetischer Mönch.

«Orange», sagt die Mambo mit einem Lächeln und hebt den Umhang auf. «Um die Energie zu bündeln und die Lebensfreude zu erhöhen.»

«Was ist das hier?», fragt Kappe flüsternd und tritt wider

Willen fasziniert näher. Manches Objekt erinnert an ein verwestes Körperteil. Er traut sich nicht, genauer hinzuschauen.

«Mein Schrein», sagt die Mambo. «Ein magischer Raum. Meine Magie kommt von meinem Schrein. Was haben Sie denn gedacht?»

«Ich habe gedacht, dass die einzige Magie, die wir in West-Berlin haben, in diesem Zaubertheater im Kudamm-Karree praktiziert wird, wo ein Russe namens Igor Jedlin angeblich Frauen zersägt.»

«Sie sind ein Skeptiker? Das sind sie am Anfang alle. Ich sagte Ihnen ja bereits, ich treibe keine schwarze Magie, weil alles irgendwann zu einem zurückkommt.»

«Zugegeben, das hat hier eine beeindruckende Atmosphäre. Aber bevor Sie in Trance verfallen, verraten Sie mir doch ein bisschen mehr über Hagen Borucki.»

«Hören Sie, ich habe Ihnen schon viel zu viel erzählt. Wenn Sie mehr wissen wollen, fragen Sie René. Mit ihrem Partner Wolf Landsberger haben Sie übrigens viel Glück gehabt. Der sieht nicht nur zum Niederknien aus, der ist auch noch loyal. Er hat Sie sofort angerufen wegen des Ohrs und tatsächlich mit niemand anderem darüber gesprochen. Außer natürlich mit Frau Dr. Niedergesäß. Aber das ist auch eine Frau mit einem guten Charakter. Auf die können Sie sich verlassen. Sie sind ein Liebling der Geister. Sie haben viel Glück für einen Kommissar.»

«Und wieso tauchen Sie in der Invalidenstraße auf und wollen Karl Rosen abholen und bestatten? Sie mussten doch wissen, dass er noch nicht freigegeben war.»

Ihr Blick rutscht von Kappes Gesicht ab. «Hagen wollte Karl noch vor Weihnachten beerdigen», murmelt sie. «KaRoConcerts hat für den 23. Dezember ein Konzert organisiert, eine Veranstaltung mit den Original USA Gospel Singers in der Kongresshalle. Das ist noch nicht ausverkauft. Hagen wollte die Gospel Singers am 20. Dezember bei Karls Beerdigung auftreten lassen. Er dachte, dass Zeitungsartikel und ein Bericht in der *Abendschau* den

Kartenverkauf für das Weihnachtskonzert ankurbeln würden. Er ist nun mal ein Profi. Karl selbst hätte es vermutlich nicht anders gemacht. Und ich dachte, ich bin gut bekannt in Moabit, ich fahre hin und versuche, ihn abzuholen. Aber Frau Dr. Niedergesäß hat den Braten gerochen.»

«Ich muss mal telefonieren.» Kappe greift nach dem weißen Apparat und ruft in der Rechtsmedizin an.

«Hatte ich recht oder hatte ich recht?», fragt Doreen Niedergesäß triumphierend.

«Ja, du hast richtig gelegen. Die Mambo hat eine Kühlung, und es war eine Frau ohne Ohr drin», sagt Kappe. «Noch mal vielen Dank für die Blutgruppenbestimmung. Gott sei Dank war mir klar, dass Sarah Blutgruppe 0, Rhesus negativ hat. Wegen dieser seltenen Blutgruppe sind ihre Blutspenden immer sehr begehrt. Als du sagtest, das Ohr hätte Blutgruppe A, Rhesus positiv, ist mir ein gewaltiger Stein vom Herzen gefallen. Schickst du bitte einen Wagen in die Clayallee, um die Tote sicherzustellen? Sie heißt Rosemarie Wischnewski.»

«Schon unterwegs.» Dr. Niedergesäß lacht. «Übrigens, Kappe, ich liebe es, wie du mich mitspielen lässt.»

«Jederzeit, Verehrteste.» Kappe legt auf und wendet sich wieder der Mambo zu. Die löst sich gerade ein Alka-Seltzer in einem Glas Wasser auf. Sie rührt das Gebräu mit vornehm abgespreiztem kleinem Finger um. «Wo ist meine Frau?», fragt Kappe.

«Es stimmt also, dass sie verschwunden ist?»

«Machen Sie das zweite Kühlfach auf!»

Frau Mambo Bajou rollt mit den Augen, gehorcht ihm aber. Das Fach ist leer. «Wofür halten Sie mich eigentlich?», empört sie sich. «Ich bin doch keine Wilde!»

«Ich halte Sie für die Geliebte von einem knallharten Rechtsanwalt, der über Leichen geht, und diese Leichen lädt er dann bei Ihnen ab. Hat er Ihnen nicht erzählt, dass er meine Frau entführt hat?»

«Nein. Das kann ich mir auch nicht vorstellen. Ich gebe

zu, Hagen hat eine Menge dunkler Energie. Aber der Mann ist Rechtsanwalt, kein Verbrecher.»

«Für die Drecksarbeit kann man sich Fachpersonal besorgen, wie zum Beispiel diesen Ballermann, Fiete Klüvers.»

«Ach, hören Sie auf!» Sie winkt ab. «Wir sind doch hier kein Verbrechersyndikat. Ich arbeite seit Jahren mit den US Forces zusammen. Glauben Sie nicht, dass die mich von Kopf bis Fuß durchleuchtet haben?»

«Ach ja, die Vergangenheit! Ihr Leben mag bisher hervorragend gelaufen sein, aber haben Sie in letzter Zeit mal die Hühnerknöchelchen zu Ihrer Zukunft befragt?», erkundigt sich Kappe sarkastisch. «Vielleicht liegt ein Fluch auf Ihnen!» Er fuchtelt dramatisch mit den Händen und zieht eine Fratze. «Was haben Sie in Ihrer Zukunft gesehen? Schwedische Gardinen?»

«Das gibt es doch gar nicht!» Madame Mambo Bajous Augen werden groß und rund. «Was haben Sie da vorhin von einem Abschiedsbrief gesagt? Ihre Frau hat Sie sitzengelassen, und das wollen Sie Hagen in die Schuhe schieben. Was bedeutet das alles?»

«Sagen Sie's mir, Frau Priesterin.»

Madame Mambo Bajou leert das Glas mit dem Alka-Seltzer. «Glauben Sie, das kann ich nicht? Warten Sie. Setzen Sie sich. Ich kläre das.» Sie drückt ihm zwei Klanghölzer in die Hand. «Schlagen Sie die rhythmisch gegeneinander.» Sie zündet ein Kräutergemisch in einer Schale an. «Haben Sie etwas von Ihrer Frau, ein Taschentuch, einen Schal?»

Kappe gibt ihr den Einkaufszettel, der auf dem Küchentisch gelegen hat. Die Mambo wirft ihn in die Schale, er verbrennt augenblicklich. Sie beugt sich darüber und inhaliert. «Wundern Sie sich nicht», sagt sie. «Ich rufe jetzt den Loa an, das ist ein kreolisches Geistwesen.» Die Mambo schließt die Augen und beginnt sich sanft zu wiegen.

Kappe schlägt die Klanghölzer gegeneinander. Er verschwendet seine Zeit. So ist das in West-Berlin. Man denkt, schlimmer geht's nicht, und dann so was.

Plötzlich beginnt der Körper der Mambo zu zucken. Sie reißt die Augen auf, verdreht sie, packt sich an den Hals. Dann spricht sie mit Sarahs Stimme. «Letzter Bahnhof in Berlin-West! Letzter Bahnhof in Berlin-West! Den Ehering am Finger langsam drehen. Warten. Ruhig bleiben.»

Es wird still. Madame Mambo Bajou wiegt sich mit geschlossenen Augen, jammert und rauft sich das Haar. Den Ehering am Finger drehen – das ist eine typische Geste, die Kappe an Sarah liebt. Kappe ist so verblüfft, dass er vergisst, die Klanghölzer zu schlagen. Die Mambo kommt zu sich. Sie strauchelt.

«Was zum Teufel ...» Kappe schnellt hoch und fängt sie auf, als sie fällt. Sie riecht nach Weihrauch und Wahrheit. «Was haben Sie gesehen? Wo ist Sarah?»

«Habe ich etwas gesagt?», fragt sie mit kraftloser Stimme. Ihre Augenlider flirren. «Irgendwas mit Zügen?»

Kappe nickt. Ist man dann schon ein Fall für Bonnies Ranch, die Karl-Bonhoeffer-Nervenklinik in Wittenau, wenn man etwas für wahr hält, was man nicht beweisen kann? Kappe packt Frau Mambo Bajou und schleppt sie unter Aufbietung aller Kräfte von den brennenden Kerzen in ihrem Schrein weg auf das Sofa im Vorzimmer des Instituts.

«Denken Sie nicht zu lange darüber nach, ob Sie das glauben», sagt sie noch. «Gehen Sie, finden Sie Ihre Frau! Schnell!»

In diesem Moment klingelt es. Der Leichenwagen von der Rechtsmedizin steht vor der Tür. Die Mambo verliert das Bewusstsein. Kappe lässt die Kollegen herein. Wie herrlich leicht er doch Gut und Böse auseinanderhalten konnte, damals in der Wendland-Klinik.

«Verrückte Geschichte!» Wolf Landsberger schüttelt den Kopf und schippt löffelweise Aufbrühkaffee in Peter Kappes Bürotasse, während sein grüner Tee bereits zieht und einen Geruch nach fermentiertem Rasen im Raum verbreitet. «Wird immer verrückter.»

«Letzter Bahnhof in Berlin-West – was soll das heißen,

Landsberger?» Kappe starrt auf die Berliner U-Bahn-Karte. «Nehmen wir mal an, Sarah ist mit der U-Bahn zur Arbeit gefahren. Dann hätte sie die U2 ab Sophie-Charlotte-Platz genommen, wäre am Zoo umgestiegen und mit der U9 weiter bis zur Amrumer Straße gefahren. Sie wäre direkt vor dem Rudolf-Virchow-Krankenhaus ausgestiegen. Da fährt man nicht durch die Geisterbahnhöfe im Ostteil, in denen die Züge nicht halten. Das ist eine andere Linie, die U6.»

Die U-Bahn-Linien 6 bis 9, die in Nord-Süd-Richtung verlaufen, queren den Ostsektor. Die BVG-West darf die Tunnelstrecken unter dem Ost-Berliner Stadtteil Mitte trotzdem nutzen. Das ist sehr wichtig. Denn die bis 1970 einzige U-Bahn-Werkstatt für das Großprofil liegt im Norden der Linie 6, am Bahnhof Seestraße. Diese Werkstatt auf dem Schienenweg zu erreichen erfordert die Durchfahrung der Transitstrecke. Ohne die Durchfahrt kann die BVG-West die Wartung ihres Wagenparks nicht sicherstellen.

«Hattest du denn in letzter Zeit irgendetwas mit dem Osten zu tun?», fragt Landsberger. «Hat dich jemand angesprochen? Gab es sonstige Kontakte? Ich meine, du sollst doch anscheinend glauben, dass Sarahs Verschwinden irgendwas mit dem Osten zu tun hat. *Dem Westen Adieu sagen* … Hast du nicht gestern gesagt, die Einbrecher in deiner Wohnung hätten einen angekohlten Zehnmarkschein gesucht?»

Kappe denkt nach. «Ich war Anfang September in Hamburg. Auf dem Rückweg bin ich über die F5 gefahren und habe in der Raststätte Quitzow Zigarettenpause gemacht. Da hat mir ein Kellner erzählt, dass eine Maschine der Pan Am über dem Truppenübungsplatz Döberitz abgestürzt sei. Davon hatte ich noch kein Wort gehört. Es stand auch nichts in der Zeitung. Aber der Kellner hatte einen Beweis: Der ganze Intershop sei voller Ostler mit Westgeld. ›Muss wohl vom Himmel gefallen sein‹, hat er gesagt. So ein Unsinn!, dachte ich.»

«Hast du im Intershop nachgesehen?»

Kappe seufzt. «Es war genau so, wie der Kellner gesagt hat. Die Kassiererin hat mir einen Zehner als Wechselgeld herausgegeben. Der war ganz angekohlt. Seitdem folgt mir jemand, ein Offizier der Volksarmee, der gesehen hat, wie ich den Schein bekommen habe. Er hat mich auch schon angesprochen und wollte den angekohlten Zehner gegen einen neuen Zwanziger tauschen. Und dann der Einbruch bei uns.»

«Das klingt seltsam. Warum ist von diesem Absturz nichts an die Öffentlichkeit gedrungen? Die Zeitungen halten sich doch sonst nicht an Nachrichtensperren.»

«Das werde ich jetzt herausfinden.» Kappe steht auf.

Es ist schon spät, aber Kriminalhauptkommissar Harry Engländer hat den Anruf beim Alliierten Kontrollrat gemacht, um den ihn Peter Kappe gebeten hat. Er hat Kappe beim BASC, dem Berlin Air Safety Center, der Alliierten Luftsicherheitszentrale, mit Sitz im Kontrollratsgebäude angemeldet.

Die Strukturen der Alliierten befinden sich seit vielen Jahren in Auflösung. Das Kontrollratsgebäude steht überwiegend leer. Es ist ein imposanter, spätbarocker Bau am Kleistpark in Berlin-Schöneberg, einst Sitz des preußischen Kammergerichts. Jetzt sind die hochherrschaftlichen Flure still und staubig, nur die Räume im Erdgeschoss sind noch in Benutzung.

Ein schlecht gelaunter Pförtner schickt Kappe nach ausführlicher Prüfung seines Dienstausweises in die Kontrollzentrale des Luftsicherheitsamtes. Dort wird er bereits von einem französischen Offizier mit einer spiegelblanken Glatze erwartet. Sein Kopf ist so eiförmig wie ein Rugby-Ball. Der Franzose führt Kappe in ein schmuckloses Büro. An der Tür steht: *Off limits for unauthorized personnel.*

Sie setzen sich. Der Franzose macht eine elegante Geste, die die ganze Welt zu einer Nichtigkeit erklärt. «Mordkommission, *n'est pas?*» Er setzt ein bekümmertes Gesicht auf. «Ich fürchte, wir können Ihnen trotzdem keine Auskünfte geben.» Sein Deutsch ist akzentfrei. Vielleicht hat er es von der SS gelernt. Kappe denkt so etwas oft in letzter Zeit. Dabei hasst er die Menschen nicht. Er fühlt sich einfach nur besser, wenn sie nicht da sind. Dann können sie auch seine Frau nicht entführen. Gut möglich, dass er sich zu einem amtlichen West-Berliner Misanthropen entwickelt. Dabei weiß er, dass sich ein negatives Weltbild nicht lohnt. Man steht damit nicht auf der Gewinnerseite.

«Ich frage rein theoretisch», beginnt er. «Etwa fünfzehn Kilometer vom Flughafen Tegel entfernt, in der Nähe von Döberitz, stürzt eine Boeing der Pan Am mit einer Geschwindigkeit zwischen 250 und 300 Stundenkilometern ab, das Fahrwerk bereits ausgefahren.»

«Das ist nie passiert.» Der Franzose macht ein besorgtes Gesicht.

Kappe bringt ihn mit einer Geste zum Schweigen. «Wäre es vorstellbar, dass eine Radareinrichtungen der sowjetischen Flugabwehr im Elstal den Funkleitstrahl aus Tempelhof für eine Maschine im Anflug auf Tegel stört und diese deshalb abstürzt?» Kappe kann am Gesicht des Franzosen ablesen, dass der genau weiß, wovon er spricht.

Es ist spät am Tag. Dem Franzosen steht eine eintönige Nachtschicht bevor. Er überlegt. Mit einem Kugelschreiber malt er Kringel auf ein Blatt Papier. «Die Sowjets würden das natürlich nicht bestätigen», sagt er langsam.

«Ich habe in der Zeitung gelesen, dass die Russen vor ein paar Jahren hier noch aus Spaß die Flugdaten eines Sputniks übergeben haben, der die Luftkorridore überflogen hat», sagt Kappe.

Der Franzose seufzt. «Leider. Seit 1962 melden die Sowjets nun überhaupt keine Flüge mehr an. Aber sie haben andererseits nie die Genehmigung für westliche Flüge verweigert, selbst während der Blockade nicht.»

«Am Ende sind Russen vielleicht doch Menschen, was?»

Der Franzose nickt. «Sie spielen jedenfalls ganz passabel Poker.»

Das Luftsicherheitsamt, das genau im Schnittpunkt der Mittelachsen der drei Berliner Luftkorridore liegt, ist eine der letzten funktionierenden Dienststellen der Alliierten. Je acht Amerikaner, Russen, Engländer und Franzosen arbeiten hier in drei Schichten gemeinsam. Es ist ein ruhiger Dienst. Es gibt Aufenthalts- und Ruheräume, und in den Nachtstunden, wenn sich gar nichts rührt, werden internationale Poker-, Schach- und Tischtennisturniere ausgetragen.

«Zigarette?» Kappe hält dem Franzosen die Schachtel entgegen. Der greift zu. Feuerzeuge ratschen. Sie rauchen.

«Eine junge Frau ist entführt worden», sagt Kappe. «Meine Frau. Wir haben eine kleine Tochter. Ich kann nicht ausschließen, dass meine Frau in die DDR verschleppt wurde.»

Der Unterkiefer des Franzosen klappt herunter. «Ist das offiziell?»

Kappe schüttelt den Kopf. «Ich habe den Verdacht, dass die Entführung mit etwas in Zusammenhang stehen könnte, das bei dem Flugzeugabsturz an Bord war.»

«Was soll das gewesen sein?»

«Geld.»

Der Franzose lehnt sich zurück. «Die Westalliierten haben nur ungefähr fünfzig Prozent der Wrackteile von den Sowjets zurückerhalten. Der Höhenmesser war nicht dabei. Geld natürlich auch nicht. Im vorläufigen Abschlussbericht der Untersuchung des National Transportation Safety Boards in Washington wird so etwas stehen wie: *Probable cause: The descent of the flight below its altitude clearance limit, but the board has been unable to determine the cause of such descent.*»

«Kommen wir auf das Geld zurück. Das Flugzeug hatte Postsäcke voller Geld an Bord, hört man. Ein paar Millionen D-Mark West. Eine Lieferung der Bundesbank.» Kappe ist auch ganz gut im Pokern.

«Wer hat Ihnen denn diesen Unsinn erzählt?»

Kappe legt seine Karten auf den Tisch. Er schiebt dem Franzosen einen Zettel hin. Darauf steht eine Zahl. «Das braucht mir niemand zu erzählen. Ich habe einen angesengten Zehnmarkschein mit dieser Seriennummer aus dem Flugzeug. Wo der Schein ist, tut nichts zur Sache. Aber vielleicht können Sie mal telefonieren. Die Seriennummern der Bundesbankgelder werden ja wohl registriert worden sein.»

Der Franzose starrt Kappe an. «Es gibt Leute, die würden sagen: Dieser Kriminalkommissar Kappe darf das Gebäude nicht mehr lebend verlassen.»

Kappe nickt. «Ich hatte Sie etwas gefragt», erinnert er und hebt gut sichtbar die Pistole in der Tasche seines Trenchcoats. «Mit Schalldämpfer. Seien Sie froh, dass ich nicht der Typ bin, der erst schießt und dann fragt. Und jetzt los, tun Sie was für Ihr Vaterland und rufen Sie an!»

Zehn Minuten später weiß Kappe, dass sich Oberstleutnant Lothar Laserstein am Westgeld aus einem Postsack der Bundesbank bedient hat.

# NEUN

## Samstag, 14. Dezember 1974

PETER KAPPE hat in seiner Kleidung geschlafen. Er wacht gegen sechs Uhr auf dem Sofa auf. Die Wohnung ist dunkel, kalt und leer. Die Einbruchspuren hat er noch nicht beseitigt. Es gibt vieles, das einem gleichgültig wird, wenn man seine Familie in Gefahr sieht. Eigentlich fast alles.

Das Telefon klingelt im Flur. Kappe hebt ab.

«Peterchen?», flötet eine Frauenstimme.

Es ist René. Im Hintergrund hört Kappe Barmusik. «Wo bist du, René?»

«Ich weiß nicht. In 'ner Kneipe. Bin blau, weißte. Wollte mich nur entschuldigen. Weil ich so … so gemein zu dir war. Und weil ich dir nicht helfen kann. Musst du bitte verstehn. Blut is dicker als Wasser. Hast du den Brief bekommen, den ich dir von dem Hosenmatz habe bringen lassen? Na, ich hoffe, es stand nichts Schlimmes drin. Ein widerlicher blonder Kerl im schwarzen Ledermantel hat ihn mir für dich gegeben. Stank nach Stasi. Hat sich meine Botendienste aber schön was kosten lassen.» Sie legt auf.

Kappe starrt den Telefonhörer an. Er kann nicht fassen, was sie gesagt hat, versteht es auch nicht ganz. Er wirft seinen Mantel über und kauft eine Zeitung an Helmuts Kiosk.

«War et denn neulich jut, det ick anjerufen habe?», fragt der. Kappe versichert ihm, dass er einen wertvollen Beitrag geleistet hat. Sicher wäre der rachitische Singspargel anderenfalls ins Ausland geflüchtet. Helmut strahlt und gibt Kappe einen Kaffee aus.

Kappe schlägt den *Berliner Blitz* auf. Im Lokalteil schreibt Josef

Bolp exakt das, was Wolf Landsberger ihm eingebläut hat. Die Mordkommission 6 stehe kurz davor, den Mörder von Karl Rosen zu verhaften. Auf dem Vorfeld des Flughafens gäbe es eine hochmoderne Video-Magnetbandaufzeichnungskamera. Dies sei eine Kamera, die über ein analoges Kabel ein Bildsignal übertrage. Als Speichermedium würde ein sogenannter Videorekorder benutzt. Die analoge Speichertechnik sei allerdings mit einem hohen Wartungsaufwand verbunden. Aus dem Abrieb der Magnetbänder resultiere eine schlechte Bildqualität. Deshalb habe die Auswertung des Bildmaterials so lange gedauert.

Kappe freut sich auf die Panik unter den Verdächtigen, die diese lancierte Falschmeldung verursachen wird.

In seinem Wagen riecht es noch immer nach Sarah. Er will sich nicht vorstellen, wie sie in einem finsteren Kellerloch sitzt. Aber es ist schwer, die Verzweiflung auf Distanz zu halten.

Im Büro geht es hoch her. Kriminalkommissar Harry Engländer tobt. «Warum spricht keiner etwas mit mir ab?», empört er sich über den Zeitungsartikel. «Wie stehe ich denn jetzt da?»

Kappe kann sich noch nicht einmal rechtfertigen. Als Psychologe ahnt er, dass er direkt in eine reaktive Depression steuert. Es ist ihm einerlei. Er weiß nicht, warum er ohne Rücksprache gehandelt hat. Aber er würde es wieder tun. «Ich bin mir sicher, wir machen das Richtige», sagt er müde. «Aber ich will mich nicht rechtfertigen. Natürlich war es falsch, Sie nicht zu informieren.»

«Mensch, Kappe, wir können hier alle rausfliegen, und Sie haben Startplatz Nummer eins! Denken Sie doch auch mal an den Kollegen Landsberger, der muss seine Mutter …»

Der Rest der Standpauke rauscht an Kappe vorbei. Er schaut zu Wolf Landsberger hinüber. Der sitzt hinter seinem Schreibtisch, ganz ruhig und fleißig auf seine Arbeit konzentriert. Er schaut irgendeine Liste durch. Kurz hebt er den Kopf und lächelt. Es ist ein Lächeln wie ein Sonnenstrahl inmitten einer Gewitterfront. Wir schaffen das, Junge!, sagt es. Kappe lächelt verhuscht zurück. Er ist sich nicht sicher, dass er nicht auseinanderfällt, sobald er seinen Trenchcoat auszieht.

Kriminalkommissar Engländer richtet noch den einen oder anderen Appell an Kappes vermeintlichen Menschenverstand. Bevor er verschwindet, brummt er: «Wenn jemand von der Presse anruft, dann sagen wir, wir können wegen der laufenden Ermittlungen keine Auskunft erteilen.» Der Engländer ist eben nicht nur schwer, sondern auch schwer in Ordnung.

Als die Tür hinter ihm ins Schloss fällt, atmet Landsberger tief durch. Er holt ein Paket mit Stullen aus seinem Schreibtisch und schiebt es Kappe zu. «Leberwurst», sagt er. «Hast du etwas geschlafen?»

«Sehe ich so aus?»

«Ich mache dir deinen widerlichen Kaffee.»

Als Kappe dankbar an dem heißen Gebräu nippt, sagt Landsberger: «Sobald du aufnahmefähig bist, sieh dir das hier mal an.»

Kappe steht auf, tritt hinter Landsbergers breiten Rücken und schaut auf die Papiere, die der vor sich ausgebreitet hat. Der Kollege hat die Listen des Standesamtes zu Karl Rosens Frauen und Kindern durchgearbeitet. Er zeigt auf den letzten Eintrag. «Da! Die Frau ohne Ohr, Rosemarie Wischnewski. Sie hat ein Kind mit Karl Rosen.»

«Das kann nicht wahr sein!»

«Doch. In diesem Fall hängt wirklich alles mit allem zusammen. Das Kind ist bereits 25 Jahre alt. Es ist ein Junge. Er heißt Klaus Werner Wischnewski. Und jetzt halt dich fest – Wischnewski arbeitet am Flughafen als Elektriker.»

Kappe steht auf. Den Namen Klaus Werner hat er schon einmal gehört. Es ist der unzuverlässige Elektriker, über den sich der Kollege von Pelletier bei Kappes Besuch in Tegel-Nord beschwert hat. Offenbar leidet Klaus Werner so sehr unter dem Tod seiner Mutter, dass dies seine Arbeit beeinträchtigt. Ein starkes Motiv. Und was hatte der Mann zu Pelletier gesagt? «Ick weeß ja, det Se den Klaus Werner möjen tun …» Endlich jemand, den Kappe schütteln kann, bis er auseinanderfällt. «Den schnappe ich mir», sagt er. «Du bleibst hier und wartest auf die Reaktionen auf unsere kleine Zeitungsente.»

Landsberger lächelt. «Hier, Wischnewskis Meldeadresse.»

Kappes Hand fällt wie von selbst auf Landsbergers Schulter. «Gute Arbeit», sagt er. «Und danke für die Stullen.»

«Das wird schon wieder», sagt Landsberger mit der glaubensschwangeren Stimme eines Dorfpfarrers.

Da hat er wahrscheinlich so oder so ähnlich schon zu sehr vielen Leuten gesagt. Landsberger hat etwas an sich, das die Menschen wieder hoffen lässt. Vielleicht ist es sein anbetungswürdiger Augenaufschlag. Kappe betet jedenfalls lieber seine Leberwurststullen an. Er springt in seinen Opel Rekord, sucht Wischnewskis Adresse im Stadtplan und startet den Wagen. Nebenbei verschlingt er das Brot. Je weniger leer er sich im Kopf fühlt, desto mehr freut er sich darauf, diesem Wischnewski auf den Zahn zu fühlen. Die Köpenicker Straße ist eine Sackgasse in Kreuzberg, die an der Mauer endet. Sie verläuft parallel zur Spree, eine typische West-Berliner Dreckecke. Stacheldraht, verfallene Mietshäuser, Wandschmierereien, Schrottautos, Bauschutt.

Klaus Werner Wischnewski wohnt im vierten Stock, Hinterhaus, mit Außentoilette. Es riecht muffig im Hausflur. Die Altbautreppen lassen Peter Kappe jede einzelne Zigarette spüren, die er jemals geraucht hat. Oben angekommen, wartet er eine Minute, bis sich sein stechender Atem ein wenig beruhigt hat. Dann klingelt er. Ein Schatten erscheint hinter dem Türspion. Es klappert, als die Kette vorgelegt wird. Wischnewskis Tür öffnet sich eine Handbreit. Das grobschlächtige Gesicht eines jungen Mannes mit hellbraunem Haar erscheint. «Wat wollen Sen?», fragt er.

Kappe zeigt ihm seinen Ausweis. «Kriminalpolizei», sagt er. «Sind Sie Herr Klaus Werner Wischnewski?»

Der Mann nickt und lächelt zuckersüß, naiv und zutraulich.

Für seine 25 Jahre wirkt er sehr kindlich. Trotzdem hat er einen Körper wie ein Rummelboxer.

Kappe ist versucht, das Jugendamt zu rufen. «Sie sind Elektriker, nicht wahr?», fragt er. «Ich war mit Lieutenant-Colonel Jean Marie Pelletier bei Ihnen in der Werkstatt in Tegel. Das haben Ihnen die Kollegen vielleicht erzählt.»

«Kann schon sein. Ick bin Elektro*mechaniker*. Vielleicht mach ick irgendwann noch meenen Meister, det sagt der Jean imma. Ick bin 'n juter Elektromechaniker.»

Und gut besoffen ist er auch, denkt Kappe. «Ich hätte ein paar Fragen an Sie. Kann ich hineinkommen?»

Wischnewski löst die Kette und tritt beiseite. Seine Wohnung besteht nur aus einem einzigen Raum. Der Küchenofen dient gleichzeitig als Heizung. Trotzdem hängt Schimmel in den Ecken über dem Fenster. Eine Matratze mit einer Decke dient als Schlafplatz. Ein Campingtisch und zwei Stühle vervollständigen die Einrichtung. An der kahlen Wand hängt ein Porträt von Rosemarie Wischnewski. Auf dem Tisch drunter steht eine Kerze, daneben ein randvoller Aschenbecher und ein flaches Blaupunkt-Radio, dunkles Holzfurnier, verbogene Antenne. Eine Schnapsflasche und ein Brotmesser runden das Stillleben ab.

Als Rosemarie Wischnewski noch zwei Ohren hatte, sah sie wie eine Diva aus, denkt Kappe. Erneut hat er das Gefühl, dass die Frau jemandem ähnlich sieht. Ihm fällt aber nicht ein, wem. «Arbeiten Sie schon lange am Flughafen?», fragt er.

«Een paar Monate.» Wischnewski nimmt einen Schluck aus seiner Schnapsflasche. «Worum jeht es hier eigentlich?»

«Um Mord», sagt Kappe. «Wenn ich komme, geht es immer um Mord. Vielleicht wissen Sie, dass der Konzertveranstalter Karl Rosen am Flughafen tot aufgefunden wurde. Ich untersuche die Umstände des Todes.»

«Ick hab ihm nich tot jemacht, Herr Kommissar», beteuert Wischnewski. «Kann ick ja jar nicht, so wat.»

Kappe zögert. Er ist nicht auf Augenhöhe mit diesem Riesenbaby. Er hat das Gefühl, dass ihm schon seine Nüchternheit einen unfairen Vorteil verschafft. Von Intellekt und Ausbildung ganz zu schweigen. «Sie haben im August Ihre Mutter verloren, Herr Wischnewski», sagt er. «Woran ist sie denn gestorben?»

«An Armut, sach ick immer.» Wischnewski lacht bitter. «Ick bin bei Omman aufgewachsen. Meene Mutter musste nach Frankfurt, zum Arbeeten. Wat man so arbeeten nennt. Nackttanz. Die wollte immer uff da Bühne stehen, wie meene Tante. Die is een richtiga Star. Kennen Se René Bliss? Det ist meene Tante.»

Bei Kappe fällt der Groschen. Blut ist dicker als Wasser – daher kam ihm Rosemarie Wischnewski so bekannt vor. «Aber Ihre Mutter hat nie den Durchbruch geschafft? Hat Ihre Tante sie nicht unterstützt?»

«Nee. Det wollte Muttan nich. Und als denn ooch noch meen Stiefvadder vor zwanzig Jahren gestorben war, da musste se richtich Geld vadien. Der Jean, wissen Se, det war iha Freund. Aber der hat ja ooch immer so ville zu tun. Und denn musste der imma zwischendurch nach Paris, wa? Also nischt Festet. Da is se nach Frankfurt. Da jibt et mehr Jeld zu holen als in Berlin. War aber ooch nischt. Meene Mutter is vareckt. Weil se immer halbnackt arbeeten musste. Und dann die Wohnung feucht. Im Winter keen Jeld für Kohle, keen Jeld für Arznei. Hat die Lungenentzündung mit Pellkartoffelwickeln kuriern wolln und allet Jeld an Omman jeschickt, für meene Ausbildung. Ick bin Elektromechaniker, wissen Se. Hab bei Osram jelernt, Seestraße, im Wedding.»

«Wieso haben Sie Ihre Mutter noch nicht beerdigt?»

«Keen Kleenjeld für die Überführung, Herr Kommissar. Aber ick hatte eene Idee.» Er dreht das Brotmesser auf dem Tisch wie beim Flaschendrehen.

Mangelnde Impulskontrolle, diagnostiziert der Psychologe Kappe. Aber auch das Wort von der bitteren Armut bekommt in diesem Moment eine ganz neue Dimension. «Was wollten Sie mit dem Brotmesser?»

«Ursprünglich nua Brot schneiden.» Wischnewski lächelt

und fingert an der Messerspitze herum. «Aber denn jing et meina Mutter immer schlechta. Als wir det letzte Mal telefoniert ham, da habe ick ihr von meenem neuen Arbeitsplatz erzählt. Und sie hat mir ooch wat erzählt. Nämlich dass der reiche Fatzke Karl Rosen meen richtia Vadder is. Jeld hat se nie von dem genommen. Hat se nich jewollt. War wohl een unangenehmer Mensch. Keen Gentleman, wenn Se vastehn. Und wie se denn tot war und ick nich wusste, wie ick se nach Berlin holen sollte, da bin ick zu sein Haus gefahren. Mitta S-Bahn anne Hundekehle. So 'ne noble Hütte hatte ick noch nie gesehen. Mit Personal und allet. Wie ick da so vor dem stehe, sacht der: ‹Dich hatte ich ja ganz vergessen. Warum hat sich deine Mama denn nie bei mir gemeldet? Na gut. Ich helfe dir unter einer Bedingung.› Da hat det Brotmesser 'ne janz andere Bedeutung jekricht. Aber ich mach doch keenen tot. Bisschen drohen und uff die Fresse, jut, Strafe muss sein, wa? Aber wenn ick den tot mache, is et ja keene Strafe mehr. Det krichta dann ja nich mehr mit.»

Entwaffnende Logik. Die Klinge des Brotmessers ist ohnehin zu breit für den tödlichen Einstich in Karl Rosens Brust. Aber was redet der da von Strafe?, fragt sich Kappe. Er zieht einen Asservatenbeutel aus der Manteltasche und packt das Messer ein. «Tut mir leid», sagt er. «Sie müssen wohl ein paar Tage Schrippen essen. Ich muss das Messer im Labor untersuchen lassen.»

«Vasteh ick.» Wischnewski zieht einen Leichenschauschein aus einer Schreibtischschublade. Seine Hände zittern so stark, dass er das dünne gelbe Durchschlagpapier kaum halten kann. Er schiebt es Kappe über den Tisch. Bei der Rubrik *Todesart* hat ein Hausarzt aus Frankfurt am Main *Natürlicher Tod* angekreuzt. Wischnewski zeigt auf das Kreuz und lacht bitter. «Als ob et natürlich is, det meene Mutter mit nur 43 Jahren sterben musste. Noch dazu janz alleene und weit wech von ihrm Zuhause. Det kann man doch nicht natürlich nennen, det eine ihr Kind bei Omman in West-Berlin zurücklassen und sich an de Hauptwache in Frankfurt als Lebedame durchschlagen muss. Det ist doch erbärmlich!»

In diesem Moment kracht es. Die Wohnungstür explodiert. Kappe rutscht reflexartig unter den Tisch. Der Ballermann Fiete Klüvers steht im Türrahmen. Er lässt seinen Revolver um den Finger rotieren. «Lass mal schön unseren Lütten in Ruhe!», brüllt er. Sein Gesicht ist um seine Piratenaugenklappe hochrot.

Kappe kriecht unter dem Tisch hervor und klopft seinen Mantel aus. «Schön, Sie zu sehen, Herr Klüvers.»

Der Revolverheld vom Kiez lässt die Waffe in seine Richtung zucken. «Hände hoch!», röhrt er. «Und die bleiben schön da, wo ich sie sehn kann, nich?»

«Ich bin auch fast fertig hier», sagt Kappe und fragt sich, warum diese Witzfigur nicht fünf Minuten später hätte kommen können.

«Du machst jetzt den Abflug hier», sagt der Ballermann, und sein Revolverlauf zeigt zur Tür.

«Nur eine noch Frage», sagt Kappe. «Was war die Bedingung, unter der Karl Rosen Ihnen mit der Beerdigung Ihrer Mutter helfen wollte?»

«Det ...», setzt Wischnewski an.

«Du hältst deine Fresse, Klaus Werner!», unterbricht ihn der Ballermann.

«Nee, watte ma. Det kann ick doch ruhig sagn. Is ja nüscht Schlimmet. Der wollte sich einfach um allet alleene kümmern», bricht es aus Wischnewski heraus. «Er sachte, er kennt da eene Bestatterin, Mambo heeßt die, die macht det schon. Da war ick ihm sehr dankbar jewesen. Ick kenn mich mit so wat doch nicht aus. Ick meene, ick hab ja jetzte noch nicht so ville Lebenserfahrung, wa?» Klaus Werner Wischnewski strahlt Kappe an wie ein Straßenkind den Messias, sogar eine Träne hat er im Knopfloch.

Kappe nickt, nimmt die Hände herunter, macht einen Schritt auf den noch immer nervösen Fiete Klüvers zu. Den Revolver schiebt er mit dem Zeigefinger beiseite. «Kümmern Sie sich um ihn», sagt er zum Ballermann. «Falls Sie können. Der Junge braucht ab und an eine warme Mahlzeit und Orientierung im Leben.»

Klüvers schnaubt. «Der Froschfresser …»

«Der Jean kümmat sich um mir», unterbricht ihn Wischnewski. Als Kappe sich noch einmal zu ihm umdreht, beginnt er gerade, am Fingernagel zu kauen. «Is besser so, sacht er imma.»

Pelletier, der französische Schwerenöter, sorgt sich um Klaus Werner wie ein Vater. Das bedeutet, Rosemarie Wischnewski, Klaus Werners Mutter, musste sein deutsches Fräulein gewesen sein, bevor sie nach Frankfurt ging, schlussfolgert Kappe.

Es riecht nach kaltem Kohl im Treppenhaus. Kappe läuft über den grauen Hinterhof und stellt fest, dass er vergessen hat, Wischnewski vorzuladen. Vielleicht ist er doch ein schlechter Polizist.

Peter Kappe sucht sich eine gelbe Telefonzelle und ruft im Präsidium an.

Wolf Landsberger ist völlig aufgelöst. «Gott sei Dank, dass du dich meldest! Wie spät ist es?»

«Halb zwölf. Was ist passiert?»

«Ich hatte einen seltsamen Anruf. Ein Mann hat nach dir gefragt. Vielleicht hängt das mit der Zeitungsmeldung zusammen.»

«Wer?»

«Hat er nicht gesagt. Aber ich könnte schwören, der Anruf kam aus Ost-Berlin. Da war so ein Knacken in der Leitung.»

Lothar Laserstein?, fragt sich Kappe. «Was hat er gesagt?»

«Der war ganz zackig. Er hat nur gesagt, ich solle dir ausrichten: dreizehn Uhr Leopoldplatz. Das schaffst du zeitlich noch. Fahr mit dem Wagen zur Skalitzer Straße und nimm die U1. Ein paar Stationen, dann steigst du am Halleschen Tor in die U6 um, Richtung Alt-Tegel. Mensch, Kappe, wenn das die Stasi ist? Soll ich dazukommen?»

Kappe hätte gerne Ja gesagt, denn ihm ist auf einmal verdammt flau im Magen. Das riecht nach einer Falle. Aber er ist ein Mann, er ist ein Polizist, und er will seine Frau wiederhaben. Und er ist sich sicher, dass das etwas mit seiner Frau zu tun hat. Er muss sich zusammenreißen. «Nein», sagt er deshalb. «Warum soll das denn die Stasi sein? Du bleibst am Telefon sitzen. Wer weiß, was noch kommt. Wenn ich mich bis vierzehn Uhr nicht gemeldet habe, schick bitte eine Streife zum U-Bahnhof Leopoldplatz.»

Als er auflegt, tut sein Herz einen besonders harten Schlag. Leopoldplatz, das ist ein Umsteigebahnhof. Sehr unübersichtlich. Kappe zieht seine Waffe, lädt sie vor, steckt sie in die Manteltasche zu seinem Portemonnaie, schaut auf die Uhr: 11.37. Er rennt los.

Hallesches Tor. Es gießt in Strömen, ein kalter Winterregen. Die U1 fährt quietschend um die Ecke und in die Hochbahnstation ein. Peter Kappe springt aus dem Zug und nimmt die Rolltreppe hinunter zum Untergrundbahnhof der U6. Es riecht nach Bremsstaub und nassen Mänteln. Ein Zug muss jeden Moment kommen, denn auf dem Bahnhof hat sich bereits eine ziemlich große Menschenmenge angesammelt. Kappe hat in der Zeitung gelesen, der Bahnhof sei zu kurz und solle in einer großen Umbauaktion ab dem kommenden Jahr um dreißig Meter erweitert werden, damit längere Züge eingesetzt werden können.

Der Zug Richtung Alt-Tegel fährt ein, und Kappe drängt sich mit den anderen Passagieren in den Wagen. Blaue Plastiksitze, dunkelbraunes Furnier. Die Waggontür weist noch die Aufschrift *Raucher* auf, obwohl in den Zügen der BVG seit diesem Jahr ein generelles Rauchverbot herrscht. Ein Grund mehr, warum Kappe nicht gerne U-Bahn fährt. «Einsteigen bitte», sagt der Stationsschaffner. «Zurückbleiben!» Der Zug rumpelt los. Die Fahrgäste versuchen, sich nicht in die Augen zu schauen.

«Nächster Bahnhof: Kochstraße», hört Kappe die Bandansage aus dem Waggonlautsprecher. «Letzter Bahnhof in Berlin-West!» Der Zug leert sich so weit, dass Kappe einen der Notsitze am Ende des Wagens herunterklappen und Platz nehmen kann. Irgendetwas ist anders, irgendetwas ist nicht in Ordnung. Sein Blick sucht die anderen Fahrgäste ab. Hausfrauen mit Hut und Pelzmantel, junge Leute mit langen Haaren und Parka, alte Männer mit fleischigen Ohren und karierter Schiebermütze. Nichts ist verdächtig, aber Kappes Instinkt warnt ihn. Er muss noch mal an den Glückskeksspruch aus Sarahs Brief denken: *Dem Westen Adieu sagen, und im Osten ...* Westen / Osten ... Also geht sie aus dem Westen weg? Was soll das bloß heißen?

Kappe wischt sich die schweißnassen Hände an der Hose ab. Draußen zieht der erste Geisterbahnhof vorbei, es ist die Station Stadtmitte. Dreckige cremefarbene Keramikfliesen, Dämmerlicht. Der Zug wird langsamer, hält aber nicht. Zwei Volksarmisten mit ihren grünen Pelzmützen und dunkelgrünen Uniformen stehen in der Mitte des verdunkelten Bahnsteigs neben einem bis auf eine Schießscharte zugemauerten Schaffnerhäuschen, ein Maschinengewehr im Anschlag. Der Zug rumpelt weiter durch den Tunnel. Die Tunnelwände sind sehr nah. Kappe kann elektrische Leitungen und Schildkrötenlampen sehen. Dann der nächste Geisterbahnhof: Französische Straße. Schmuddelige Stuckdecken wie in einer Fürstengruft, ein Fernsprechhäuschen mit blinden Scheiben.

«Nächster Bahnhof: Friedrichstraße», wird angesagt. Ein Umsteigebahnhof, den auch West-Berliner zum Umsteigen in die S-Bahn 2 oder 3 nutzen können. Es gibt zwei Intershops, einer ist von der Ostseite her erreichbar. Man kann von hier auch über den Grenzübergang Friedrichstraße in die Hauptstadt der DDR einreisen. Die Ankunftshalle nennt der Volksmund Tränenpalast, wegen der dort in Strömen fließenden Abschiedstränen.

Kappe wird das Gefühl des Belauertwerdens nicht los. Er beobachtet die Ein- und Aussteigenden. Er weiß nicht, wonach er sucht. Nach einem blonden Offizier im Ledermantel? Die Menschen weichen seinen Blicken aus oder sehen durch ihn hindurch.

Oranienburger Tor, Nordbahnhof, Stadion der Weltjugend. Dann endlich wieder ein gut beleuchteter Bahnhof, der Zug hält, Reinickendorfer Straße. Es ist, als hätte man ein fremdes, weit entferntes Land durchquert, ärmlich, dunkel, feindselig. Es ist, wie es ist.

«Nächster Bahnhof: Leopoldplatz. Anschluss an Linie 9 Richtung Osloer Straße oder Rathaus Steglitz.» Kappe steigt aus und schaut sich um. Ein nicht abreißender Strom von Fahrgästen passiert die Bahnsteige und Treppen. Was nun? Er weiß, dass sich auf dem Bahnsteig der Linie 9 ein Imbiss befindet, die sogenannte Futterkiste. Dort holt er sich einen Kaffee.

Ein kantiger Mann in einem Ledermantel stellt sich neben ihn und grüßt. Oberstleutnant Lothar Laserstein, Grenzkommando Mitte, ist fast so groß wie Kappe. Nur seine Schultern sind doppelt so breit. Jede Linie in Lasersteins Gesicht ist wie mit dem Messer geschnitten. Kappe wundert sich, wie man ohne Bananen so einen fitten Eindruck machen kann.

«Auch einen Bohnenkaffee?», fragt Kappe.

Laserstein lehnt mit der Handkante ab.

«Warum bin ich hier?», fragt Kappe. Er sucht in Lasersteins Gesicht nach einer Reaktion. Und die kommt. Lasersteins Strenge zerschmilzt zu einem nicht unfreundlichen Lächeln.

«Ich will Ihnen ein Geschäft vorschlagen. Den Zehner gegen den Zwanziger, das war Ihnen ja zu popelig. Also habe ich mir etwas Überzeugenderes ausgedacht. Ist 'ne ganz schlaue Mieze, Ihr Frauchen.» Lasersteins Stimme ist warm. «Sie können sie von mir zurückkaufen. Für zehn West-Mark.»

«Was sollte das mit dem Abschiedsbrief?»

«Ich wollte Sie ein bisschen in die Verzweiflung treiben, dann wirkt so ein Geschäft besser.»

Kappe greift nach seinem Portemonnaie und legt einen Zehnmarkschein auf den Stehtisch vor Laserstein.

Der nimmt den Schein und faltet ihn der Länge nach in der Mitte. «Ich dachte da selbstverständlich an einen ganz bestimmten Schein.»

«An den angekohlten mit der Seriennummer, die zu den anderen passt, die vom Himmel gefallen sind? Damit euch die Bundesbank und die Bundespolizei nicht beweisen können, dass euer Scheißregime sich ein paar Millionen Devisen unter den Nagel gerissen hat?»

Laserstein lächelt charmant. «Regime? Es war vor allem mein

Fehler. Ich hätte den Schein nicht der Kassiererin geben dürfen. Aber die Geschichte mit dem Jungen hat mich angerührt. Ich war abgelenkt.»

«Woher wussten Sie, wer ich bin?»

«Das war einfach. Sie waren ja mit Ihrem Privatwagen unterwegs. Ich habe so meine Kontakte im Westen, auch bei der Zulassungsstelle. Mein Informant hat mir anhand des Kennzeichens Ihren Namen und Ihre Meldeadresse besorgt.»

«Verstehe. Und wie haben Sie sich das jetzt vorgestellt?», fragt Kappe.

«Sie holen den Schein. Den richtigen Schein.» Laserstein faltet die vorderen Spitzen des Geldscheins zur Mitte.

«In meiner Wohnung ist der Schein übrigens nicht, wie Sie sicherlich bemerkt haben», zischt Kappe.

«Ja. Dafür muss ich mich entschuldigen. Sie steigen morgen wieder Hallesches Tor in den gleichen U-Bahn-Zug ein. Sie warten, bis etwas passiert.»

«Bis *was* passiert?»

«Wir werden tauschen – Ihre Frau gegen den Schein.» Laserstein faltet die Seiten des Geldscheins zu Tragflächen.

«Warum bis morgen warten?», drängelt Kappe. «Ich könnte den Geldschein sofort holen. Wir könnten diese Farce in zwei Stunden beenden.»

«Ich sage morgen, also ist es morgen.»

«Behandeln Sie sie gut? Hat sie zu essen und zu trinken?»

Lasterstein legt den Kopf schief. «Im Rahmen unserer Möglichkeit. Sie wissen doch, in der DDR haben wir nicht viel.»

Kappe hat plötzlich einen Anflug von psychologischer Einfühlung. Angewandte Wehrpsychologie sozusagen. «Was würden Sie sagen – fühlen Sie sich als Mitglied der DDR-Grenztruppen von der ostdeutschen Zivilbevölkerung verstanden?»

Laserstein schaut erstaunt, so als könne er es nicht fassen, dass Kappe ihm eine persönliche Frage stellt. Er wendet den Geldschein und knifft in der Mitte einen Falz hinein.

«Sie haben meine Frau entführt», sagt Kappe. «Denken Sie nicht, dass ich eine Antwort verdient habe?»

«Man bringt ein Opfer», sagt Laserstein. Sein Blick folgt den U-Bahn-Gleisen in den Tunnel. «Der Sinn des Soldatendaseins besteht in zwei Aufgaben, die er den Zivilisten abnehmen soll: Töten und Sterben.»

Kappe staunt. «Ist das die offizielle Legitimationsideologie der NVA? Leiden als Dienstleistung? Ich dachte immer, die sozialistische Soldatenpersönlichkeit sei vor allem ein politischer Funktionär, der seine Arbeit im Auftrag der Partei der Arbeiterklasse ausführt und die Feinde des Sozialismus vernichtet.»

Laserstein lacht. «So in der Art, ja. Alles andere ist bloß meine persönliche Meinung, Herr Kappe. Die ich natürlich nie geäußert habe.»

Der Mann ist grundsympathisch, das beruhigt Kappe im Hinblick auf Sarah irgendwie. Er versteigt sich zu einer weiteren Frage. «Sie waren am letzten Freitag auf dem Flughafen Tegel und haben einen Zinksarg an Lieutenant-Colonel Pelletier übergeben. Was ist da genau passiert?»

«Die Herren waren nicht zufrieden mit der Lieferung, schien mir. Ich habe ihnen die tote Frau zurückgebracht, aber sie hatten offenbar etwas anderes erwartet.» Laserstein zwinkert ihm zu.

«War der Sarg unversehrt?», fragt Kappe.

«Selbstverständlich.» Laserstein faltet noch ein paar Stabilisatoren an den Papierflieger, den er aus Kappes blauem Zehnmarkschein gebastelt hat. «Der Sargdeckel war ordnungsgemäß verlötet. Wofür halten Sie mich?»

«Möchten Sie meine ehrliche Meinung hören? Ich halte Sie für einen Realisten. Sie haben sich mit dem System arrangiert, aber Sie können sich nicht vorstellen, dass es dauerhaft Bestand hat. Und deshalb sorgen Sie vor. Wahrscheinlich haben Sie eine große Familie. Wie viele Kinder haben Sie? Drei?»

«Vier. Zwei Mädels, zwei Jungs.»

«Und denen soll es später einmal besser gehen als Ihnen, nicht wahr?»

Laserstein lächelt fein und schweigt.

«Also, ich stelle mir das so vor: Das Flugzeug war voller Geld von der Bundesbank. Das ist leider ein bisschen angesengt, aber trotzdem ganz schön. Die Genossen von der Partei haben es sich eingesteckt. Wie viel Geld es ursprünglich war, das konnten die Offiziellen nicht feststellen. Deshalb konnten Sie auch was in die eigene Tasche stecken, als es da so vor Ihnen lag, nachts auf dem Acker. Aber da war noch etwas anderes, etwas war in dem Sarg. Also bitte, wenn ich richtig liege, sagen Sie einfach gar nichts.»

Laserstein lächelt wieder sein ruhiges, freundliches Lächeln. Er sagt nichts. Dann legt er den fertigen Papierflieger vor Kappe auf den Tisch. «Denken Sie doch, was Sie wollen!» Er wendet sich zum Gehen. «Hier bei Ihnen ist das ja erlaubt.»

Kappe sieht ihm nach, als er in der Menschenmenge verschwindet. Er probiert den kleinen Papierflieger aus, aber kaum gestartet, stürzt er über dem Stehtisch wieder ab. Als Kappe in seine Manteltasche greift, um sein Portemonnaie herauszuholen und den gefalteten Geldschein wieder einzustecken, ist nur noch seine Pistole darin. Sein Portemonnaie ist verschwunden, mit dem Dienstausweis darin. Einfach weg. Bestimmt fährt Laserstein jetzt ins KaDeWe und kauft von Kappes Barschaft Schokolade für seine Kinder. Nicht zu ändern. Eine eigenartige Ruhe erfasst ihn. Die Ruhe vor dem Sturm. West-Berlin, eine Stadt wie eine geschlossene Psychiatrie am Tag der offenen Tür. Fast lächelt Kappe. Er ist nicht nur ein schlechter Polizist. Er ist auch ein schlechter Psychologe. Aber immerhin kann er nicht nur davon, sondern auch damit leben.

Das Büroradio spielt die Beatles, *Let It Be*. Peter Kappe sieht von seinem U-Bahn-Plan auf. «Friedrichstraße. *Dem Westen Adieu sagen* ... Ich wette, damit meint Sarah den Tränenpalast am Bahnhof Friedrichstraße.»

«Das wäre ein Ding!» Wolf Landsberger nippt an seinem grünen Tee. «Ich habe übrigens im LKA 3 bei der Wirtschaftskriminalität am Columbiadamm angerufen, da kenne ich jemanden. Aber es liegt nichts gegen Madame Mambo Bajou vor. Ich habe auch mit ihrer Haftpflichtversicherung telefoniert. Sie hat das Verschwinden und ebenso das Wiederauftauchen des Sargs und der Leiche von Rosemarie Wischnewski angezeigt. Alles scheint seriös. Sollten wir deshalb glauben, was sie sich anhand von Sarahs verbranntem Einkaufszettel zusammenfantasiert hat?»

«Du warst nicht dabei, Landsberger.» Kappe verschränkt die Arme auf seinem Schreibtisch und legt den Kopf ab. Eine bleierne Schwere ergreift ihn. «Glaub's einfach.»

«Ich habe noch etwas herausgefunden: Laut der Liste vom Tower war Klaus Werner Wischnewski am Tattag mit Pelletier zusammen auf dem Vorfeld unterwegs.»

Kappe reibt sich das Gesicht. «Als Allererstes beantragst du einen Haftbefehl für Klaus Werner Wischnewski. Den würde ich gerne allein vernehmen. Aber fachlich formuliert, ich befürchte, bei dem liegt eine kognitive Behinderung vor – Intelligenzminderung. Oder vielleicht war er auch einfach nur betrunken. Jedenfalls glaube ich, der erzählt uns brühwarm, was da auf dem Vorfeld passiert ist. Und das will ich endlich klären. Frag Harry Engländer bitte, ob wir die Vernehmung irgendwie begleiten lassen müssen. Vielleicht muss doch noch eine Vertrauensperson von Klaus Werner Wischnewski dabei sein, damit seine Aussage gerichtsverwertbar ist.»

Landsberger notiert sich das. «Glaube ich nicht. Du bist doch der Psychologe. Wir müssen die Vernehmung bloß gut strukturieren.»

Kappe steht auf.

«Wo willst du hin?», fragt Landsberger.

Kappe weiß es selbst nicht. «In die Waffenkammer», sagt er deshalb. «Ich brauche eine Brechstange und ein paar Langwaffen. Also ein halbautomatisches G3 von Heckler & Koch oder so etwas in der Art.»

«Was willst du denn damit?»

«Ich setze mich in die U6 und fahre bis Friedrichstraße. Ich schnappe mir den nächstbesten Ost-Grenzer und verlange mit vorgehaltener Waffe die Herausgabe von Sarah. Wenn die sich weigern, niete ich sie einfach um. Sechshundert Schuss pro Minute Feuergeschwindigkeit hat das G3, da merken die nichts von. Ihre Kollegen werden mir Sarah dann schon rausgeben. Wir steigen in die nächste U-Bahn, und sechs Minuten später sind wir am Bahnhof Reinickendorfer Straße und in Sicherheit. Hab gestern auf die Uhr gesehen.»

«Na klar! Du kannst doch keine Ost-Grenzer erschießen, bloß weil dir irgendeine Voodooprinzessin was vorgesäuselt hat. Mit ein bisschen Pech löst du den Dritten Weltkrieg aus. Hast du nicht gesagt, du bist Pazifist? Du spinnst wohl!»

«Ist das hier nicht Einstellungsvoraussetzung? Ich glaube, ein bisschen was Pathologisches muss man schon haben, um bei der Mordkommission zu arbeiten. Ein humanistischer Intellektueller, wie ich es früher war, der hat doch nur in der Asservatenkammer eine Chance.»

«Keine Sorge, Kappe. Du hast ja mich. Ich bin ein Meister in der alten proletarischen Kunst des Draufhauens.» Landsberger spannt den Bizeps an. Sein Körper zeichnet sich eindrucksvoll unter dem Maßhemd ab. Er zwinkert Kappe zu.

Der fühlt sich gleich viel besser. Er will seine Frau wiederhaben, und das rechtfertigt ausnahmsweise alles. «Gut, Landsberger», seufzt er. «Mein Anfall ist vorbei. Machen wir weiter. Besorg uns den Haftbefehl und lass Wischnewski vorführen. Ich rufe meine Tochter an.»

Landsberger tippt sich an die Schläfe, greift ein paar Papiere und verschwindet in Richtung Harry Engländers Büro.

Kappe wählt die Nummer seiner Eltern. Seine Mutter ist am Apparat.

«Du bist es! Betty Strattmann ist dran, Otto!», singt sie laut und fröhlich Richtung Wohnzimmer. Peter Kappe hört die

Küchentür zuklappen. Dann fragt seine Mutter sehr viel leiser: «Alles in Ordnung?»

«Morgen Nachmittag kommt alles wieder ins Lot», sagt Kappe im Brustton der Überzeugung.

Kappes Mutter seufzt noch ein bisschen, bevor sie seine Tochter ans Telefon holt. Tabea erzählt Kappe überglücklich, dass ihr die Oma *Sterntaler* vorgelesen hat. Dann fragt sie nach ihrer Mutter. Kappe erklärt ihr, dass sie sie schon bald wiedersehen wird, sie müsse nur noch einmal schlafen. Er wünscht seiner Tochter eine Gute Nacht. Zufrieden verabschiedet sich das Kind.

Kappe legt den schmerzenden Kopf auf den verschränkten Armen ab. Vielleicht könnten sie auswandern, denkt er noch, nur Sarah, Tabea und er. Aber dann schläft er auch schon.

Klaus Werner Wischnewski hat im Vernehmungszimmer Platz genommen und verkündet: «Ick bin uff Brast.» Normalerweise höre er um diese Zeit Radio, und das müsse er nun ausfallen lassen. Alles wegen der Polizei. «Und übahaupt», schnauft er. «Ick sach nur wat, wenn der Jean Marie Pelletier ooch anwesend is.»

«Ich habe Lieutenant-Colonel Jean Marie Pelletier schon verständigt», lügt Peter Kappe und stellt ein Glas Wasser vor Wischnewski auf den Tisch. «Ich kann das Radio anschalten, wenn Sie möchten. Aber nur ganz leise.»

Wischnewski murrt. Kappe macht das Radio an. Juliane Werding singt sehr leise *Am Tag, als Conny Kramer starb.* Wischnewskis Fuß beginnt zu wippen.

Wolf Landsberger stellt das Tonbandgerät an. «Kriminalmeister Wolf Landsberger, Kriminalkommissar zur Anstellung Peter Kappe. Vernehmung in der Todesermittlung Karl Rosen», sagt er in das Mikrofon und wendet sich dann Wischnewski zu. «Herr Klaus Werner Wischnewski, Sie sind uns als Zeuge des Vorfalls am Freitag, dem 6. Dezember 1974, auf dem Vorfeld des Flughafens Tegel bekannt geworden. Als Zeuge haben Sie die

Pflicht, die Wahrheit zu sagen. Anderenfalls können Sie sich strafbar machen, zum Beispiel wenn Sie jemanden zu Unrecht belasten, absichtlich die Bestrafung eines Straftäters vereiteln, einem Straftäter Hilfe leisten, um ihm die Vorteile der Tat zu sichern oder eine Straftat vorzutäuschen. Herr Wischnewski, haben Sie das verstanden?»

Wischnewski nuckelt am Wasserglas und nickt.

«Bitte sagen Sie laut Ja, das Tonband kann Sie nicht sehen.»

«Ja», sagt Wischnewski. Er schwankt ein bisschen auf dem Stuhl des Verhörzimmers. Obwohl er noch jung ist, sieht man ihm an, wie sehr ihn die Weltgeschichte überfordert hat. Der Stiefvater, die Mauer, die Mutter in Frankfurt, er bei der Oma.

«Sie erinnern sich bestimmt noch an den letzten Freitag. Sie waren mit Jean Marie Pelletier unterwegs, mit dem Bulli auf dem Vorfeld vom Flughafen. Wie würden Sie Ihre Beziehung zu Pelletier beschreiben?»

Kappe hält unwillkürlich die Luft an. Die Art und Weise, wie Landsberger das fragt, löst in ihm plötzlich ein seltsames Gefühl aus. Der sogenannte Schwulenparagraf 175 des Strafgesetzbuches ist zwar im vergangenen Jahr reformiert worden. Aber in Frankreich sind homosexuelle Handlungen schon seit dem 18. Jahrhundert straffrei.

«Der Jean ist der Freund meiner Mutter», antwortet Wischnewski, und Kappe atmet wieder aus. «Oder det war er zumindest. Zehn Jahre lang oda so. Bis se nach Frankfurt jegangen is. Aber der Jean hat jesagt, se kommt ja wieder. ‹Ick passe auf dich auf›, hatta zu mir jesagt. Wie een Vater war der zu mir. ‹Ick besorge dir eine richtige Stelle, da bist du in meiner Nähe›, hatta jesagt. Die Flugzeuge, die habe ich immer gemocht, schon als Kind.» Er kichert unmännlich.

«Was ist da passiert auf dem Vorfeld? Können Sie uns das in Ihren Worten erzählen?», tastet sich Landsberger vor.

Aber so dumm ist Wischnewski nun auch wieder nicht. «Kommt der Jean ooch?»

«Ich habe ihn angerufen», sagt Kappe. «Er hat noch etwas zu erledigen, aber er kommt gleich.»

Klaus Werner Wischnewski nickt und dreht das Wasserglas. Er trinkt den Rest des Wassers aus. Kappe sieht ihn dabei direkt von vorne. Der Boden des Glases vergrößert seine Vorderzähne, und Wischnewski sieht aus wie ein Riesenkaninchen. «Ick erzähle es Ihnen, wenn der Jean da is», sagt er.

Kappe nickt. «Können Sie bitte erläutern, wie Sie erfahren haben, dass Karl Rosen Ihr Vater ist.»

«Ick habe mit meener Mutta telefoniert», sagt Wischnewski. «Ick hatte eenen Brief von der Gebühreneinzugszentrale im Briefkasten, wegen meenem Radio. Ick höre jerne Radio. Vor allem *S-F-Beat*, det kommt ja jeden Abend. Ick steh uff Juliane Bartel. Drei Mark soll ick nun zahlen im Monat, nur für Radio. Fernsehen seh ick nich oft. Ick hab ooch keen Apparat. Da jibt et doch jetze diese neue Fernsehshow im Ersten Deutschen Fernsehn, *Am laufenden Band*. Mit diesem Holländer mit der Omafrisur, Rudi Carrell. Und in der ersten Sendung, weeß nicht, ob Se det jesehen haben. Ick habe ja keenen Fernseher. Aber ick habe det bei Jean gesehen. Die Frau in der Sendung, die jewonnen hat, die sollte für die Auswahl von ihrm Preis blind in een Branchenbuch tippen. Da zeigt die uff die Anzeige von eenem Häusermakler. Und da sacht der Carrell: Dann kriejen Se jetzt als Jewinn een kleenet Jrundstück. Een Jrundstück! Von meene GEZ-Gebühren! Das is doch Vaschwendung von Jebührenjeldern, das kann doch so een Holländer nicht machen mit unsan Steuerzahlerjeld!»

«Nun beruhigen Sie sich, Herr Wischnewski», sagt Landsberger. «Wollen wir eine Pause machen?»

«Nö. Fragen Se ma ruhig.» Er schaut zur Tür. «Wann kommtn der Jean?»

Kappe wirft einen Blick auf die Uhr. «Gleich. Sie sagten, Sie hatten mit Ihrer Mutter telefoniert?»

«Jenau. Ick hab ihr erzählt, det ick eene Anstellung beim

Franzosen bekomme. Meen erster richtiga Arbeitsvertrag. Die wollten mia ja nicht übernehmen bei Osram. Fachlich janz jut, hat et geheeßen, aber charaktalich nich jeeignet. Ick hatte da ma een kleinen Unfall mit Schwarzpulver inne Lehre. Ejal, bei de Froschfresser is it eh besser. Sogar zwei Tage Sonderurlaub jibt et bei Tod eines Angehörigen.»

«Und was hat Ihre Mutter Ihnen am Telefon gesagt?»

«Det et ihr ganz schlecht jeht. Det se in Berlin beerdicht werden will. Ick sage, ick weeß nich, wie ick det machen soll. Ick hab keen Jeld für eene Überführung von Frankfurt nach West-Berlin. Ick hab noch nich ma Jeld für 'n Sarch. Ick sage, vielleicht kann ick dich in meinem Kleiderschrank beerdigen lassen. Oder vielleicht jeben mir die Franzosen eenen Vorschuss.»

«Und haben die Ihnen geholfen?»

«Ick hab nich jefragt. Meene Mutter meinte, so wat fragt man nich gleich als Erstes. Wat macht denn det für eenen Eindruck?, hat se jemeint. Und denn hat meene Mutter jesagt: ‹Ick erzähl dir jetzt wat Wichtiget, meen Sohn: Karl Rosen is deen richtia Vadder. Rosen hat Penunze. Det is een Konzertveranstalter und Musikproduzent. Zum Beispiel hat der ooch die Musik für *Am laufenden Band* jemacht.› Zu dem soll ick hinjehen, hat meene Mutter jesagt. Und dass det dem seine vadammte Pflicht und Schuldigkeit is, mir zu helfen. Dass det der Anstand jebietet.»

«Und haben Sie das gemacht?»

Wischnewski nickt. «Erst wollta mich nich sehn. Hab ick 'n bisschen rumjeschrien. Denn jing et. Da hatta jesagt, er hilft mir. Er sacht det seinem Geschäftsführer, und der kümmat sich um allet. Die Frau Mambo hat mich denn anjerufen und gesagt, sie braucht eene Vollmacht, um meene Mutter mittem Fliejer zu holn. Wie et der Anstand jebietet.»

«Aber das Flugzeug ist im Osten abgestürzt.»

«Ja. Die Frau Mambo hat mir jesacht, ick darf det niemandem erzählen. Jeheime Kommandosache. Aber ihr seid ja von de Pullezei.»

«Und als die NVA am letzten Freitag den Sarg zurückgegeben hat, da hat Herr Pelletier Sie mitgenommen?»

«Ick wollte mit. Man hat ja nur eene Mutta.»

«Und was ist dann passiert?»

«Een Oberstleutnant vonne Jrenztruppen hat den Sarch jebracht. So 'n Blonder. Janz nett eijentlich. Ick also den Lötkolbn anjeschmissen, Löten kann jeda Elektromechaniker. Und denn hab ick die Kiste uffjelötet. War sojar een Überdruckventil inne Naht. Und innedrinne lag meene Mutter. Hat janz kleen und blass ausjesehn und nich so jut jerochen hattet ooch. Also hätten wa eijentlich wieda abziehen können. Aber die Frau Mambo hat den janzen Sarch abgesucht, unta de Mutter und unter die Decken, wo se drufflach. Denn is se völlich ausjerastet. Hat eenen Uffstand jemacht vom Feinsten. ‹Wo ist der Rest?›, hat se jebrüllt. ‹Watt für 'n Rest?›, hat der Ossi jefracht. Janz höflich wa der. Und der Jean hat immer gesagt: ‹Was meinen Sie denn bloß? Der Sarg war doch geschlossen?› Und meinte die Frau Mambo, die verdammten Ossis ham Kalles Jeld jeklaut! Und da kapier ick det erst: Der Karl Rosen, der war jar nich hilfsbereit. Der hat ma nur vaarscht. Der hatte einfach nur eene jute Idee. Und der will meen Vadder sein! Der hat meene tote Mutter benutzt, um Jeld in dem Sarch nach West-Berlin zu schmuggeln! Schwarzjeld für seine vaschissenen Sänga! Det is doch nich in Ordnung. Wat is det denn für 'n Anstand, wa?»

«Und der Oberstleutnant?»

«Der hat det geklaut. War janz klar. Der hat nur jegrinst. Dem konnte ja keener wat. ‹Wer zahlt mir jetzt die Beerdigung?›, brüllt die Frau Mambo. ‹Ich sollte doch mit dem Geld im Sarg meine Kosten decken und den Rest dann weitergeben!› Der Jean wollt se beruhjen und hat jesagt: ‹Wenn alle Stricke reißen, komme ich natürlich für Ihre Kosten auf.› Janz hochdeutsch hat der det jesagt. Also ham wa den Sarch in det Auto von der Frau Mambo jeladen. Die Frau Mambo is abgerauscht, die Mutta in die Kühle bringen. Jean hat dem Ossi wat quittiert, und dann will der wieder los, und wir fahren ooch wieder los, begleiten den über det Vorfeld. Da steht die Maschine aus München, und plötzlich taumelt da der Rosen rum. Ist voll wie 'ne Strandhaubitze. Der wackelt uff det Terminal A zu. Ick sach zu Jean, det det Rosen is und det er anhalten soll. Und wir halten an, und der Ossi muss ooch anhalten. Wir steijen aus. Der Rosen kiekt so janz besoffen und sacht zu mir: ‹Schwachsinnjer Bastard!› Een Mensch, der meene tote Mutta, det Liebste, wat ick hatte uff de Welt, benutzt hat für sein Schwarzjeld. Da hab ick ihm eene jepellt. Zack, uff de Neese. Und der blutet jleich wie 'n abjestochenet Schwein. Aba tot war der nich, von dem kleenen Nasenstüber stirbt doch keener.» Wischnewski schaut Landsberger um Zustimmung heischend an.

Aber dessen Gesicht bleibt neutral. «Erzählen Sie einfach weiter. Was geschah dann?»

Wischnewski atmet tief durch. «Det andere kann ick Ihnen leida nich erzählen. Det is politisch. Da muss ick erst den Jean fragen. Wann kommta denn?»

Kappe steht auf. «Sicher hatte er noch zu tun», sagt er. «Es ist besser, wenn ich ihn abhole.»

Es dämmert kupferblau, als Peter Kappe am Flughafen von der Autobahn abfährt. Er parkt vor Gate A1, direkt an der Haupthalle. Eigentlich sind es Parkplätze für die Einsatzkräfte der Polizei. Und zu denen gehört er nun, gewissermaßen. Beweisen kann er das nicht mehr. Kein Portemonnaie, kein Dienstausweis. Deshalb meidet er auch die Flughafenwache und fragt lieber ein paar Handwerker, die am Flugkartenschalter der Air France eine graue Plastikverkleidung anbringen. Einer von ihnen zeigt auf einen Treppenturm am Ende der Haupthalle. «Der Chef ist bestimmt bei den Aufzügen. Da ist was kaputt.» Kappe bedankt sich.

Es sind nur wenige Reisende unterwegs. Auf der gelbschwarzen Abflugtafel werden für heute Abend noch drei Flüge angezeigt, nach Köln-Bonn, Hamburg und Hannover. Die Ankunftstafel ist leer. Wahrscheinlich starten nur noch Postflüge.

Die Decke der Haupthalle, ein Konstrukt aus Stahlstreben, integrierten Lampen und dreieckigen Glasscheiben, glitzert wie ein blaues Diamantenfeld. Von der üblichen galligen West-Berliner Freudlosigkeit ist man inmitten dieser winterlichen Schönheit weit entfernt. Vielleicht gibt es doch einen Weihnachtsmann, denkt Kappe.

Er steigt die Stufen im Treppenturm hinauf. Vom ersten Stock aus hat er einen schönen Blick in die Haupthalle unter ihm mit Abflugschaltern und Information. Es ist alles noch ein bisschen kahl, ein Restaurant fehlt zum internationalen Flair. Dafür befindet sich eine halbe Treppe höher der Eingang zu einem zukünftigen Erste-Klasse-Bereich, an dem noch gebaut wird. Kappe steigt an zwei Etagen mit Konferenzräumen vorbei immer höher hinauf. Alle Fahrstuhltüren sind geschlossen. Je höher Kappe kommt, desto wärmer wird es, so als nähere er sich einem Feuer. Wahrscheinlich eine Fehlplanung der Heizung. Er bleibt stehen und öffnet seinen Mantel. Der Treppenturm mit dem Fahrstuhl in der Mitte bietet eine fantastische Aussicht über den gesamten Flughafen. Links hängt die zerfranste Sonne tief hinter den Flugzeughangars wie eine brennende Flagge. Auf dem Vorfeld glänzt silbern ein Flugzeug. Vereinzelt fahren Autos über den Innenring. Direkt unter ihm liegt die leere Zuschauerdachterrasse.

Als Kappe kurzatmig die letzte Hälfte der Treppe erklimmt, wird es plötzlich wieder kalt. Eine Glastür steht offen. Sie führt auf das Flachdach des Flughafens und ist nur halbherzig mit einem schwarz-gelben Band abgesperrt. Kappe duckt sich unter dem Band hindurch. Draußen ist es laut. Abluftanlagen brummen. Unter seinen Schuhen knirscht der Kies. Der Treppenturm ragt neben Kappe als massiver Betonklotz über das Dach hinaus. Wahrscheinlich ist über dem Aufzug noch der Maschinenraum. Eine Metallleiter mit Rückschutz führt auf das Dach des Turmes. Kappe legt den Kopf in den Nacken. Und da sieht er Jean Marie Pelletier. Der französische Offizier balanciert auf der Attika des Treppenturms, schaut interessiert zum Horizont und raucht.

Kappe hat plötzlich das bitterböse Gefühl, dass es hier um eine ganz andere Art von Fliegen geht. Er schwingt sich auf die Leiter und zieht sich die Trittstufen hoch.

Pelletier fährt herum. Die Glut seiner Zigarette stiemt im Winterwind. «*Arrêtez!* Halt!», schreit er in einem militärischen Ton, der kein Zuwiderhandeln duldet. «Wenn Sie auch nur einen Fuß auf dieses Dach setzen, springe ich!»

Sie sind ungefähr auf Höhe des Towers. Das heißt, es geht vierzig Meter in die Tiefe. Vor seinem geistigen Auge sieht Kappe den Franzosen wie einen abgeschmierten Ikarus durch das Dach der Haupthalle brechen, von den Scheiben in blutige Fetzen gerissen. «Machen Sie keinen Unsinn, Pelletier!», schreit Kappe zurück.

«Verschwinden Sie, *Monsieur le Commissaire!*»

«Das geht leider nicht. Wir haben Wischnewski vernommen. Er will mir nur erzählen, was auf dem Vorfeld passiert ist, wenn Sie ihm seinen Segen geben!» Kappe hängt auf der Leiter wie ein Affe auf dem Schleifstein. Die Kanten der Stufen schneiden in seine kalten Hände.

Pelletier lächelt ein ungeheuer würdevolles Lächeln. «Für einen Deutschen sind Sie ein ganz netter Kerl – wissen Sie das?», fragt er.

«Reden Sie keinen Unsinn. Kommen Sie da runter, Pelletier!», schreit Kappe. «Wischnewski braucht Sie! Und Sie wollen doch sicher auch wissen, wie die Geschichte ausgeht.»

«Das weiß ich schon, *Monsieur le Commissaire.*» Pelletier lacht bitter. «Für mich heißt es jetzt: *Au revoir, Tegel!*»

«Sie wissen gar nichts!», schreit Kappe gegen den Wind an. Langsam zieht er sich an der Leiter hoch Richtung Dachkante. «Soll ich Ihnen was sagen? Es gibt gar kein Wissen über die Zukunft, weil es kein wirkliches Wissen ohne Handeln gibt!»

«Lassen Sie mich bloß in Ruhe mit Ihren Psychologentricks. Ich habe Ihre Visitenkarte gelesen!»

«Was ist da auf dem Vorfeld passiert, Pelletier?»

«Das müssen Sie nicht wissen. Es ist passiert, es ist vorbei!

*Je me sens coupable.* Es ist doch alles geklärt. Ich bin an allem schuld, *n'est-ce pas?* Ich hätte niemals etwas mit Rosemarie anfangen dürfen. Ich hätte Klaus Werner nicht mit auf das Vorfeld nehmen dürfen. Für mich ist nun ein anderer Richter zuständig, ein höherer.»

«Ach, seien Sie doch still!» Kappe winkt ab. Dann sagt er etwas, das er unter normalen Umständen niemals sagen würde. Es rutscht ihm gewissermaßen heraus. «Dann springen Sie doch!», fordert er Pelletier auf. «Kapitulieren, das konntet ihr Franzosen ja schon immer am besten.»

Eine bleischwere Müdigkeit zieht Kappe die Leiter hinab. Er verschwendet seine Energie. Was passieren soll, wird passieren. Er hat Sarah verloren, er hat den Fall nicht gelöst, er hat den richtigen Leuten das Falsche verschwiegen, er ist enttäuscht von diesem Offizier, den er für kultiviert gehalten hat. Er hat zu schnell aufgegeben. Sein Vater Otto wird nie wieder ein Wort mit ihm wechseln. Und die Mordkommission? Er glaubt nicht mehr daran. Wenn man es genau nimmt, glaubt er eigentlich nur noch ans Rauchen. Er will sich eine Ernte 23 anstecken, aber seine Hände zittern, und sein Feuerzeug versagt. Gleich wird es knallen, klirren, splittern. Ein Körper wird zerplatzen. Warum bloß kann der Mensch seine Augen verschließen, aber seine Ohren nicht?

Und dann funktioniert das Feuerzeug doch. Der Rauch knallt hart in Kappes gierige Lungen.

Rechts auf der Startbahn lässt ein Flugzeug, vielleicht das nach Köln-Bonn, die Motoren aufheulen. Es schießt über den Asphalt und hinein in die über Spandau versinkende Dezembersonne. Jeder einzelne Regierungsbeamte dort an Bord glaubt daran, in Köln-Bonn anzukommen. Kappe fällt ein Spruch aus dem Studium ein: Der Glaube ist ein Entschluss, etwas als Wissen gelten zu lassen. Er sollte sich ein Beispiel daran nehmen.

«Es war ein Unfall», sagt plötzlich eine Stimme hinter ihm.

Kappe federt herum. Pelletier springt von der letzten Stufe der Leiter.

Kappe fallen tausend Sprüche ein. Es ist eine Sekunde der

pädagogischen Bewehrung. Dann hält er dem Franzosen nur seine Zigarettenschachtel hin. Der zündet sich eine an und blickt über die Lichter des Flughafens. «Ich lasse mich nach Paris versetzen», sagt er. «Gehen wir rein.»

Sie treten vom Dach in den Treppenturm. Pelletier zieht die Glastür hinter ihnen zu. Sie stehen vor der defekten Fahrstuhltür und rauchen. Kappe bricht der Schweiß aus, obwohl es dafür zehn Minuten zu spät ist. Ein weiteres Flugzeug startet. *Über den Wolken …* Kappe denkt an den neuen Song von Reinhard Mey. Aber der abendliche Horizont ist wolkenlos.

«Das muss unter uns bleiben», sagt Pelletier nach einer halben Zigarette.

«Was meinen Sie?», fragt Kappe.

Pelletier klopft ihm auf die Schulter. «Alles, Herr Kappe, alles», sagt er. «Klaus Werner ist ein guter Junge. Er hat es nicht leicht gehabt im Leben. Was hat er Ihnen erzählt?»

Kappe berichtet ihm von der Vernehmung Wischnewskis.

Pelletier nickt. «Karl Rosen war betrunken», sagt er. «Als er Klaus Werner gesehen hat, hat er gleich etwas wie ‹Dich kenne ich doch, du schwachsinniger Bastard› gesagt. Da ist der Junge durchgedreht und hat ihm einen Schwinger verpasst, genau auf die Nase. Klaus Werner wiegt hundert Kilogramm, da sitzt was dahinter. Ich nehme an, dass er Rosen die Nase gebrochen hat. Aber der war immer noch nicht still. Als Nächstes donnerte er gegen die Franzosen. Na, da war er bei Klaus Werner an der richtigen Stelle! Ich hätte auch nicht gedacht, dass die Würde Frankreichs einmal von der West-Berliner Arbeiterklasse verteidigt werden würde. Ich habe Klaus Werner festgehalten, aber er hat gebrüllt wie ein Stier. Er hat den Rosen angeschrien, dass ich der Vater für ihn sei, der Rosen niemals war. Und dann hat er ihm gesagt, dass das Geld aus Rosemaries Sarg von dem NVA-Offizier Laserstein geklaut worden sei. Der protestierte natürlich, alles Lüge. Klaus Werner hat daraufhin vollkommen die Fassung verloren. Plötzlich zog er einen Vorbohrer aus der Schenkeltasche an seiner Arbeitshose. So ein Ding, mit dem man die Löcher für die Schrauben vorbohrt, wie ein Schraubenzieher, nur vorne ganz spitz. Er hat ausgeholt und wollte Laserstein abstechen. Ich hab aus dem Augenwinkel gesehen, wie der nach seiner Makarow griff. Also habe ich mich mit allem, was ich habe, in Klaus Werners Arm geworfen. Er ist beiseite getaumelt, direkt in Karl Rosen hinein. Er hat Rosen in die Brust getroffen. Das ist alles meine Schuld. Erstechen wollte Klaus Werner doch eigentlich den Offizier.» Pelletier atmet durch. «Klaus Werner hatte einen Schock. Laserstein auch. Doch Rosen wirkte nicht sonderlich beeinträchtigt. Wir untersuchten ihn, aber er war nur betrunken, und seine Nase war gebrochen. Der Stich schien ihm nichts auszumachen. Trotzdem mussten wir ihn unauffällig wieder loswerden. Ich hatte dann die Idee mit dem Kofferband. Es waren nur ein paar Meter bis zur Wellblechhalle. Uwe Krabutke hatte Dienst. Der ist in Ordnung. Ich habe ihm gesagt, wir müssten einen lästigen, betrunkenen Prominenten loswerden, weil der randaliere. Also lotste Uwe Krabutke den Rosen auf das Kofferband. Der hat sich sogar selbst hingelegt. Krabutke fuhr das Band an. Und als Rosen oben angekommen ist, war er offenbar schon tot. Ich weiß nicht, was da passiert ist. Aber Ihre Rechtsmedizin wird es Ihnen sagen können.»

Kappe hat verstanden. Aber er hat keine Ahnung, was zu tun ist. Der Franzose unterliegt der französischen Straf- und Zivilgerichtsbarkeit. «Kommen Sie mit aufs Präsidium», sagt er. «Ich muss Ihre Aussage aufnehmen. Außerdem wartet Wischnewski auf Sie.»

Pelletier nickt. «Vielleicht können Sie etwas für den Jungen tun?», fragt er.

«Vielleicht», antwortet Kappe.

# ZEHN

## Sonntag, 15. Dezember 1974

NACH EINER NACHT, die er nur mit dem Schreiben von Protokollen zugebracht hat, rasiert Peter Kappe am nächsten Morgen im grünlichen Licht der Präsidiumstoilette das Gesicht eines Mannes, den es vor zwei Wochen noch nicht gab. Einen Mann, der genau wie seine Stadt nur halb ist und wieder ganz werden will. Er findet ein Haarband von Sarah in seiner Jackentasche und nimmt seine halblangen Haare im Nacken zu einem Künstlerzopf zusammen. Er sieht grauenvoll aus. Was macht das schon? Wir sind in den Siebzigern, denkt er. Es ist in, grauenvoll auszusehen.

Kappe hat Glück. Er hatte den angesengten Zehner der Bundesbank im angetrunkenen Zustand in einem scheußlichen historischen Sparschwein mit Polizistenmütze ganz hinten in der Verkaufsvitrine der Antikflohmarktes im Bahnhof Nollendorfplatz versteckt. Ein origineller Aufbewahrungsort, hatte er gefunden, als er genügend Bier intus gehabt hatte. Der Antiquitätenhändler ist schon frühmorgens da und verkauft ihm das Sparschwein für fünf Mark. Der Schein ist noch drin.

Kappe fährt in der Gerichtsmedizin vorbei. Er hat Dr. Doreen Niedergesäß benachrichtigt, und sie legt allein für ihn eine Sonntagsschicht ein. Sie fotografiert den Schein und nimmt die Fingerabdrücke ab. Er schenkt ihr dafür das Sparschwein. Sie bietet ihm zweimal an mitzukommen, wenn er sich mit Sarahs Entführern trifft. Es ist klar: Wo andere ein Herz haben, hat die Gerichtsmedizinerin einen Erste-Hilfe-Koffer. Natürlich lehnt Kappe ab.

«Du weißt, dass ich Feminist bin», sagt er. «Aber wir brauchen dich hier noch. Mit deiner Ausbildung und deiner Expertise. Landsberger hingegen – der ist austauschbar, ein Polizist wie tausend andere.»

Doreen Niedergesäß droht ihm mit dem Finger. «So spricht man aber nicht über seine Freunde.» Dann drückt sie ihn an ihre Pathologenbrust. «Viel Glück», wünscht sie. «Zeig es ihnen!»

Was Kappe Doreen Niedergesäß nicht sagt: Er hat Wolf Landsberger genau das gleiche gesagt. Nur andersherum: dass er Dr. Doro mitnimmt, weil sie unauffälliger sei als Frau und genauso wehrhaft wie er. Außerdem könne sie Erste Hilfe.

So steigt Kappe allein am Halleschen Tor in die U6. Der Waggon ist voller Menschen. Der anfahrende Zug singt wie ein Kirchenchor. Die Innenbeleuchtung flackert. Es riecht nach Mottenpulver und dem Parfüm Tosca, das die älteren Damen lieben. Die Räder kommen in Schwung. Sie knallen im Stechschritt über die Schienenstöße.

Kappe steht auffällig an einer Tür im ersten Wagen. Ein halbes Abteil weiter hinten sitzt ein typischer West-Berliner – Schiebermütze, Schnauzer, Bluthochdruckgesicht. Er liest den *Berliner Blitz,* aber Kappe spürt seine Wachsamkeit für seine Umgebung. Berliner gucken immer. Könnt ja wat los sein, det se nich vapassen dürfen. Zickenschulzes Hochzeit oder so.

Der Zug rollt langsam durch die schummrigen Geisterbahnhöfe. Als er am Bahnhof Friedrichstraße einfährt, erkennt Kappe Lothar Laserstein in seiner Uniform sofort. Er steht auf dem Bahnsteig, neben ihm Sarah. Er hat sie am Ellenbogen gepackt. Sie hält sich sehr gerade. Ihr Gesicht scheint alabasterweiß im Bahnhofslicht. Aber Gott sei Dank ist sie äußerlich unversehrt.

Die Waggontür, an der Kappe steht, kommt genau vor dem Oberstleutnant zum Halten. Laserstein lächelt milde. Es zischt, als er die Tür von außen öffnet. In dem Moment nimmt Kappe eine Bewegung aus dem Augenwinkel wahr. Der West-Berliner hat sich hinter ihm aufgebaut. «Wat'n hia los?», poltert er. Seine Augen und seine dicke Goldkette glitzern.

«Polizeiaktion», sagt Kappe leise, aber deutlich. Leider hat er keinen Dienstausweis, um das zu beweisen. «Bleiben Sie im Zug und verhalten Sie sich ruhig!»

«Wat machtn dea Ossi da mit die Frau? Die is doch ausn Westen, det sehn Se doch! Lass die ma los, hörste! Wia lassen uns doch hia nich schikaniern von Ete Honecker seine Scherjgen!», brüllt der Mann, weniger an Laserstein als an den ganzen Zug gerichtet. Unruhe entsteht. Kappe drängt den Mann weg von der Tür und gegen die Wand des Waggons. Der Mann wehrt sich.

«Hören Sie», flüstert Kappe nachdrücklich. «Sie gefährden einen sehr kritischen Einsatz der West-Berliner Kriminalpolizei. Bewahren Sie Ruhe!»

«Loslassen!», geifert der Typ. «Wir sind freie West-Berliner!» Er verliert im Handgemenge seine Mütze. «Pollezei, kann ja jeda sagen! Zeijgen Se mia doch mal Ihren Ausweis!» Seine Hand tastet nach der roten Notbremse neben ihm an der Wand, offenbar will er verhindern, dass der Zug ohne Sarah abfährt.

Die Tür des Fahrerstandes öffnet sich. «Was wird das hier?», fragt der Fahrer. Ein Pulk weiterer Fahrgäste steht auf. Der West-Berliner hat die Notbremse erreicht. Seine Finger schließen sich um den Griff. Kappe wirft sich mit aller Kraft gegen den Mann, reißt ihn zu Boden. Der Mob rückt näher, der U-Bahn-Fahrer greift zum Telefon im Fahrerhäuschen.

«Alle wieder hinsetzen!» Es ist Lasersteins Stimme, klar und hart. «Der Ausweis des Kollegen von der West-Berliner Kripo ist hier!» Gut sichtbar schwenkt der Oberstleutnant das Dokument, ohne Sarah loszulassen.

Kappe kommt irgendwie auf die Beine. Der U-Bahn-Fahrer legt den Telefonhörer beiseite und knallt die Tür zum Fahrerstand zu. Der Mob verzieht sich auf seine Plätze. Der West-Berliner liegt keuchend am Boden und sagt kein Wort.

«Aussteigen!», befiehlt Laserstein Kappe.

Der tritt auf den Bahnsteig und reißt Laserstein seinen

Dienstausweis aus der Hand. «Was hatten Sie damit vor?», zischt er. «Wollten Sie die Kollegen abschöpfen?»

«Sinnlos.» Laserstein lächelt. «Wir sehen uns nicht ähnlich genug. Aber vielleicht kann ich Sie als Spitzel anwerben? Sie haben ja eine ganz schön linke Vergangenheit für einen Kripobeamten.»

Hinter Kappe fährt der Zug ab. Er schaut den Bahnsteig entlang. In dem Gewühle haben sie nicht viel Aufmerksamkeit erregt.

«Haben Sie das Geld?», fragt Laserstein.

Kappe öffnet seinen Mantel und zieht einen Umschlag aus der Innentasche. Er zeigt Laserstein die Seriennummer des angekohlten Zehners. Der nickt zufrieden und steckt den Umschlag ein.

«Und jetzt geben Sie mir meine Frau wieder!», fordert Kappe.

Laserstein lässt Sarah los. Kappe sucht in den Augen seiner Frau nach Abgründen. Aber er sieht nur dieses innere Lächeln, das ihr aus allen Poren leuchtet und sie zu seinem Fixstern macht.

Kappe breitet die Arme aus. Sarahs Körper ist warm und hart und ungebrochen. Sie klammert sich an ihm fest. Gleich wird der nächste Zug Richtung Alt-Tegel kommen und sie in die Freiheit bringen.

«Tabea?», flüstert Sarah in sein Haar.

«Bei meiner Mutter», flüstert er zurück. «*Dem Osten Adieu sagen* ... du meintest den Tränenpalast, nicht wahr?»

«Das hast du verstanden?» Sarah strahlt ihn an. «Wahnsinn!»

Der Zug fährt ein. Kappe dreht sich noch mal zu Laserstein um. «Danke», sagt er.

Laserstein zeigt ihm das Lächeln eines Zinnsoldaten.

Sie steigen in die Bahn, die Türen schließen sich. Kappe küsst seine Frau. Die Welt um ihn herum verschwindet. Das Quietschen der Räder auf den Schienen klingt wie ein himmlisches Geigenspiel. Kappe fühlt so viel auf einmal und doch nichts als Ruhe.

# ELF

## Freitag, 20. Dezember 1974

RENÉ BLISS singt *Der Teufel hat den Schnaps gemacht* von Udo Jürgens. Sie trägt ihre roten Stilettos, die sie inzwischen hat reparieren lassen. Der Staatsanwalt hat sie freigegeben – zu wenig Blut am Schuh für einen Mord.

Die Musik ist laut, die Luft verraucht, die Cocktails süffig. Im «Chez René» hängt die Decke voller Luftballons und Lamettaglitzer. Peter Kappe und Wolf Landsberger sitzen an einem Tisch unterhalb der Bühne, direkt an der Tanzfläche.

Als das Lied vorbei ist, kommt René mit einer Champagnerflasche an Kappes Tisch. «Ich bin froh, dass diese Geschichte aufgeklärt ist», sagt sie und schenkt ein. «Stand ja alles im *Berliner Blitz.* Im Grunde war es ein Unfall, nicht wahr?»

«Das wird ein Richter entscheiden.» Kappe nippt am Champagner.

«Weißt du, Peter, ich kann es dir offiziell nicht sagen, aber ich habe Klaus Werner auf dem Flugfeld von Weitem erkannt, als wir aus München angekommen sind. Er stand in einem Pulk von Männern, die sich geprügelt haben, und Kalle mittendrin. Klaus Werner, der Sohn meiner Schwester, hat etwas Blitzendes in seiner erhobenen Hand! Ich bekomme Panik, bin bloß noch ins Terminal gerannt. Dabei sind mir die Absätze abgebrochen. Als Kalle auf dem Kofferband lag, da dachte ich natürlich, mein Neffe hat meinen Konzertagenten abgestochen. Dann steht in der Zeitung, dass der auch noch sein Vater ist! Ich hatte kein enges Verhältnis zu meiner Schwester, ich wusste nicht, wer Klaus Werners Vater ist. Entschuldige bitte.»

Heute Abend verzeiht Kappe alles. Vorne vor der Bühne tanzt Dr. Doreen Niedergesäß ausgelassen mit Sarah. Die Gerichtsmedizinerin hat einen Hintern wie eine Abrissbirne, und als sie Sarah damit im Takt der Musik anstößt, fliegt die fast bis auf die andere Seite der Tanzfläche.

Kappe prustet in sein Bier. West-Berliner Lebensfreude. Sieht man auch nicht oft. Aber schließlich ist in der kommenden Woche Weihnachten, und es gibt noch etwas anderes zu feiern. Seltsamerweise schaut gerade der Strahlemann Landsberger heute etwas bedröppelt in seinen Grauburgunder. Nagt der Neid an ihm?

Als vorfristige Bescherung haben Kriminalrat Friedhelm Keunitz von der Mordkommission I und Harry Engländer von der MK 6 Peter Kappe und seinen Vater gestern in den großen Konferenzraum im Präsidium gebeten. Keunitz und Engländer haben den beiden Kappes zur Lösung des Falls Karl Rosen gratuliert. Kappe senior hat für seinen «wertvollen Beitrag» die längst überfällige Beförderung zum Kriminalrat erhalten. Peter Kappe hat gehört, wie Keunitz Engländer zuflüsterte, dass er dieses Buch von dem Horst Bosetzky von der Freien Universität gelesen habe: *Die instrumentelle Funktion der Beförderung.* Die beiden Vorgesetzten lachten männerbündisch. Der Otto Kappe, der sei einfach mal an der Reihe gewesen. Für sein Lebenswerk sozusagen.

Und Kriminalhauptkommissar Engländer hat Peter Kappe seine Ernennungsurkunde zum Kriminalkommissar mitgebracht. Gott sei Dank ist sonst niemand dabei gewesen. Denn Otto Kappe hat geheult wie ein Schlosshund, und Peter Kappe hat über das ganze Gesicht gestrahlt. Es hat ihm viel mehr bedeutet als sein Studienabschluss.

Kappe tickt Landsbergers Grauburgunder mit seiner Bierflasche an. «Ich habe heute morgen einen amtlichen Kater im Grinsemuskel», ruft er gegen die Musik an.

Landsbergers kantiges Gesicht wird noch kantiger. «Das sagt eine Menge über den Zauber von Familientraditionen aus», grantelt er.

«Außerdem beweist es, dass ich in letzter Zeit nicht viel zu lachen gehabt habe.»

Dr. Niedergesäß kommt an ihren Tisch getanzt. Sie zupft unauffällig an Kappes Sakkoärmel. «Ich geh mir mal die Nase pudern», trällert sie.

Kappe versteht den Wink. «Ich komme mit.»

Im Gang vor den Toiletten packt Doreen Niedergesäß ihn beidhändig am Oberarm. «Kappe!» Ihre Augen sind groß und rund, ihr Gesicht glänzt vor Aufregung. «Wir haben ein richtiges Problem!»

«Welches denn?», fragt Kappe verwundert.

«Du weißt doch, dass du ein schicker Kerl bist – groß, dunkel, so ein melancholischer Zug um die Oberlippe …»

«Was meinst du? Hattest du ein Frauengespräch mit Sarah?»

«Nee, ick hab bloß Augen im Kopp. Ist dir noch nie uffjefallen, wie der Landsberger dich anhimmelt? Der steht doch uff dich! Det seh ick doch!»

Kappe löst sich aus ihrem Griff. «Du willst mir sagen, dass der Landsberger … ein 175er ist?»

Der Paragraf 175 des deutschen Strafgesetzbuches, der sogenannte Schwulenparagraf, stellt seit der Reform im letzten Jahr nur noch sexuelle Handlungen mit männlichen Jugendlichen unter achtzehn Jahren unter Strafe. Aber bei der Sitte nennt man Homosexuelle immer noch 175er.

Doreen Niedergesäß nickt so heftig, dass ihre Frisur wippt. «Ich dachte, du merkst et selba. Du musst janz vorsichtig mit dem sein, Kappe. Eenen Kollegen wie den krichste nich so bald wieda.»

Kappe nickt. Er lässt die Gerichtsmedizinerin stehen. Als er wieder zum Tisch zurückkommt, sitzt Landsberger alleine da. Sarah tanzt noch.

«Keine Lust zum Abhotten?», fragt Kappe. «Ich dachte, du tanzt sonst immer die Nächte durch im ‹Big Eden›.»

«Ach, was weißt du schon über mich, Kappe!», sagt Landsberger und nimmt einen Schluck Wein.

«Dass du der beste Kollege bist, den man sich wünschen kann», erwidert Kappe. «Dass du mir Leberwurststullen mitbringst und meine Wohnung in Ordnung bringst. Dass du gerne an Gott glauben würdest, aber schon mit den Menschen deine Probleme hast.»

«Wieso denkst du das?»

«Du kannst mir vertrauen, Landsberger.»

Landsberger nickt. Er überlegt. Dann sagt er: «Es stimmt nicht, dass schwule Männer den ganzen Tag an Sex denken und ihre Finger nicht von anderen Männern lassen können.»

Kappe lehnt sich zurück. «Als Psychologe kann ich dir sagen, dass auch nicht alle Heterosexuellen Angst vor Schwulen haben, weil sie befürchten, sie könnten sich anstecken.»

Landsberger lächelt. «Es war kein Vorsatz, Kappe. Es war Liebe auf den ersten Blick.»

Kappe erschrickt ein bisschen über Landsbergers toternsten, gleichzeitig plüschig-pudrigen Blick. Aber er ist der Psychologe. Er nickt. «Das schmeichelt mir schon. Man merkt, dass du Franzosenblut hast.»

«Wir leben in unterschiedlichen Welten, Kappe.» Landsberger seufzt.

«Das ist gut zu hören. Dann muss ich vor dir nicht mehr den Starken mimen, der immer für alles eine Lösung hat.»

Landsberger lächelt zaghaft. «Ach, das war nur gespielt? Na, dann gefällst du mir gleich nur noch halb so gut.»

«Das Bittere ist: Seit der Antike sind Freundschaften zwischen Männern, die affektiv aufgeladen sind, nur unter einer Bedingung zu akzeptieren: Einer von beiden muss sterben. Der Tod ist quasi die Lizenz, um passioniert über Freundschaft reden zu können.»

«Das ist sehr gut. Ich bin mir nämlich sicher, dass wir alle beide eines Tages sterben werden.»

Kappe lacht. «Und bis dahin machen wir uns einfach eine gute Zeit und räumen auf in West-Berlin.»

# Nachwort

Vielen Dank an Herrn Dr. Jaron vom Jaron Verlag für das Vertrauen und für die Chance, einen *Kappe* schreiben zu dürfen.

Ich danke der Polizeihistorischen Sammlung Berlin für Inspiration und wichtige Recherche. Ebenso geht mein Dank an den verstorbenen Vater der *Kappe*-Serie Horst Bosetzky, der für die Laufbahn des Peter Kappe bereits wichtige Dinge geklärt hatte.

Dieses Buch habe ich größtenteils mit einer Hand getippt – mit der linken. Mit der anderen musste ich meinen Dackelwelpen Mimi davon abhalten, die Tastatur abzulecken. Vielen Dank an meine Schwester Svenja, die die niedlichste Mimi aller Zeiten für uns gefunden hat.

Ohne meinen Papa gäbe es dieses Buch nicht. Er hat mich schon als kleines Mädchen immer mitgenommen auf den Flughafen Tegel, wenn er nach Feierabend wegen eines Notfalls noch mal hinfuhr. Einmal standen wir nachts auf dem Grünstreifen zwischen den beiden Pisten, es war irgendwas mit dem Flugfeuer, und die Flugzeuge flogen direkt auf uns zu. Das hat mich nie mehr losgelassen.

Ich danke allen, die mir Mut gemacht haben: meiner Mama, Bernhard, Peter, Carola und Ramona (die Blitz-Leserinnen), Bianka, Elmar, Anders, Claudia Johanna Bauer und der wunderbaren Buchhandlung am Fellbacher Platz in Hermsdorf.

Ich bekenne, ich bin ein Fan des Flughafens Tegel. Ich liebe die Internationale Presse, die Souvenirs und den überteuerten Kaffee. Tegel ist für mich ein emotionaler Ort, ein Schwellenort, der alle Möglichkeiten eröffnet. Ein Tor zur Welt im besten Sinne. In

Tegel geht es in besonderer Weise ums Fliegen. Nicht ums Shoppen, nicht ums Werben, nicht ums Essen, nicht ums Entertainment. Tegel ist eine Flugermöglichungsmaschine, sagt sein Architekt Meinhard von Gerkan. Das ist seine Seele. Und für mich war es damit eine Traumermöglichungsmaschine. Ich gehe dort manchmal spazieren. Ich mag das Singen der Kofferräder in der Haupthalle. Ich mag das Unperfekte, das Chaos. Ich mag das Internationale. Das Sprachgewirr, die Reiselust, die Abenteuerlust der Menschen, die Freude am Aufbruch, am Entdecken. Ein Flughafen ist ein emotionaler Ort voller Abschiedsschmerz und Wiedersehensfreude oder auch Abschiedsfreude und Wiedersehensschmerz. Für mich ist Tegel wie Berlin, ein knallhart gradliniger, ehrlicher Flughafen, der zur Sache kommt. Ein Ort des Durchhaltens, aber auch der Vergänglichkeit. Ein Flughafen, der nicht gebaut wurde, um den Fluggast von der Magie des Reisens, vom Zauber des Fliegens abzulenken.

# Es geschah in Berlin ...

Horst Bosetzky: **Kappe und die verkohlte Leiche (1910)**
Sybil Volks: **Café Größenwahn (1912)**
Jan Eik: **Der Ehrenmord (1914)**
Horst Bosetzky / Jan Eik: **Nach Verdun (1916)**
Iris Leister: **Novembertod (1918)**
Horst Bosetzky: **Der Lustmörder (1920)**
Peter Brock: **Das schöne Fräulein Li (1922)**
Wolfgang Brenner: **Stinnes ist tot (1924)**
Petra A. Bauer: **Unschuldsengel (1926)**
Horst Bosetzky: **Bücherwahn (1928)**
Petra A. Bauer: **Kunstmord (1930)**
Jan Eik: **Goldmacher (1932)**
Klaus Vater: **Am Abgrund (1934)**
Horst Bosetzky: **Mit Feuereifer (1936)**
Jan Eik: **In der Falle (1938)**
Jan Eik: **Polnischer Tango (1940)**
Petra Gabriel: **Beutezug (1942)**
Horst Bosetzky: **Unterm Fallbeil (1944)**
Jan Eik: **Heimkehr (1946)**
Horst Bosetzky: **Razzia (1948)**
Petra Gabriel: **Operation Gold (1950)**
Jan Eik: **Heißes Geld (1952)**
Horst Bosetzky: **Auge um Auge (1954)**
Petra Gabriel: **Kaltfront (1956)**
Jan Eik: **Grenzgänge (1958)**
Petra Gabriel: **Tod eines Clowns (1960)**

Horst Bosetzky: **Berliner Filz (1962)**
Horst Bosetzky: **Auf leisen Sohlen (1964)**
Klaus Vater: **Brandt-Gefahr (1966)**
Horst Bosetzky / Uwe Schimunek: **Rotlicht (1968)**
Stephan Hähnel: **Geschwisterliebe (1970)**
Petra Gabriel: **Im Rausch (1972)**
Bettina Kerwien: **Au revoir, Tegel (1974)**

Alle Bände sind auch als E-Book erhältlich.